MANIPULADORES DE SOMBRAS

DANIEL JOSÉ OLDER

MANIPULADORES DE SOMBRAS

Tradução de Taissa Reis

Título original
SHADOWSHAPER

Este livro é uma obra de ficção. Nomes, personagens, lugares, e incidentes são produtos da imaginação do autor, foram usados de forma fictícia, e qualquer semelhança com pessoas reais, vivas ou não, estabelecimentos comerciais, acontecimentos ou localidades é mera coincidência.

Copyright do texto © 2015 *by* Daniel José Older
Todos os direitos reservados.

O direito moral do autor foi assegurado.

O editor não tem nenhum controle sobre e não assume qualquer responsabilidade pelos websites do autor ou terceiros ou seu conteúdo.

Nenhuma parte desta obra pode ser reproduzida ou transmitida por qualquer forma ou meio eletrônico ou mecânico, inclusive fotocópia, gravação ou sistema de armazenagem e recuperação de informação, sem a permissão escrita do editor.

Direitos para a língua portuguesa reservados
com exclusividade para o Brasil à
EDITORA ROCCO LTDA.
Av. Presidente Wilson, 231 – 8º andar
20030-021 – Rio de Janeiro, RJ
Tel.: 3525-2000 – Fax: 3525-2001
rocco@rocco.com.br|www.rocco.com.br

Printed in Brazil/Impresso no Brasil

Preparação de originais: VANESSA RAPOSO

CIP-Brasil Catalogação na fonte.
Sindicato Nacional dos Editores de Livros, RJ.

O38m	Older, Daniel José
	Manipuladores de sombras / Daniel José Older; tradução de Taissa Reis. – 1ª ed. – Rio de Janeiro: Fantástica Rocco, 2019.
	Tradução de: Shadowshaper
	ISBN 978-85-68263-68-6
	ISBN 978-85-68263-69-3 (e-book)
	1. Ficção americana. I. Reis, Taissa. II. Título.
19-48229	CDD-813 CDU-821.111(73)-3

Meri Gleice Rodrigues de Souza – Bibliotecária CRB-7/6439

O texto deste livro obedece às normas do
Acordo Ortográfico da Língua Portuguesa.

Para Darrell, Patrice, Emani e Jair.

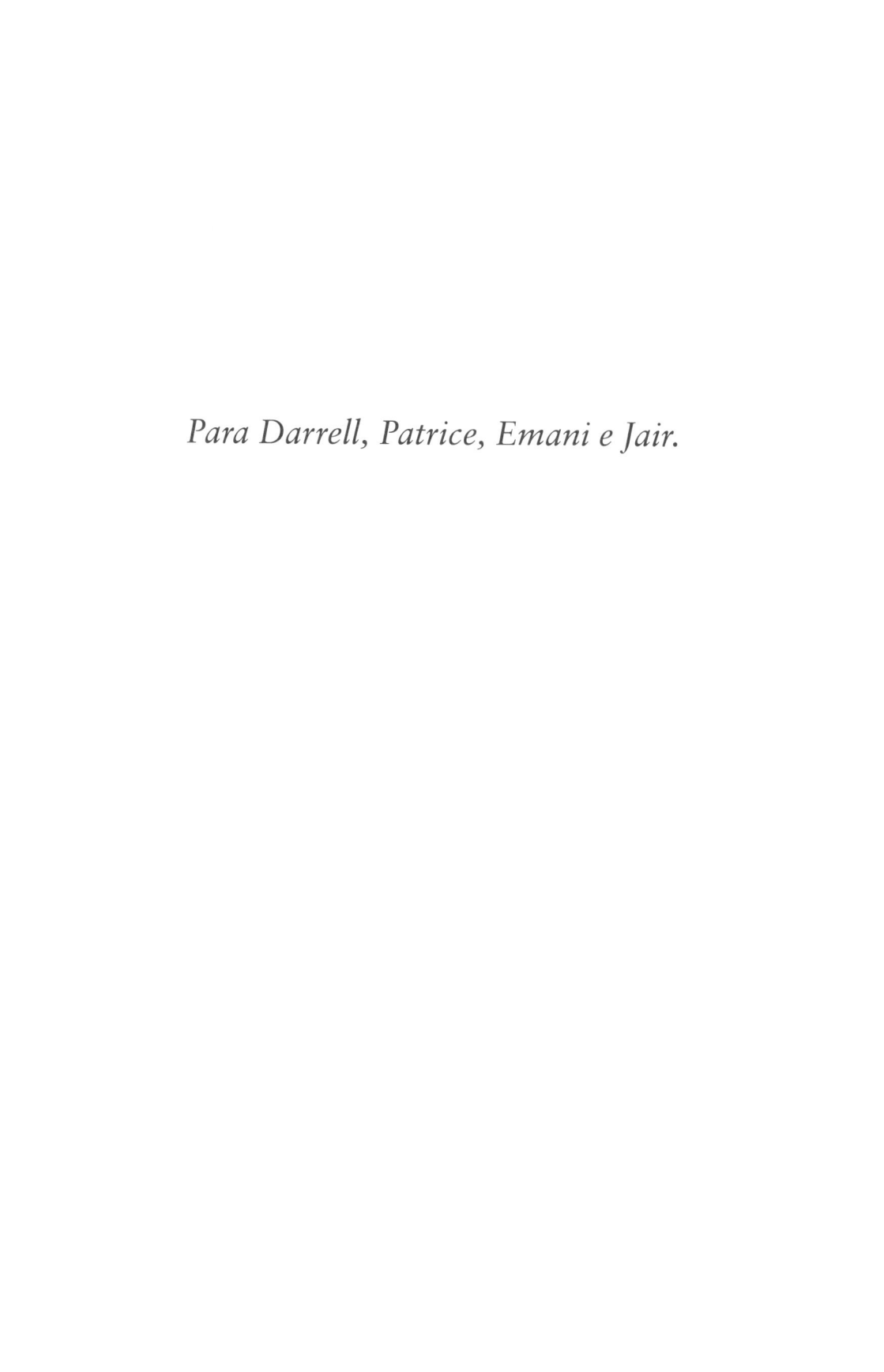

UM

— Sierra? O que você está encarando?

— Nada, Manny.

Uma baita mentira. Sierra olhou de cima do andaime para onde Manny, o Rei do Dominó, estava parado com os braços cruzados sobre o peito.

— Tem certeza? — perguntou.

— Tenho.

Sierra olhou de volta para o mural. Ela não estava imaginando coisas: uma lágrima solitária brilhava no canto dos olhos pintados do Papa Acevedo. A lágrima não se movia — é claro que não se movia, era tinta! Mas ainda assim, não estava ali ontem, nem anteontem.

Além disso, o retrato estava sumindo: parecia desaparecer um pouco mais a cada hora. Naquela tarde, quando chegou ao Ferro-Velho para trabalhar no próprio mural, Sierra levou alguns segundos para encontrar o rosto do velho espiando-a pelo tijolo. Mas um mural desaparecer e um mural chorar eram tipos completamente diferentes de esquisitice.

Ela se voltou para a própria pintura, em uma fachada de concreto muito mais nova ao lado do velho prédio de tijolos de onde o rosto do Papa Acevedo observava o mundo.

— Ei, Manny — disse Sierra. — Tem certeza de que os donos desse prédio não vão ficar com raiva do meu mural?

— Nós temos certeza de que *vão*. — Manny riu. — Foi por isso que pedimos pra você fazer. Nós odiamos a Torre. Cuspimos na Torre. Sua tinta é o nosso ranho nojento, jogado na estupidez que é a Torre.

Ele sorriu para Sierra e se voltou para uma velha máquina de escrever com a qual estava brincando.

— Ótimo — respondeu Sierra.

A Torre tinha aparecido havia pouco mais de um ano, completamente sem aviso: uma monstruosidade de concreto de cinco andares em um quarteirão até então composto apenas de construções de tijolinhos vermelhos. A construtora erguera a estrutura externa rapidamente e então a deixara ali, abandonada e incompleta, com suas janelas vazias encarando o céu do Brooklyn. A parede norte da Torre ficava bem na divisa com o Ferro-Velho, onde montanhas de carros destruídos jaziam como pedaços de papel amassados. Manny e os outros caras mais velhos que jogavam dominó no terreno declararam guerra contra o prédio imediatamente.

Sierra passou tinta verde no pescoço do dragão em que estava trabalhando. Ele se estendia até o alto do quinto andar da Torre, e, apesar de a maior parte do seu corpo ser apenas um esboço naquele momento, Sierra já sabia que ele iria ficar irado. Ela sombreou fileiras de escamas e espinhos, e sorriu, observando como a criatura parecia ganhar um pouco mais de vida a cada novo detalhe.

Quando Manny pediu que ela pintasse alguma coisa na Torre, Sierra recusou de primeira. Nunca tinha pintado um mural antes, apenas enchera caderno após caderno com criaturas selvagens e versões aladas e prontas para a batalha de seus amigos e vizinhos. Sem contar que... uma parede inteira? Se fizesse besteira, o Brooklyn inteiro veria. Mas Manny foi insistente, disse que ela poderia pintar o que quisesse e que ele montaria um andaime. Disse também que, se seu velho Vô Lázaro ainda conseguisse dizer frases inteiras em vez de estar jogado numa cama por causa do AVC que tivera, ele também iria querer que ela fizesse aquilo.

Esse último argumento decidiu tudo para ela. Sierra não conseguia dizer não nem mesmo para um Vô Lázaro imaginário. E lá estava ela, no segundo dia das férias de verão, colocando mais algumas escamas em um par de asas de dragão e se preocupando com murais chorões.

Seu telefone vibrou com uma mensagem de sua melhor amiga, Bennie:

festa hoje à noite no sully. A primeira do verãããããããão!!!!
Te pego na sua casa esteja pronta em uma hora.

A primeira festa do verão sempre era incrível. Sierra sorriu, botou o celular no bolso e começou a guardar seus materiais. Eram nove horas. O dragão poderia esperar.

Olhou de novo para o mural do Papa Acevedo, agora quase invisível na parede de tijolos que desmoronava. Não era só a lágrima que tinha aparecido no seu rosto, toda a sua expressão havia mudado. O homem — ou melhor, a pintura — parecia completamente amedrontado. Papa Acevedo tinha sido um dos companheiros de dominó do Vô Lázaro e de Manny. Ele sempre tinha disponíveis para Sierra sorrisos gentis ou uma piada, e, quem quer que tivesse pintado aquele retrato póstumo, havia capturado perfeitamente sua ternura. Mas, naquele momento, seu rosto parecia de alguma forma retorcido em choque, com as sobrancelhas erguidas e os cantos da boca voltados para baixo sob aquele bigode bagunçado.

A cintilante lágrima pintada tremeu, escorreu do olho do velho e deslizou pelo seu rosto. Sierra arfou.

— Mas que por...?

O andaime balançou. Ela olhou para baixo. Manny tinha uma das mãos no ferro de apoio e a outra em concha sobre o fone que sempre estava em seu ouvido. Mantinha a cabeça baixa, balançando de um lado para o outro.

— Quando? — perguntou Manny. — Há quanto tempo?

Sierra encarou o Papa Acevedo pela última vez e desceu do andaime.

— Tem certeza? — Manny olhou para ela e tornou a olhar para o chão. — Tem certeza que era ele?

— Você tá bem? — sussurrou Sierra.

— Já chego aí. *Ya. Ya vengo, ahora mismo. Dentro de... quince minutos.* Ok.

Manny apertou o botão em seu fone de ouvido e encarou o chão por alguns segundos.

— O que aconteceu? — perguntou Sierra.

— Coisa de jornalista — respondeu Manny, fechando os olhos.

Além de ser o autoproclamado Rei do Dominó do Brooklyn, Manny escrevia, publicava e entregava o *Bed-Stuy Searchlight*, três páginas de acompanhamento de notícias e fofocas locais que eram impressas em uma pequena gráfica de quintal na avenida Ralph. O *Searchlight* saía todos os dias desde que Sierra se entendia por gente.

— Alguém que você conhece?

Manny assentiu.

— Conhecia. A gente chamava ele de Velho Vernon. Já era.

— Morreu?

Ele assentiu, balançou a cabeça e assentiu de novo.

— Manny? O que isso significa?

— Tenho que ir, Sierra. Termina essa arte, ouviu?

— O quê? Hoje? Manny, eu...

— Não! — Ele olhou para ela e finalmente sorriu. — É claro que não. Só logo, tá?

— Ok, Manny.

Com uma confusão de chaves tilintando e a respiração pesada, Manny desligou os holofotes e os dirigiu para fora da cerca de ferro que circundava o Ferro-Velho.

— Divirta-se hoje, Sierra. Não se preocupe comigo. Mas tome cuidado!

O celular de Sierra vibrou enquanto ela observava Manny correr pela noite do Brooklyn. Era Bennie de novo.

Você vem né?

Sierra digitou um "vou" rápido como resposta e guardou o telefone. Uma brisa precoce de verão soprou seu cabelo enquanto ela andava pelos prédios de tijolos vermelhos e pelas mercearias. Ela virou na Lafayette e seguiu para casa. Tinha que se arrumar para a festa e conferir como estava o Vô Lázaro, mas tudo em que conseguia pensar era na lágrima do Papa Acevedo.

DOIS

Vô Lázaro sentou na cama quando Sierra entrou em seu apartamento no último andar do prédio de tijolos vermelhos. Ele a recebeu com um aceno de cabeça, preocupado, as dobras da papada sob seu queixo se movendo para frente e para trás, as mãos, mais parecendo garras apertando o lençol. O velho mal tinha falado uma palavra desde o AVC, mas ocasionalmente cantava boleros aleatórios de seu passado. No entanto, naquele dia, ele parecia diferente: seu olhar estava mais aguçado e sua boca torta, curvada em uma carranca.

— *Lo siento, lo siento, lo siento* — murmurava ele.

— O que foi, *abuelo*? — perguntou Sierra. — Por que está pedindo desculpas?

Lázaro olhou para o outro lado, com a expressão fechada. As janelas em volta da cama do avô, que se estendiam até o teto, faziam o quarto parecer um ninho de corvo em meio a um navio pirata urbano. Do lado de fora, os postes de luz piscavam e se acendiam pelas ruas de Bed-Stuy, enquanto as nuvens laranja serpenteantes davam lugar ao azul-escuro. Por todo o Brooklyn, as pessoas iam para as entradas dos edifícios e saíam para as ruas para aproveitar outra noite quente de Nova York.

O celular de Sierra vibrou de novo. Bennie provavelmente estava tentando apressá-la para que fossem logo à festa na casa do Sully. Sierra tornou a verificar se todos os remédios de Lázaro estavam organizados, o copo d'água cheio e se os chinelos estavam ao lado da cama.

— *Lo siento, lo siento, lo siento* — murmurou Vô Lázaro novamente.

Outra vibração. Sierra grunhiu e olhou para o telefone.

Você tá vindo??

Sua mãe tá aqui me enchendo o saco vem logo Sierra

Se você não arrastar essa bunda até o andar de baixo nos próximos 2 min eu FUI juropordeeeeus sierra

Ela revirou os olhos e guardou o celular.
— Você tá bem, *abuelo*?
O velho levantou os olhos castanho-escuros de forma brusca e seu olhar se fixou no de Sierra.
— *Ven acá, m'ija*. Tenho que falar com você.
Sierra recuou, chocada. O olhar do avô estava límpido e sério. O AVC de Lázaro não lhe havia tirado os movimentos do corpo — podia cuidar de si mesmo na maior parte do tempo —, mas era a primeira vez que falava algo com sentido em um ano inteiro.

Vô Lázaro levantou um braço esquelético e fez sinal para que Sierra se aproximasse.
— *Ven acá*, Sierra. Rápido. Não temos muito tempo.
Ela atravessou o quarto. A mão morena e quente do avô envolveu o seu pulso. Sierra quase gritou.

— Preste atenção, *m'ija*. Eles estão vindo. Atrás de nós — disse Lázaro, com lágrimas surgindo em seus olhos enevoados. — Pelos Manipuladores de Sombras.

— Pelos o quê? *Abuelo*, do que você está falando?

— Desculpe, Sierra. Eu tentei… fazer o certo. *¿Entiendes?*

— Não, *abuelo*, eu não entendo. O que está acontecendo?

— *¡Oye!* — chamou María, a mãe de Sierra, do andar de baixo. — Sierra, você vem? Bennie está aqui e ela disse que você está atrasada!

— Termine o mural, Sierra. Termine o mural rápido. As pinturas estão se apagando… — Sua voz se reduziu a um sussurro e os olhos piscaram algumas vezes, se fechando. — Em breve estaremos todos perdidos.

— *¡Abuelo!* O que você quer dizer? O mural no Ferro-Velho? — Manny havia acabado de dizer a mesma coisa para ela. Mas o desenho não estava nem perto de ficar pronto. — Vai demorar o verão inteiro. Não consigo terminar antes diss…

Os olhos de Lázaro abriram-se subitamente de novo.

— *¡No! ¡No puede!* Você tem que terminá-lo, Sierra. Termine agora! O quanto antes! Eles estão… — Apertou o pulso da neta com mais força. Ela sentiu seu hálito quente na bochecha. — Eles estão vindo atrás de nós. Vindo atrás dos Manipuladores de Sombras.

Ele soltou a mão de Sierra e se recostou novamente em seus travesseiros.

— Quem está vindo, *abuelo*? O que são os Manipuladores de Sombras?

— Sierra? — chamou María, do primeiro andar outra vez. — Você está me ouvindo? Bennie disse…

— Estou indo, *mami*! — gritou Sierra.

Lázaro balançou a cabeça.

— O menino, Robbie, vai ajudá-la. Peça ajuda a ele, Sierra. Você precisa de ajuda. Eu não posso… É tarde demais. — Ele assentiu, fechando os olhos novamente. — *No puedo, m'ija. No puedo.*

— O Robbie, da escola? — perguntou Sierra. — *Abuelo*, como você conhece ele?

Robbie era um garoto haitiano alto com tranças longas que tinha aparecido no meio do ano com um sorriso bobo e desenhos incríveis cobrindo cada centímetro de suas roupas, mochila e mesa. Se Sierra fosse o tipo de garota que se importa com garotos e seu jeito fofo, Robbie, o Mural Humano, com certeza estaria em algum lugar do seu top dez.

— Ele vai ajudá-la — sussurrou Lázaro, a cabeça pendendo. — Você precisa de ajuda, Sierra. Eles estão vindo atrás de todos nós. Não temos muito tempo. Eu… Eu sinto muito.

— Sierra! — gritou María.

Lázaro fechou os olhos e soltou um ronco alto. Sierra recuou em direção à porta. O celular vibrou de novo. Ela se virou e correu escada abaixo.

— Então olhei para o diretor — disse María Carmen Corona Santiago para Bennie, enquanto Sierra entrava na cozinha. — Eu falei para ele: "Sim, meus alunos vão ler esse livro hoje." — Ela bateu na mesa da cozinha. — E eles leram!

— Uau! — exclamou Bennie. María se virou para encarar Sierra, e Bennie fez a expressão de alguém que pede socorro.

— Então você finalmente resolveu aparecer! — disse María. — Estava terminando de contar para Bennie sobre a vez em que tentaram banir aqueles livros.

Sierra se inclinou e deu um beijo na bochecha da mãe. María ainda estava usando o terninho azul impecável. Seus cabelos pretos, que começavam a ficar grisalhos, estavam presos em um rabo de cavalo apertado e a maquiagem parecia intocada, mesmo ao final de um dia intenso.

— Tenho certeza de que ela estava empolgadíssima pra ouvir essa história de novo — comentou Sierra.

María deu-lhe um tapinha amigável.

— Quem te ensinou a ser tão sarcástica, hein?

— Nem posso imaginar.

— E por que você ainda não trocou de roupa? Pensei que tivesse dito que estava pronta.

Sierra olhou para si. Ainda vestia a mesma camiseta com as mangas rasgadas, a saia plissada e os coturnos com os quais estava pintando, e seu cabelo crespo se estendia à sua volta magnificamente, como um halo fabuloso e intocado. Ela havia passado no quarto só para botar mais algumas pulseiras e uns cordões no pescoço, e estava pronta.

— Bem, eu...

Bennie logo se levantou.

— Eu acho que você está demais, Sierra!

Aquilo definitivamente não era verdade: Bennie e Sierra tinham estilos quase opostos e nunca se cansavam de dar opinião sobre o visual da outra. Naquela noite, Bennie usava calça cinza vincada e uma camisa de botões bordô que combinava com seus óculos de aro de tartaruga.

— Bem, foi ótimo, sra. Santiago. Vamos, Sierra — disse ela, sorrindo com exagero. Pegou o braço da amiga e a levou pela porta. — Vamos nos atrasar.

— Bennaldra! Desde quando você fica do lado da Sierra quando se trata de moda? — protestou María. — Querem saber? Deixem pra lá. Divirtam-se, meninas. Tomem cuidado, tá?

Sierra parou ao chegar à porta.

— *Mami*, você deu uma olhada no *abuelo* nos últimos dias?

— Por quê, *m'ija*?

— Ele parecia agitado agora há pouco. Ele estava… conversando. Frases inteiras que faziam sentido. Você já ouviu falar sobre os Manipuladores de Sombras?

Algo aconteceu no rosto de María — um retesar mínimo nos músculos da bochecha, talvez, ou então seus olhos se estreitando de forma quase imperceptível. O que quer que fosse, Sierra já vira acontecer várias vezes durante sua vida: era só perguntar algo errado, mencionar um assunto fora dos limites ou pegar a mãe em um mau momento, e era como se uma barreira invisível se erguesse na hora.

— Não sei o que é isso, Sierra — respondeu María, sorrindo de leve, mas em um tom de voz congelante. Ela se virou rapidamente na outra direção para lavar a louça.

— Que estranho — disse Sierra —, porque você parece saber direitinho do que estou falando.

— Sierra. Eu disse que não sei. Vou ver seu avô mais tarde.

Teria sido muito melhor se ela tivesse simplesmente gritado e berrado como uma mãe comum. Em vez disso, nem levantou a voz. Sierra sabia o que aquilo significava: a conversa havia acabado, ela perdera a batalha.

— Tudo bem. — Sierra se virou. — Vamos, Bennie.

— Sierra, volte — chamou María, mas sua voz saiu vazia.

TRÊS

— O que foi aquilo? — perguntou Bennie.

Elas estavam descendo a rua Lafayette em direção ao centro do Brooklyn. Alguns adolescentes passaram pelas duas em motos. Um grupo de mulheres de meia-idade estava sentado em cadeiras de jardim do lado de fora de um prédio de tijolos, bebendo cerveja e rindo.

Sierra deu de ombros.

— Nada.

— Sei, porque aquilo não foi nem um pouco bizarro.

— Qual é, B! Pensei que você não quisesse se atrasar.

O prédio de tijolos vistoso da rua Bradwick, na Park Slope, já estava fervilhando de adolescentes quando Sierra e Bennie chegaram. Praticamente todos os alunos do nono ano e dos dois primeiros anos do ensino médio do Colégio Octavia Butler estavam andando pelo pátio ou explorando seus corredores tortuosos. O sistema de som alternava entre hip-hop e rock emo grunge enquanto vários DJs se revezavam, expulsando uns aos outros. Alguns adolescentes estavam posicionados em um círculo no pátio, fazendo beatbox e batalha de rimas, inventando maneiras de zoar uns aos outros e arrancando gritos da plateia quando um ataque acertava em cheio.

Os olhos de Sierra pulavam de um rosto a outro, mas as roupas cheias de desenhos e as tranças finas de Robbie não estavam em lugar nenhum. Ela viu Jeromão pegar Jerominho pela nuca como se fosse um filhote de cachorro e jogá-lo na piscina, incomodando quem brincava de Marco Polo. Na rodinha da batalha de rimas, sua amiga Izzy mandou um ataque em dezesseis versos à mãe de outro garoto. Tee gritou da multidão, empolgada pela namorada. Bennie se juntou à roda, rindo a cada verso. Izzy fechou seu turno com um verso triunfante e brutal que rimava "espástico", "sarcástico" e "menos que fantástico", e a plateia rugiu em um aplauso estrondoso. Seu adversário, Pitkin, um garoto baixinho do primeiro ano do ensino médio e vestido de forma elegante, admitiu a derrota e recuou para a multidão com uma reverência cavalheiresca.

— Sierra! Bennie! — gritou Tee, correndo até elas. — Vocês viram o meu chuchu destruir aquele engomadinho?

— Ei! — rebateu Pitkin.

Tee encolheu os ombros e revirou os olhos por baixo do seu cabelo de corte pompadour perfeitamente arrumado.

— É só amor, parceiro!

— Eu fiz o que sei fazer — disse Izzy, sorrindo e se aproximando com uma pequena reverência. Ela divertia a todos com suas rimas perversas desde o quarto ano no colégio. Então gritou: — Rei Impenetrável no microfone! E aí, Brooklyn!

— Quem é Rei Impenetrável? — perguntou Bennie.

— Esse é o meu nome de MC, você não sabia?

— Como ela vai saber, Iz? — ralhou Tee. — Você inventou esse nome hoje de manhã!

— Mas eu já sou um fenômeno mundial!

Todas suspiraram. Izzy era um respingo de gente, magra e baixa, mas exibia uma juba bem cuidada de cabelos pretos que aumentavam seu tamanho em todas as direções. Ela também suspirou e recostou a cabeça no ombro da camisa polo de marca de Tee.

— Ei, fala sério — gritou Tee, afastando-se. — Essa camisa é novinha. Vai se apoiar na Sierra, a camiseta dela tá por aí desde a década de 1970.

Izzy fez beicinho.

— Eu tô tranquila — disse Sierra. — Vocês viram o Robbie?

— Você tá falando do Esquisitão McPintor? — perguntou Tee.

— Você quer dizer a Sensação Haitiana Coberta por Desenhos? — sugeriu Izzy.

— O Poste Vivo? — questionou Bennie.

Sierra meneou a cabeça.

— Odeio todas vocês. E, Bennie, ele nem é *tão* alto e magro assim.

Izzy deu uma gargalhada curta.

— Ele tem dois metros e meio de altura e cinco centímetros de largura, Sierra.

— Quando ele passa pela minha rua — disse Tee —, todos os postes de luz ficam, tipo, "E aí, cara, qual é?".

Izzy cuspiu sua bebida de volta no copo vermelho de plástico e elogiou a namorada:

— Essa foi boa, amor.

Alguém gritou atrás delas. Sierra se virou rapidamente, mas era só Jeromão finalmente sucumbindo ao grupo de alunos do nono ano que Jerominho tinha reunido. Jeromão gritou e caiu de cabeça na piscina, levando pelo menos três adolescentes mais novos com ele. A festa inteira irrompeu em deboches e risadas.

Quando Sierra se voltou para as amigas, as sobrancelhas de Bennie estavam erguidas.

— Você tá abalada, amiga. Me conta o que houve.

— Por que não vai ajudar o seu homem? — perguntou Sierra, revirando os olhos.

— Nem começa — respondeu Bennie. Jeromão tinha uma queda gigante por ela desde que todas se entendiam por gente.

— Vocês viram o Robbie ou não?

Bennie deu uma risada dissimulada.

— Por que você quer saber?

— Tenho que perguntar umas coisas pra ele.

— Sierra! — exclamou Izzy. — Por que você não contou que tá a fim dele? A gente teria pegado mais leve com o cara.

— O quê? Não! — Sierra revirou os olhos mais uma vez. — Em primeiro lugar: não, vocês não teriam. E segundo, uma garota não pode perguntar nada pra um cara sem todo mundo encher o saco? Eu não tô tentando... Não!

— É porque vocês dois desenham? — tentou adivinhar Tee. — Porque um monte de gente desenha. Se você for para uma escola de artes, vai encontrar uma abundância só de caras que desenham.

— Por favor, nunca diga "uma abundância só" de novo — pediu Izzy.

— Vocês são literalmente imprestáveis — declarou Sierra.

— Ele está bem ali — disse Tee —, do lado da mangueira ou o que quer que aquela árvore seja, naquele pedaço escuro de jardim. Sendo esquisito como sempre. Ei, aonde você vai?

Sierra seguiu pelo caminho estreito circundado por um jardim de ervas e algumas árvores esqueléticas. A luz era fraca à medida que avançava pelos arbustos, e a forma esguia de Robbie se misturava tão bem com os galhos e folhas que Sierra precisou apertar os olhos por alguns segundos para encontrá-lo. Robbie estava recostado em uma árvore e tinha um caderno de rascunhos apoiado sobre seus joelhos dobrados.

A regra de Sierra sobre garotos bonitos e, na verdade, sobre garotos em geral, era a seguinte: *ignorar, ignorar, ignorar*. Normalmente, eles arruinavam toda a beleza que tinham no momento em que abriam a boca e diziam algo estúpido, e ela se divertia mais saindo com Bennie e o restante do grupo, de qualquer forma. Mas Robbie sempre parecera um pouco diferente. Ele era quieto, na maior parte do tempo, e não tinha aquela fome incessante de atenção. No colégio, sempre ficava na dele, desenhando e sorrindo como se soubesse de alguma piada secreta que ninguém mais tinha entendido. O que normalmente seria irritante, mas que Sierra achava encantador.

Tudo aquilo só fazia com que ela se dedicasse mais ainda à política dos três "i". Inevitavelmente, Robbie abriria a boca e viraria um idiota como os demais. Por que se importar? Mas ali estava ela, parada no limite daquele jardim estranho em Park Slope, com uma casa cheia de adolescentes festivos atrás dela e uma ordem bizarra de seu *abuelo* quase sempre incoerente, para recrutar Robbie e terminar um mural. Ela suspirou.

— Você só vai ficar aí parada suspirando — perguntou Robbie —, ou vai vir me dar um oi?

Sierra se encolheu.

— Eu... Oi!

— Oi! Eu sou o Robbie.

A mão do garoto se estendeu para fora do arbusto. Sierra deu uma risada e a apertou.

— Eu sei quem você é, cara. Nós fizemos a matéria de História Americana Avançada do Aldridge juntos, também conhecida como hora da soneca.

— Eu sabia disso! — disse Robbie. — E sei quem você é, Sierra Santiago. Só não espero que as pessoas, sabe... reparem em mim? Eu não falo muito.

— Você realmente não fala. — Sierra afastou alguns galhos e entrou no pequeno arvoredo escuro. — Mas você desenha, e eu desenho... hum, pinto, na verdade, então eu reparei em você.

Ela encontrou um lugar ao lado dele. Robbie arfou e deu um sorriso malicioso.

— Como é que você sabia que eu gosto de desenhar?

— Senhor... — disse Sierra.

— Mas, sério, eu não sabia que também desenhava. O que você pinta?

— Na verdade, foi por isso que vim falar com você. — Mas como explicar? Ela olhou para o desenho de Robbie e perguntou: — O que está fazendo aí?

— Só rabiscando. — Ele levantou o caderno de desenhos. Letras grossas no estilo grafite saíam de um jardim retorcido não muito diferente do que os rodeava. As letras B U Z Z se enrolavam e se curvavam com uma graça exagerada. Em alguns pontos eram tijolos, em outros, gotas brilhosas em formato de balões. — Você gosta?

— Gosto, sim.

Ele sorriu e voltou para seu desenho.

— Olha, Robbie. — As palavras fugiram de Sierra. Desenhar era tão mais fácil. Ela gesticulou algumas vezes. — Eu estou trabalhando em um mural.

Robbie ergueu o olhar rapidamente e assentiu, sem parar de desenhar.

— Maneiro. Faço murais também.

Um grito veio da festa. Os dois Jeromes estavam na piscina, cada um com uma garota do primeiro ano do ensino médio no ombro. Todos gritavam. Algo estúpido com certeza estava prestes a acontecer.

— O negócio é o seguinte, na real, meu avô disse que eu tenho que terminar esse mural... rápido, sabe? O que é estranho, porque ele...

— Quem é o seu avô? — perguntou, sombreando um canto grosso da letra Z com linhas curvas.

— O nome dele é Lázaro. Lázaro Corona.

Robbie olhou diretamente para Sierra. Ela prendeu a respiração. Ele tinha grandes olhos castanhos e um olhar gentil, mas algo mais dançava por trás deles naquele momento. Seria medo?

— Você é neta do Lázaro Corona? — perguntou ele.

Sierra franziu o rosto.

— Sou. Isso significa alguma coisa pra você?

Robbie só assentiu. Seus olhos não se desviaram dos dela. Ela decidiu ignorar aquele olhar fixo.

— Bem, ele está basicamente fora do ar desde o ano passado, quando teve um AVC, mas hoje me disse... Ele me disse para achar você, convencê-lo a me ajudar a terminar o mural do Ferro-Velho, e para fazer isso logo. Disse que os murais estão desaparecendo, que alguém estava vindo atrás de nós, e algo sobre os Manipuladores de Sombras...

E a pintura estava chorando, Robbie. Estava sumindo e chorando. As palavras rodeavam a ponta de sua língua, fazendo com que sua boca pesasse. Não. Ele ia pensar que Sierra era louca. Ou talvez eles só ficassem ali sentados por muito tempo, olhando um para o outro e não dizendo nada.

E, quando ela voltou a olhar para aqueles olhos castanhos, de uma forma estranha e silenciosa, aquilo era exatamente o que Sierra queria.

Robbie finalmente olhou de volta para seu rascunho, as sobrancelhas cerradas em concentração.

— Então Lázaro contou pra você sobre os Manipuladores de Sombras?

— Ele só os mencionou — respondeu Sierra. — Não explicou. Você sabe algo sobre eles?

— Uma coisa ou outra.

— Bem, isso é generosamente vago. Vai me ajudar com esse mural ou não?

— Se Vô Lázaro diz que eu tenho que ajudar, então acho que tenho que ajudar — disse ele, olhando para ela e sorrindo.

— Ah, ótimo. Não faça por mim, nem nada do tipo. Já entendi como isso funciona. — Ela pegou o caderno dele e anotou seu telefone na contracapa de papelão. — Pronto. Você tem meu telefone e nem precisou pedir.

Robbie riu.

— Olha, os Manipuladores de Sombras... É muita coisa pra explicar. Não tenho certeza de por onde começar...

Houve um alvoroço vindo da festa, gritaria e xingamentos... Talvez uma briga. Robbie observou através do emaranhado de galhos que os rodeava. Ele se levantou de repente.

— O que houve? — perguntou Sierra.

— Começou.

Sierra também se levantou.

— O que começou, cara? Fala comigo.

— Temos que ir — declarou Robbie. — Agora mesmo.

QUATRO

A comoção na área da piscina ficou mais barulhenta. Pela folhagem da forsítia e da aboboreira, Sierra viu um homem mais velho marchando pela festa em passo firme. Ele vestia uma jaqueta de inverno velha e calça cáqui manchada que não lhe servia muito bem. Sua pele era pálida como luzes de hospital e os olhos nebulosos, parecendo ter catarata, sobressaíam de seu rosto cinzento e abatido. Os jovens recuaram, dando bastante espaço ao homem.

Robbie enfiou o caderno em sua bolsa carteiro.

— Temos que ir — repetiu.

— O que está acontecendo? — Sierra segurou o braço de Robbie. — Quem é aquele?

— Não tenho tempo pra explicar — respondeu, recuando mais para dentro da folhagem. Ele pegou a mão de Sierra e a puxou em direção à parede do jardim. — Pule essa parede e corra. Está me ouvindo? Vá!

— Mas e você?

— Eu vou despistá-lo, levá-lo pra outro lugar. Ele vai me seguir. Vai embora daqui.

— Seguir você? Robbie, não...

Mas ele já tinha desaparecido pelos arbustos. Sierra olhou rapidamente em volta. A festa tentava voltar ao normal. O estranho parecia ter ido embora e ela conseguia ouvir os adolescentes conversando sobre "zoar aquele cara", quem quer que ele fosse.

Sierra percebeu um movimento nos arbustos, perto de onde eles estiveram sentados. Quando ela se virou para verificar, o homem avançou com um grunhido abafado. Seus olhos fixos a encararam.

O grito de Sierra ficou preso em algum lugar da garganta. Ela recuou dois passos.

— Onde está Lucera? — O sussurro rouco do homem parecia dissonante, de alguma maneira.

— O quê? — Sierra também sussurrava, mesmo sem saber por quê. Uma lufada de ar fétido e pesado invadiu suas narinas. Era o mesmo cheiro que sua família não conseguira tirar do porão depois que um rato morrera dentro de uma das paredes.

— Onde... está... Lucera? — grunhiu novamente o homem.

Ela deu mais um passo para trás.

— Eu não sei do que você está falando.

Aquela coisa — ele não parecia mais ser um homem — se retesou, como se fosse saltar. Uma mão grossa e azulada agarrou o pulso esquerdo de Sierra. Era fria, como um corte de carne crua.

— Diga para mim!

Então a criatura puxou o braço de Sierra na direção do próprio rosto, seus olhos tremendo em espasmos. Ela libertou a mão com um solavanco.

— Saia de perto de mim! Você está falando com a garota errada!

Ela recuou, mantendo os olhos na criatura.

— Sierra...

A coisa sabia seu nome. Ela olhou para cima. A criatura sorria.

Sierra se virou e correu. Alcançou o muro e lançou-se sobre ele, arranhando e machucando os dedos nas pedras afiadas, mas não se importou. A única coisa em que conseguia pensar era na criatura se aproximando, o aperto frio de sua mão. Ela aterrissou na calçada de uma rua lateral silenciosa, as vibrações da queda ainda percorrendo suas pernas e costas. Começou a correr, olhando para trás apenas por tempo suficiente para ver aquela coisa pular do muro para o chão. Ela virou em uma esquina e seguiu em direção ao Prospect Park.

— Sierra — urrou a criatura, que arfava na outra ponta do quarteirão.

— Fique longe de mim! — gritou.

A garota virou em uma esquina, e em mais outra. Ouviu passos pesados na calçada de uma rua próxima. Ela correu mais rápido. Onde estava Robbie? Como ele podia ter simplesmente desaparecido quando ela precisava de ajuda?

Sierra parou para recuperar o fôlego na avenida larga onde as mansões espiraladas da Park Slope encontravam o limite do Prospect Park. As ruas à sua volta estavam vazias — nenhum cara esquisito e cadavérico por perto.

Suspirou. Mesmo em uma noite assustadora como aquela, a escuridão do parque parecia receptiva de alguma forma, com suas folhas sussurrantes acenando para ela do outro lado da rua. Quando Sierra era mais nova, Vô Lázaro e Mama Carmen costumavam levá-la até o parque para fazer piqueniques. Cada árvore e pedra trazia uma história consigo, e a pequena Sierra podia dançar por horas, imaginando as aventuras que aqueles silenciosos moradores dos campos podiam ter vivido. Quando virou adolescente, o silêncio e a beleza do parque eram seu refúgio quando o restante do mundo parecia intenso demais para ela.

Mas Sierra não tinha tempo para o seu refúgio ou momentos de paz na natureza. Alguém — ou algo — estava atrás dela. E sabia seu nome. Já a havia encontrado uma vez e provavelmente conseguiria de novo. Ela precisava ir para casa. Começou a correr na direção das luzes brilhantes da Grand Army Plaza.

De volta em Bed-Stuy, luzes policiais piscavam de cima a baixo pela avenida Putnam. Ambulâncias estavam paradas em posições urgentes ao longo das fileiras de SUVs e carros antigos. O pessoal da vizinhança se acumulava em torno delas, tentando enxergar além do cordão de isolamento para ver quem tinha sido baleado daquela vez.

— Sabe o que aconteceu? — perguntou Sierra a uma senhora de idade com um carrinho de compras cheio de lençóis recém-lavados.

A senhora meneou a cabeça.

— Outro jovenzinho qualquer foi pelo ralo, tenho certeza.

Ela deu de ombros e continuou a andar, seu carrinho rangendo a cada giro das rodas. Os policiais que mantinham as pessoas afastadas pareciam entediados. *Só mais um tiroteio, que saco.* Sierra fez cara feia para um deles, que lhe devolveu a expressão.

— Ei! — gritou alguém.

Sierra se virou imediatamente, todo o corpo tenso, mas o homem-cadáver ainda não estava à vista em nenhum lugar. Um velho batia no vidro à prova de balas da Loja da Esquina do Carlos.

— Ei, C! — gritou o sujeito. — Me vê um cigarrinho, cara! Vai, acorda!

Mais para baixo da avenida Gates, alguns garotos estavam jogando dados na frente da Coltrane Projects.

— Por que a cara feia, menina?! — gritou um deles enquanto Sierra passava. — Dá um sorriso para a gente!

Sierra conhecia aquele garoto. Era Little Ricky; eles costumavam brincar juntos quando eram pequenos. Ele tinha sido um daqueles garotos pelos quais todas as meninas eram loucas, com grandes olhos sonhadores e modos gentis. Alguns anos antes, Sierra teria ficado toda risonha por receber sua atenção, mas agora ele era só mais um cara estúpido assediando qualquer rabo de saia que passasse por ali.

— Não tô no clima, babaca — murmurou Sierra, se envolvendo com os braços. Ela ainda estava abalada pela noite horrorosa e sabia que qualquer sinal de fraqueza só iria encorajá-los.

Os caras soltaram um coro de "oh" e começaram a se dar socos de brincadeira.

— Só tô avisando, Dona Sabichona! — gritou Ricky em sua direção. — Pode voltar quando estiver no clima...

Sierra continuou a andar. Parou ao chegar em seu quarteirão para ter certeza de que o cara esquisito tinha sumido de vez. As árvores sussurravam uma canção silenciosa, e Rodrigo, o gato do vizinho, andava por ali. Fora isso, o quarteirão estava deserto. Ela entrou no prédio, subiu as escadas de fininho e se largou na cama, tentando não pensar na voz horrível sussurrando seu nome.

CINCO

— Ah, droga, vocês viram isso?

Do outro lado da mesa da cozinha, o padrinho de Sierra, Neville Spencer, ergueu uma página do *Bed-Stuy Searchlight*. O sorriso largo que ele costumava exibir não estava mais ali.

Sierra fechou os olhos. Eram dez da manhã. Ela só tinha dormido por umas três horas e acordara com mensagens esquisitas de Robbie dizendo que ele estava bem e que explicaria tudo mais tarde, e outra de Bennie, exigindo saber para onde ela tinha fugido.

— Não consigo ver nada, cara — respondeu Sierra. — Ainda não coloquei minhas lentes de contato.

— O que houve?

Dominic Santiago, o pai de Sierra, apareceu de pijamas no batente da porta. Era baixo e atarracado, com pelos escuros cobrindo todos os lugares de seu corpo com exceção do rosto e do alto de sua cabeça.

— Deixa eu ver isso aqui. Que confusão que Manny está destacando dessa vez?

Neville passou o jornal para Dominic.

— No fim da página dois. Você não trabalhou ontem à noite, D?

— Nada, o hospital acabou de contratar um monte de seguranças novos e eu tirei um dia de descanso merecido, muito obrigado. — Ele olhou para o jornal. — Ah, cara, que pena.

— Gente! Pena por quê? — perguntou Sierra, enfiando uma garfada de rabanada na boca.

Neville meneou a cabeça.

— Ninguém mais está seguro.

— O que tá dizendo aí? — perguntou ela. — Passa pra cá.

Dominic passou o *Searchlight* para ela.

— O velho Vernon está sumido — disse Dominic.

Sierra quase cuspiu as rabanadas. Ali, espremido entre um anúncio de casamento e um artigo sobre mais um homicídio duplo em Coltrane Projects, estava uma foto em preto e branco da coisa que a tinha atacado na noite anterior. O velho Vernon exibia um grande sorriso e seus olhos eram esbugalhados como se esperasse que algo muito bom fosse acontecer a qualquer momento. Parecia completamente diferente do monstro sussurrante da festa.

"Vernon Chandler, 62 anos, foi declarado como desaparecido de seu apartamento na avenida Marcy. Vernon foi visto pela última vez há dois dias; membros da família relataram que ele vinha se comportando de forma estranhamente quieta na última semana. Vernon não tem histórico de transtornos mentais, nem ficha criminal. Não foi encontrado qualquer bilhete em sua residência. Um porta-voz do 38º distrito policial de Nova York pediu que qualquer informação sobre o paradeiro de Vernon seja encaminhada à polícia ou aos serviços de emergência. De qualquer forma, o porta-voz disse que 'ele provavelmente apenas saiu para uma caminhada'."

— Ele não era amigo do Lázaro da época dos Manip... — comentou Neville.

— Era.

Dominic sentou à mesa e se serviu de uma xícara de café da garrafa térmica.

— Mas sabe... — continuou ele, gesticulando com a cabeça na direção da cozinha, onde María preparava outra leva de rabanadas. — Ela não gosta de falar sobre isso.

— Droga, ainda? — sussurrou Neville.

Dominic deu de ombros.

— Bem... Ela só fica chateada.

— Por quê? Sobre o que a gente não fala, pai? — perguntou Sierra. — O que ele tem a ver com o Vô Lázaro?

— Não é nada, querida. História antiga de família. Drama.

— Quer rabanada, *mi amor*? — perguntou María, da cozinha. — Só tenho que estar na formatura ao meio-dia.

Dominic tirou os papéis da esposa de cima da mesa.

— É claro, amor.

— Quer mais, Neville?

— Só se você fizer! — exclamou Neville, um pouco mais alto do que necessário. — Sierra, querida, por que suas mãos estão tremendo?

Sierra baixou o jornal.

— Não sei. Acho que bebi café demais. — Ela se levantou. — Eu tenho... Vou subir, tá? Ainda estou cansada da festa de ontem à noite.

— Você vai começar a procurar emprego, *m'ija*?! — gritou María por cima do barulho de potes batendo e manteiga chiando.

— É claro, mamãe.

— Essa é a minha garota.

* * *

No segundo andar, Sierra colocou a cabeça para dentro do quarto dos irmãos. Seus dois irmãos mais velhos não podiam ser mais diferentes um do outro. As paredes de Gael eram completamente brancas, enquanto fotos brilhosas de guitarras chiques e garotas-zumbi seminuas a encaravam da parede de Juan. Gael podia falar a noite inteira sobre todo tipo de fatos aleatórios, enquanto Juan passava os dias trabalhando seu jeito cuidadosamente casual e tocando guitarra. Então Gael entrou para a Marinha, o que não surpreendeu ninguém, e Culebra, a banda de salsa-trash de Juan, conseguiu um contrato com uma gravadora, o que chocou todo mundo, e ambos desapareceram completa e repentinamente do dia a dia de Sierra. Agora Gael não passava de uma carta mensal de três páginas sobre esperar algo acontecer em Tora Bora e Juan era uma ligação esporádica e desconfortável da Filadélfia ou de Baltimore, ou de onde quer que seu último show tenha acontecido.

Sierra passou pelo próprio quarto e seguiu para o terceiro andar. O cheiro almiscarado de incenso e de macarrão no topo da escada significava que Timothy Boyd estava em casa e tentando cozinhar. Ele estava alugando o aposento extra dos Santiago enquanto terminava o último período de artes visuais na Universidade Pratt, e praticamente não era visto por ali.

Sierra subiu mais um lance de escadas e bateu de leve na porta de madeira. Ela sempre fazia aquele *toc-toc* inútil, apesar de Vô Lázaro nunca abrir a porta ou responder. Quando ela entrou, absorveu o céu matinal impressionante que se desdobrava sobre Nova York.

— *Lo siento, lo siento* — murmurou Lázaro.

Ele estava sentado na cadeira, com os olhos marejados. Seus dedos apertavam com força um pedaço de papel pautado.

— De novo nisso, é? — Sierra atravessou o cômodo. — Sente muito pelo quê? O que foi?

Ela tentou ver o que ele tinha nas mãos, mas Lázaro aproximou o papel do corpo e se virou para a outra direção.

— Você tá bem, *abuelo*? — Sierra se jogou na poltrona ao lado da cama. — Porque eu não tô. Encontrei Robbie, como você pediu, mas... Não sei o que te dizer. Já me envolvi demais e não estou entendendo nada disso. Esse cara, o velho Vernon, que você conhecia? Ele apareceu ontem à noite, me perseguiu e...

Lázaro ergueu uma mão trêmula, o dedo indicador em riste.

— O que foi?

Sierra se virou e seguiu uma linha invisível do dedo do avô até a parede, no fundo, de onde a galeria de fotos da família a encarava.

— *Lo siento, lo siento, lo siento.*

Ela se levantou e atravessou o quarto. Sierra nunca havia prestado muita atenção às fotos antigas. Ali estava Tío Angelo, que havia lutado com os rebeldes Macheteros nos arredores de San Juan. E Tio Neville, com a mãe e o pai de Sierra na década de 1980, todos os três parecendo insanamente felizes do lado de fora de algum clube que já tinha sido incendiado havia muito tempo. A mãe de Sierra e Tía Rosa estavam lado a lado no exterior de um rinque de patinação no Empire Boulevard, todas arrumadinhas e sorridentes. A avó de Sierra, Mama Carmen, a encarava de outra foto. Exibia aquele olhar que costumava atravessar seu rosto instantes antes de alguém tomar uma surra. Mama Carmen morrera alguns meses antes do AVC de Lázaro. Sierra sentia mais falta dos abraços da avó do que de qualquer outra coisa — sentia-se em um mundo secreto de calor e afeto toda vez que estava em seus braços.

Mas o que Lázaro estava tentando lhe mostrar?

No meio da parede havia uma grande foto em grupo. Vô Lázaro brilhava no centro dela, vestindo a mesma calça cáqui e guayabera que sempre usava quando ainda estava lúcido. Exibia aquele seu doce sorriso de avô, olhando para a câmera com uma empolgação quase fervorosa. Ao lado dele, com um braço sobre seus ombros, estava um jovem branco com um topete louro-escuro. As sobrancelhas do rapaz estavam erguidas, a boca franzida em um leve sorriso espantado, como se tivesse sido pego de surpresa pelo fotógrafo. Alguém havia escrito "Dr. Jonathan Wick" ao lado dele em uma letra elegante e antiquada. Do outro lado de Wick, um grupo de uns doze homens olhava de maneira intensa para a câmera, sem sorrir. Cada um tinha seu nome escrito próximo da cabeça. Sierra conhecia a maior parte deles do bairro, mas alguns lhe eram estranhos. Ali estavam Delmond Alcatraz e Sunny Balboa, da barbearia, e Manny, com uma aparência estranhamente solene, e Papa Acevedo... Ela olhou a foto com mais atenção. O homem ao lado de Papa Acevedo tinha uma impressão digital preta manchada sobre seu rosto. Ao lado, estava o nome: *Vernon Chandler*.

— Mas que... — disse Sierra em voz alta. Sua voz soou estranha naquele quarto silencioso.

Olhou de volta para o *abuelo*. Vô Lázaro tinha tombado para o lado da poltrona, e uma poça de baba escorria de sua boca até a camisa branca manchada. Ele deu um ronco agudo, riu um pouco e então roncou mais uma vez.

Sierra se aproximou lentamente, o coração ressoando em seus ouvidos. A mão direita de Lázaro apertava o braço da poltrona. Ela se agachou ao lado dele e observou as pontas dos dedos do avô. Não havia manchas de tinta em nenhum deles, pelo que conseguia ver. Lázaro roncou de novo e acordou sobressaltado. Ele olhou em volta, com cuidado.

Sierra respirou fundo e estudou o avô, com aquelas veias azuis correndo pelos braços enrugados e os olhos de um castanho escuro.

— *Abuelo*, seu velho amigo Vernon desapareceu — disse ela —, e agora o rosto dele está manchado na foto.

O velho balançou a cabeça lentamente para trás e para frente; ele não tinha registrado a notícia.

— E, ontem à noite, ele apareceu na festa agindo como um maluco esquisito e procurando por alguém chamado... O que ele disse mesmo? Lucera.

Lázaro empertigou-se e gaguejou:

— Lucera... de volta?

— Não sei. Quem é ela, *abuelo*? Quem é Lucera?

Ele virou a cabeça rapidamente na direção de Sierra, com os olhos atentos novamente.

— Sierra, se Lucera está de volta, ela pode... ela vai te ajudar, *m'ija*. Eu nunca deveria ter... Sinto muito. Eu sinto tanto...

Ele balançou a cabeça, seus olhos se embaçando de novo.

— *Abuelo*, eu não sei onde Lucera está. Onde ela está, *abuelo*?

Lázaro sacudiu a cabeça e colocou o pedaço de papel amassado na mão de Sierra.

— Sinto muito — resmungou.

Sierra o desamassou. Na mesma letra elegante dos nomes na foto, alguém havia escrito:

"donde mujeres solitarias van a bailar"

— Onde mulheres solitárias vão dançar — traduziu Sierra. — É aqui que a Lucera está?

Lázaro assentiu, seus olhos distantes mais uma vez.

— O que isso significa, *abuelo*?

— *Lo siento, lo siento, lo siento.*

Sierra se levantou e deu um beijo na testa do avô.

— É tudo o que tem para mim, né?

Ela pegou o celular e ligou para Bennie enquanto descia.

— E aí? — perguntou Bennie. — Se divertiu com seu namorado secreto ontem à noite?

Sierra revirou os olhos.

— Não, B, eu me diverti correndo daquele cara bizarro que apareceu na festa.

Ela arrumou a mochila e a jogou sobre o ombro.

— O quê? Aquele cara perseguiu você? Como é que isso aconteceu?

— Eu nem sei o que dizer. — Acenou para o pai e Tio Neville e saiu pela porta da frente. — Mas preciso de um favor.

— Você está bem?

— Estou.

Ela saiu para um dia de verão perfeito. Os vizinhos de Sierra, os Middleton, haviam montado uma piscina infantil e um monte de criancinhas gritava e espalhava água para todos os lados. A sra. Middleton acenou para Sierra do banco onde estava sentada. Sierra sorriu e acenou de volta.

— Tem muita coisa acontecendo, só isso — explicou para Bennie. — Olha, você pode pesquisar sobre uma pessoa chamada Jonathan Wick?

— Wick que nem aquele negócio pra gripe, só que com W?

— Isso.

— O que você quer saber?

— Não tenho certeza. Ele está em uma foto com o meu avô e algumas figuras das redondezas, mas tipo... é só um cara branco aleatório. Parece meio estranho.

— Você parece meio estranha — comentou Bennie. — Mas isso não é novidade. Vou ver o que consigo descobrir.

Sierra virou a esquina e parou na mesma hora. O retrato do irmão de Bennie, Vincent, que havia sido pintado na lateral de uma lavanderia, estava desvanecendo do mesmo jeito que o de Papa Acevedo, mas havia alguma coisa diferente...

— Sierra?

— Uhum, estou aqui. Obrigada, B. Falo com você depois — disse ela, desligando e guardando o telefone no bolso.

Vincent havia sido morto pelos policiais três anos antes. Sua imagem imponente se erguia, enorme, sobre a parede de cimento, com os braços cruzados sobre o peito e o nome escrito em uma letra cheia de curvas na parte da frente de seu casaco com capuz favorito. O artista tinha retratado aquele incrível sorriso brincalhão que ele mostrava depois de fazer uma piada muito estúpida. Agora suas sobrancelhas estavam arqueadas e a boca aberta, em uma expressão emburrada, enquanto olhava para longe.

Ela olhou em volta. Não era só o mural do Papa Acevedo. *O que está acontecendo?*

SEIS

— ¿Qúe pasó?

Manny, o Rei do Dominó, olhou para Sierra por cima da mesa no Ferro-Velho. Rutilio e o sr. Jean-Louise sentavam um de cada lado dele, adornados com suas melhores guayaberas e chapéus de caubói. Duas cadeiras vazias estavam posicionadas nas pontas da mesa — uma para Lázaro e outra para Papa Acevedo, ambos velhos guerreiros do dominó, mas que haviam partido.

— Eu ia perguntar a mesma coisa — respondeu Sierra.

— Problemas na escola, Sierra? — perguntou o sr. Jean-Louise.

— A escola pública é uma fossa de bile venenosa.

Manny ergueu uma das mãos.

— *¡Cállate, viejo!* A garota precisa da educação dela. Não estrague tudo só porque você foi expulso do jardim de infância.

— Quando eu terminar essa jogada, Manny — declarou o sr. Jean-Louise —, você vai parar naquele asilo da avenida Classon, apodrecendo como um repolho esquecido.

— Se demorar mais um pouco — comentou Rutilio, rindo —, é a Sierra quem vai estar no asilo quando você terminar essa jogada. De qualquer forma, sua árvore genealógica inteira é uma erva daninha tristonha que eu arranco do meu jardim e cuspo em cima antes de jogá-la pros ratos comerem.

— Estou de férias pelo resto do verão — disse Sierra. — E vocês são todos uns ridículos. Então, eu estava pensando no que aconteceu com aquele cara, o velho Vernon, porque...

— Nada. — Manny apoiou seu peso considerável no outro lado da pequena cadeira de madeira e futucou o próprio cavanhaque ralo. Os outros senhores mais velhos trocaram olhares significativos. Era a primeira vez que Sierra os via olharem tão sérios um para o outro. — *No pasa nada.*

— Como assim, "nada"? Foi você que disse hoje de manhã no *Searchlight* que ele estava desaparecido.

— Uhum, ele está desaparecido — concordou Manny.

O sr. Jean-Louise baixou uma peça de dominó com força na mesa. Rutilio xingou baixinho.

— Só isso? — Sierra cruzou os braços.

Manny continuou com os olhos sobre o tabuleiro. Peças de dominó se chocaram umas contra as outras.

— Tudo bem — disse Sierra. — Vou pintar. Manny, me avisa quando você estiver com mais vontade de falar.

— Certifique-se de cobrir aquela torre horrorosa com todo tipo de monstro incrível que conseguir imaginar, Sierra — declarou o sr. Jean-Louise.

— De cima a baixo — completou Rutilio.

— Um brinde a isso — disse Manny. Cada homem pegou uma sacola de papel de pão com uma garrafa dentro. Um a um, os três derramaram um pouco de rum em homenagem a Papa Acevedo e tomaram um gole. — Ah! Acho que é a parede que me irrita mais. Nós conseguíamos enxergar até o fim do quarteirão, depois da loja da esquina do Carlos até a igreja e, bem lá atrás, o hospital. *¿Ahora? Carajo.* O vazio oco e estúpido.

— Se você não fizer uma jogada logo — avisou Rutilio —, eu vou garantir que eles escrevam essa frase na sua lápide.

— Não é nem a minha vez, *coño*, é a do Lenel.

— Aqui jaz Manuelito — disse o sr. Jean-Louise. — O vazio oco e estúpido. — Ele deu de ombros. — Algumas pessoas gostavam dele.

Ele e Rutilio fizeram o sinal da cruz. Manny resmungou e misturou suas peças.

— Até mais, esquisitões — disse Sierra.

O rosto de Papa Acevedo agora mal podia ser visto. Sierra olhou para cima em sua direção enquanto caminhava para a base da Torre. Se ninguém responderia às suas perguntas, ela faria o que sempre fez quando pessoas com quem se importava a isolavam: se jogaria na arte.

Ela já havia terminado a maior parte da boca do dragão — seus lábios retraídos para revelar dentes enormes e afiados cercando uma explosão de fogo infernal. Naquele dia, tinha que acertar os olhos. Sierra colocou os fones de ouvido e deixou a mistura de salsa e metal da banda de seu irmão Juan, Culebra, tomá-la por completo enquanto subia no andaime.

"*Cuando la luna llena*", cantou uma voz com suavidade "*mata al anciano sol.*" Foi tudo que ela ouviu antes da guitarra barulhenta de Juan explodir pela música, fazendo com o que resto da letra se tornasse apenas um ruído. A noite anterior, apavorante e fantástica ao mesmo tempo, ainda pulsava em sua mente, mas a música mantinha os arrepios sob controle.

Sierra arrumou as tintas e pincelou algumas gotas finas de branco na pupila do dragão. Quando terminou aquele olho, começou a preencher algumas das escamas do pescoço. Era um trabalho mais monótono do que os detalhes do rosto, mas tinha que ser feito. Pratos retiniam; a guitarra de Juan chorava e a crescente de teclados se interrompeu de sobressalto. "*Mira que los enemigos se caen*", veio um sussurro urgente, "*La voz del espiritu llama / Y la energía surge como...*" e então *bam*! Culebra explode novamente em uníssono: guitarras, baixo, bateria e teclado surgem como um único rugido, implacável e elétrico.

Suor escorria pelas costas de Sierra, e ela ficou contente por ter vestido uma camiseta velha com as mangas cortadas e os ombros à mostra. Prendeu o cabelo crespo sob uma bandana vermelha e removeu todas as pulseiras e braceletes que usava normalmente.

Sierra molhou o pincel na tinta branca outra vez no exato instante em que o andaime balançou. Ela tirou os fones de ouvido. Alguém estava subindo.

— Olá? — chamou ela.

— Ei! — O rosto de Robbie apareceu um lance abaixo.

— Robbie!

Ele subiu para a plataforma ao lado de Sierra e parou para recuperar o fôlego.

— Fiquei preocupado com você ontem à noite. Você simplesmente... sumiu!

Sierra colocou as mãos na cintura.

— Na verdade, foi *você* quem sumiu, senhor. O que eu fiz se chama sair correndo para salvar a própria vida.

— Eu procurei por você! — Robbie ergueu os ombros até a altura das orelhas. — Eu juro! Eu só...

— Aham.

Sierra ergueu uma sobrancelha, olhando para ele, e percebeu que estava se divertindo com o desconforto de Robbie.

— Aqui. — Ela entregou um rolo de tinta para o garoto. — Você pode me compensar passando uma primeira camada e depois pintando alguma coisa legal ali do lado para combinar com esse dragão.

— Qualquer coisa que eu quiser?

— Divirta-se.

— Maneiro! — Robbie se agachou sobre a bandeja, abriu a lata de tinta-base branca e despejou um pouco. — Então, o negócio é que… eu também fiquei assustado, especialmente quando você desapareceu e…

— Corri para salvar a minha vida.

— Isso, quando você correu para salvar a sua vida, e eu não tive certeza do que fazer.

Ele cobriu o rolo de tinta e começou a espalhá-la de maneira uniforme pela parede.

— Eita, você realmente sabe o que está fazendo, hein, Robbie?

Ele deu de ombros.

— Você sabe que eu já fiz alguns murais por aí. Enfim, quando você…

— Algum que eu já tenha visto?

Robbie parou de pintar e olhou para ela.

— Na verdade…

O garoto fez um sinal com a cabeça para a feição assustada de Papa Acevedo.

— Você pintou esse? Eu não fazia ideia!

— É, ele… é. — Robbie balançou a cabeça e virou de volta para a parede.

— O que houve, Robbie?

— Nada.

Sierra rangeu os dentes. Ninguém nunca queria falar sobre o que os incomodava. Engoliu um suspiro de frustração — ela não significava nada para Robbie, de qualquer forma. Ele não lhe devia nenhuma explicação. Sierra se voltou para o olho do dragão.

— Quero dizer... — começou Robbie. Estava virado para a parede, de olhos fechados. — Eu não sei como falar sobre isso.

— Tem alguma coisa a ver com os murais estarem sumindo?

Ele assentiu tristemente.

— Você percebeu, é?

— Eu olhei para ele e... ontem, tinha uma... — Sierra respirou fundo, sentindo o olhar de Robbie sobre ela. — Tinha uma lágrima. Ela saiu de um dos olhos do Papa Acevedo e escorreu pelo rosto dele.

Robbie deu um sorriso, mesmo que muito discreto, mas parecia estar prestes a cair no choro.

— Você viu.

Sierra assentiu. Ele não a chamou de louca. Ele sabia. Isso a fez sentir-se bem. Por alguns segundos, eles sustentaram o olhar um do outro.

— Então, você quer me contar o que são os Manipuladores de Sombras? — perguntou Sierra.

Robbie desviou o olhar.

Uma das músicas de heavy metal de Juan começou a tocar alto no bolso de Sierra. Ela fez uma careta para Robbie.

— Continua no próximo episódio.

Ela se afastou e atendeu o telefone.

— Oi, fala, B.

Bennie parecia empolgada.

— Sabe aquele cara sobre o qual você me pediu pra pesquisar? O dr. Wick?

— Aham.

Sierra foi rapidamente até o outro lado do andaime, com o telefone apoiado entre o ombro e o rosto.

— ¡*Oye!* — gritou Manny do chão, onde espalhava mais tinta-base. — Segurança em primeiro lugar, *nena*! E estamos quase parando para o almoço, então me avise o que você vai querer pedir do Chano.

— Ok, Manny! — Sierra acenou para ele. — O que tem ele, B?

— Ele é professor na Universidade de Columbia. Ou foi.

— Como você descobriu?

— Com esse negócio incrível que existe agora. É uma rede de computadores e é enorme. Tipo, mundial.

— Uau — respondeu Sierra, revirando os olhos. — Eu também poderia ter jogado o nome dele no Google. Eu queria que você, tipo, fosse mais fundo! Que incorporasse a Bennie-nerd-dos-eletrônicos e me conseguisse a senha do banco dele, a cor favorita ou algo assim.

— Que seja, garota, mas escuta aqui: eu preciso que você contenha o seu impulso de fazer um trocadilho com o que eu vou dizer agora.

— Farei o meu melhor.

— Ele tem uma página na Wikipédia.

Sierra mordeu o lábio inferior.

— Você quer acabar com a minha diversão — disse.

— Acredite, não importa o que você ia falar, eu já pensei antes. Enfim, não tem muita coisa lá, a não ser que ele é um grande mago da antropologia, especialista em um negócio chamado *sistemas de espiritualidade urbana*, que estudou em Harvard, trabalhou na Columbia e sumiu da face da Terra. O cara é antiquado para a própria geração. Não é como se estivesse por aí curtindo vídeos de hamsters furiosos ou nada do tipo. Então esse é o máximo de informação que existe por aí, pelo menos na internet. Mas, sabe, existe um lugar onde há um grande número de memorabilia do Wick, ou Wickiabilia, como chamamos nesse campo de estudos...

— Bennie.

— Fiz *você* prometer que não ia fazer piadas e trocadilhos toscos. Eu nunca fiz uma promessa dessas.

— Isso não foi nem uma... Quer saber, só continua.

— Ele tem um rastro de documentos. Eu sei, parece super-arcaico, né? Está no arquivo de antropologia da Columbia.

— Ótimo!

— Mas boa sorte tentando entrar. Não é como se desse pra simplesmente ir entrando pela porta da frente fazendo o *dougie*.

— Ha-ha. Eu conheço algumas pessoas que são especialistas na área de passinhos de hip-hop. Obrigada pela ajuda, B.

Um especialista em antropologia. Talvez Wick estivesse estudando o negócio de manipulação de sombras do Vô Lázaro, seja lá o que fosse aquilo. Se ela conseguisse encontrá-lo, talvez ele pudesse ajudá-la a entender o que estava acontecendo. Talvez soubesse como encontrar Lucera.

Robbie tinha começado a pintar mais um dos seus intrincados Robbiscos, um tipo de mulher-esqueleto se desdobrando pela parede da Torre. Era perfeitamente assustador. Sierra o analisou.

— Não terminei de interrogar você, cara.

Robbie manteve os olhos no desenho e respondeu:

— Eu sei, cara.

— Volto depois.

Ela balançou a cabeça, passou rapidamente pelos contatos do telefone e fez uma ligação.

— E aí, Sierrinha? — Tio Neville soava mais animado do que nunca.

— O que você acha de fazer um favor para a sua afilhada nesta bela manhã de sábado e me dar uma carona para a zona norte da cidade?

SETE

— Então, quando a *popo* virou a esquina, nós só ficamos de boa — disse Tio Neville, sorrindo para as próprias lembranças com aqueles dentes enormes e manchados de nicotina. — Sabe, agindo como se não passássemos de uns pretos burros sem nada melhor para fazer.

— E o que aconteceu?

— Bem, Hog era esperto o suficiente para ficar na dele. Tinha medo de nós, mas também dos policiais. Só que, quando eles passaram de carro, o cara tentou fugir. T-Bone fez com que ele tropeçasse e a gente deu uma bela surra no Hog.

Todas as janelas estavam abaixadas no Cadillac Seville de 1969 azul-escuro de Neville, e o vento batia no rosto de Sierra enquanto eles avançavam na direção norte da rodovia. Manhattan era uma massa elevada de arranha-céus à esquerda, e, à direita, o rio East brilhava, laranja, sob o céu do meio-dia.

— Vocês o mataram?

Neville gargalhou.

— Que isso, garota! Que tipo de gângster você acha que seu velho padrinho é?

Sierra não tinha muita certeza de como responder àquilo, mas felizmente ele continuou a falar:

— Nós nunca faríamos isso com um irmão. Aí seríamos iguais à polícia, e isso mata todo o propósito da coisa. Nós só demos uma zoada no cara, sabe, e o mandamos embora, pra nunca mais ser visto. Acho que ele foi parar no Tennessee, ou algo assim.

— Ele machucou muito a Sheila?

— Ela passou três semanas no hospital. E nunca falou com nenhum de *nós* de novo.

— Que droga...

Quando Neville sorriu, suas bochechas fundas pareciam se desdobrar para dar espaço àquela boca enorme. Ele sempre ficava empolgado ao falar sobre os velhos tempos, mesmo que a maioria das histórias dele terminasse com alguém machucado. Sierra e Bennie já tinham passado noites inteiras tentando entender o que exatamente Neville fazia para ganhar dinheiro. Perguntar diretamente para ele parecia a quebra de um protocolo subentendido. De qualquer forma, era mais divertido tentar adivinhar.

— O que vamos fazer em Columbia mesmo? — perguntou Neville.

Ele agarrou o volante de couro com uma das mãos e pegou um cigarro de dentro do casaco com a outra.

— É difícil de explicar — respondeu Sierra. — Mas, basicamente, eu preciso pesquisar um negócio. É meio que sobre a minha família... Sobre o Vô Lázaro, na verdade.

Ela o encarou de propósito, para ver se ele mordia a isca. Neville continuou com os olhos na estrada, então Sierra prosseguiu:

— É sobre um professor da Columbia que ele conhecia e está desaparecido, então tenho que pegar alguns arquivos. Mas acho que eles não vão me deixar entrar.

— História de família, invasão de propriedade privada, segredos estranhos trancados em uma fortaleza da Ivy League... — disse Neville. — Parece o meu tipo de bagunça. Já tem um plano?

Sierra fez um gesto negativo com a cabeça.

— Foi por isso que trouxe você comigo. Por isso e pelo Cadillac, é claro.

— É claro.

Chegava a ser difícil de acreditar que o campus aberto, com a grama impecavelmente aparada da Universidade de Columbia, ficava na mesma cidade que Bed-Stuy. Sierra se sobressaltou de verdade quando os dois entraram pelos portões e ficaram ali, cercados por todos aqueles templos de conhecimento cheios de pilares e gramados exuberantes. Alunos dos cursos de verão perambulavam por ali em pequenos grupos, conversando com empolgação.

— Então, nós estamos em uma visita guiada à universidade — disse Neville.

— Em junho?

— Em junho.

— Tudo bem — respondeu Sierra.

Neville uniu a ponta dos dedos.

— E você é louca por livros.

— Eu gosto de livros.

— Você ama livros, então quer dar uma olhada na biblioteca. Entendeu?

— Entendi.

— Agora entre logo no personagem, escolha um aluno da Ivy League e peça orientação.

Sierra deu um passo na direção de um grupo de alunos que conversava animadamente.

— Escolha um garoto, Sierra — disse Neville, em voz baixa. — E sorria.

Ela forçou um enorme sorriso meio idiota e andou na direção de um garoto asiático que vestia um boné de beisebol.

— Oi, eu sou uma aluna visitante e amo livros. Pode me dizer onde fica a biblioteca?

Atrás dela, Neville cobriu os olhos com as mãos e estremeceu de vergonha alheia.

— Hum... É aquele prédio enorme do outro lado do jardim — respondeu o garoto, a observando.

— Isso foi um desastre — comentou Neville quando ela voltou para perto dele.

— Olha, a gente descobriu o que precisava. Eu nunca disse que era uma boa mentirosa. Essa é a sua área de experiência.

— Justo. Vá na frente.

— Onde está a sua identificação? — exigiu o segurança na entrada da biblioteca.

Eles estavam parados em um saguão imponente de mármore, e Sierra sentiu-se pequena, uma migalha em um forno enorme e impecável.

— Deixei em casa — respondeu ela.

— Então vá buscar.

O segurança aparentava ter uns trinta anos, com seus cabelos pretos e oleosos penteados com cuidado rente à cabeça e uma sombra de barba no queixo. Ele parecia ter aquela conversa pelo menos quinze vezes por dia.

— Não posso — declarou Sierra.

— Por quê?

— Estou trancada para fora do quarto.

— Então ligue para a administração. Eles vão mandar alguém para abrir a porta para você.

— Não posso — repetiu Sierra. Então teve um branco total. — Eu tenho que... ir embora.

Ela rangeu os dentes e saiu do saguão, indo até onde o padrinho a aguardava, ao lado de uma mureta de pedra.

— Não achei que fosse funcionar — comentou Neville.

— Eu tentei.

— Ok, minha vez.

Ele caminhou até uma área gramada, onde alunos estavam conversando em pequenos grupos.

— Aonde você vai?

— Observe e aprenda, criança.

Neville estava recebendo uma quantidade considerável de olhares desconfiados dos alunos, que eram brancos, em sua maioria. Sua constituição alta, o paletó bem cortado e a pele negra o colocavam em contraste com todos ao seu redor. Ele carregava uma maleta antiquada de couro em uma das mãos e um cigarro na outra. Sierra sentiu as orelhas esquentarem enquanto uma onda de comentários sussurrados e risadinhas começaram a surgir enquanto ele passava. Ela o perdeu de vista por um instante, e então encontrou seu chapéu de caubói voltando na sua direção em meio à multidão.

— O que foi isso? — perguntou Sierra. — E onde está sua maleta?

Neville, de mãos vazias, passou por ela sem parar.

— Fique aqui — disse discretamente. — Aguarde o momento certo. Vou ficar no carro.

Sierra queria ir com ele. A situação toda a estava deixando cada vez mais nervosa, mas não havia como dar para trás naquele momento. Neville tinha feito seja lá o que fosse, e pronto. Além disso, encontrar Wick era a melhor pista que tinha para entender o restante do enigma de Lázaro. Ela se largou sobre um banco, conformada, e esperou.

Menos de cinco minutos depois, uma comoção irrompeu de uma das mesas de piquenique. Os alunos saíram correndo dali e a segurança do campus surgiu de todas as direções, com as expressões faciais e corporais de quem está pronto para brigar. "Não posso levar o Tio Neville para lugar nenhum", pensou Sierra, mas naquele momento o segurança de cabelo oleoso deixou a biblioteca com alguns dos demais e saiu correndo para a confusão no gramado.

Sierra levantou e espiou por entre as portas de vidro. Ninguém estava vigiando a entrada. Ignorando o sapateado que o coração fazia em suas orelhas, ela se deslocou rapidamente pelo arco baixo da segurança, passou pela guarita e entrou na biblioteca.

OITO

Sierra nunca tinha visto tantos livros. *Desenvolvimento econômico no Terceiro Mundo*, declarava um título de uma das mesas principais. *Estudos sobre literatura porto-riquenha*, dizia outro. Ela nunca tinha pensado que havia algo chamado literatura porto-riquenha, muito menos que valeria um livro enorme na biblioteca da Universidade de Columbia. Havia também um livro menor intitulado *Debatendo tio Remus: Uma antologia de ensaios e histórias sobre as lendas populares históricas do Sul dos Estados Unidos.*

— Mantenha o foco, garota — disse Sierra para si mesma, imitando a voz do padrinho. — Faça o que veio fazer aqui.

Ela encontrou um mapa e o percorreu com o dedo até encontrar a área chamada "Arquivos de Antropologia".

— Subsolo sete? — disse em voz alta. — Ótimo.

Entrou por uma porta barulhenta e desceu dois andares de escadas de concreto que tinham cheiro de cigarros de cravo e perfume.

O subsolo sete parecia mais um armazém do que uma biblioteca. Prateleiras de metal se estendiam pela escuridão de um salão cinza enorme. Máquinas se agitavam e murmuravam em algum lugar próximo. O ar-condicionado devia estar ligado no máximo, porque, assim que entrou, Sierra teve que se envolver com os braços para tentar produzir algum calor.

— Posso ajudar? — perguntou uma garota sentada atrás de uma mesa.

Ela parecia apenas alguns anos mais velha que Sierra. Usava um cachecol enrolado no pescoço e um gorro de lã sobre o cabelo preto e cacheado. A etiqueta com seu nome na blusa de botões dizia NYDIA OCHOA.

— Estou fazendo uma pesquisa — declarou Sierra. — É um projeto para uma matéria de antropologia. Para o curso de verão. — Ela pegou um pequeno pedaço de papel do bolso da calça jeans e o colocou sobre a mesa. — Estou pesquisando sobre um professor que dava aula aqui. O nome dele é Jonathan Wick.

O rosto de Nydia se iluminou.

— Ohhh! — exclamou ela, com um sorriso conspiratório. — Dr. Wick! Coisa boa.

— Você conhece o dr. Wick?

Nydia negou com um movimento de cabeça.

— Não, ele não está mais aqui desde, tipo, uns dois semestres atrás. Ele, hum... — Ela se curvou sobre a mesa e baixou a voz. — Bem, ninguém sabe o que aconteceu com ele. Não... — Ela se jogou de volta na cadeira de rodinhas e continuou a falar: — Olha só. Ele sumiu completamente da face do universo. Tipo, *puf*. Eu perguntei para todo mundo. Não tenho culpa de ser curiosa, sabe? Mas o velho Denton, o cara que eu substituí quando me trouxeram para administrar os arquivos...

— Espera — interrompeu Sierra, erguendo uma mão. — Você *administra* os arquivos?

— Bem, é, os arquivos de antropologia.

— Mas você não tem tipo... uns vinte anos?

Nydia deixou um sorriso caloroso se espalhar pelo próprio rosto.

— Trinta e três, querida. — Ela mostrou um porta-retratos com dois meninos sorridentes de pele escura e cabelo black power. — E eu tenho um filho de sete anos e outro de nove. Mas obrigada pelo elogio. Negros não envelhecem, sabe? E, de qualquer forma, nós, *boricuas*, envelhecemos no nosso próprio ritmo. Você é porto-riquenha, não é?

Sierra assentiu.

— Eu amo livros e quero ficar rodeada por eles o dia inteiro, mesmo que seja em um porão encardido em uma universidade velha no Upper West Side. — Fazendo jus à sua herança cultural, a bibliotecária-chefe falava incrivelmente rápido. — No futuro, vou abrir minha própria biblioteca no Harlem, mas vai ser, tipo, uma biblioteca do povo, não só para acadêmicos. E vai ser cheia das histórias das pessoas, não só papo intelectual repleto de jargões. Isso aqui é como um treino, na verdade, e para incrementar minha posição aos olhos de certos investidores em potencial.

— Você tem todo um plano, hein? — comentou Sierra. Ela nunca havia conhecido alguém como Nydia.

— Tenho sim. Enfim, o velho Denton me contou todo tipo de coisas misteriosas sobre esse Wick. Ele era um figurão da antropologia e estudava especificamente os tipos de sistemas espirituais de várias culturas, sabe? Mas o pessoal diz que ele se envolveu *demais*, não soube como traçar um limite entre ele e suas... — ela fez o sinal de aspas com os dedos e revirou os olhos — ..."cobaias". Mas se você me perguntar, esse limite entre antropologista e cobaia é todo bagunçado, de qualquer forma.

— Como assim?

— Ugh, você me faz essas perguntas como se isso não fosse terminar comigo despejando uma dissertação inteira no seu ouvido até três horas da manhã. Mas vou me controlar, porque tenho certeza de que nós duas temos outros compromissos hoje. Só digo o seguinte: Quem estuda e quem é estudado, e por quê? Quem toma as decisões, sabe?

— Eu não sei mesmo — responde Sierra.

— Pois é! A maioria das pessoas não sabe. É toda uma burocracia louca de bolsas e... *oy*, sabe? De qualquer forma, Wick meio que estava além disso tudo por um tempo, pelo que eu entendi. Ou pensou que estivesse. Ele ia, aprendia um monte sobre um grupo e seus rituais e, então, tipo, desaparecia por um tempo para aprender como fazer... você sabe...

— O quê?

— Magia. Coisas com os mortos. Uns negócios assim.

Sierra arregalou os olhos.

— Sério?

— Quero dizer... É o que o povo conta, né? — Nydia deu de ombros. — Eu? Eu já não sei. Antigamente, as pessoas olhavam feio para gente como Wick por causa desse tipo de pesquisa antiquada de antropologia médica, e você sabe que é uma grande bobagem, porque essa grande instituição fazia coisas do tipo roubar túmulos ou pior...

— Hum, eu não sabia disso.

— Mas Wick era contra isso tudo, pelo que sei. Ele, tipo, fazia parte do movimento, ou algo assim. Mas me deixe fechar essa minha boca enorme e trazer os arquivos para você.

Antes que Sierra pudesse digerir a avalanche de informações que tinha ouvido, Nydia já havia se virado e desaparecido em meio às estantes.

Ela voltou alguns minutos depois e colocou um arquivo grosso de papel em cima do balcão.

— Aqui está, querida. Isso vai te dar uma introdução ao trabalho de Wick. A única questão é que você vai ter que tirar cópia disso tudo. Pode usar a copiadora ali do lado, é só passar sua identificação como se fosse um cartão de crédito.

— O negócio é que... — murmurou Sierra. — Não estou com a minha identificação.

Nydia parou de organizar o arquivo e observou Sierra por um tempo.

— Bem que eu achei que você parecia jovem demais.

— Posso explicar.

A bibliotecária ergueu uma mão, pelo que Sierra sentiu-se grata, porque não fazia ideia de como iria se explicar.

— Não precisa. Dá para ver que você está fazendo alguma coisa interessante. E eu sou curiosa e gosto do seu estilo. Aqui. — Ela enfiou a mão em uma gaveta escondida da escrivaninha, procurando por algo e entregou para Sierra um cartão laminado com um chip na parte de trás. — É uma identificação temporária que eu dou para os meus estagiários. Nós podemos conseguir uma de verdade mais tarde, se você quiser continuar vindo aqui. Pode usar nas copiadoras e para passar pela segurança.

— Uau! — exclamou Sierra, admirando o presente. — Obrigada. Eu não sei o que dizer.

— *De nada*. — Nydia sorriu. Ela separou um arquivo menor do resto dos papéis. — Essa é a parte boa: seus diários e anotações.

O restante é, em sua maioria, besteira do tipo pesquisa e equações e blá-blá-blá. De qualquer forma, aqui está o meu celular. — Ela anotou um número em um post-it amarelo. — Me avise se encontrar qualquer coisa interessante sobre Wick.

— O que tinha na maleta? — perguntou Sierra ao padrinho.

Neville a ignorou ou não conseguiu ouvi-la sobre a música funk antiga que tocava no rádio e que ele cantava junto enquanto passavam de carro pela rodovia West Side.

Sierra apertava o arquivo contra o peito. O mundo parecia ficar mais estranho a cada momento, mas o entardecer permanecia teimosamente belo. O sol poente brincava de pique-esconde com algumas nuvens roxas que se esticavam pelo horizonte da cidade de Jersey, e uma brisa morna de verão entrava pelas janelas abertas do Cadillac para bagunçar os cabelos dela.

— Neville! — gritou Sierra.

— *Get up, get up, get up!* — cantou ele aos gritos, buzinando a cada expressão.

Sierra desligou o rádio e Neville a olhou com irritação.

— O que tinha na maleta?

— Nada.

— Como assim, nada?

— Quero dizer que não tinha nada lá. Eu a esvaziei antes de sairmos.

— Por quê?

Neville parecia orgulhoso.

— Eu sempre saio com uma maleta vazia, pro caso de precisar largá-la em algum lugar.

— Então por que todo mundo saiu correndo e os seguranças ficaram tão nervosos? — perguntou Sierra.

— Porque um homem negro largou uma bolsa e foi embora.

— Mas...

— Funcionou, não foi?

— Mas você podia ter sido preso, cara!

Neville deu uma gargalhada.

— Por ser esquecido? Por dar trabalho desnecessário para a ótima equipe dos achados e perdidos? Ah, eu queria que eles tentassem. Conseguiu o que precisava?

— Hum, consegui... Mas você estava sentado no carro o tempo todo. Eles podiam ter...

— Eu teria ido embora se as coisas esquentassem e te ligado para me encontrar em outro lugar. Eu tenho um celular, sabia? Mas foi bom não ter chegado a esse ponto. Estou com a minha serrada no porta-malas.

— Uma escopeta de cano serrado?

Tio Neville apenas deu uma risada e ligou o rádio de novo. Sierra nunca conseguia saber se ele estava brincando sobre coisas desse tipo.

NOVE

Tio Neville freou o carro cantando pneu na avenida Throop. Sierra lhe agradeceu, comprou um pacote de chicletes e um geladinho na loja do Carlos, e se recostou na parede sob a sombra do toldo vermelho. Ela puxou o arquivo de Wick da bolsa carteiro que usava. A maior parte parecia registros de diário, todos escritos em uma letra elegante. Havia algumas imagens e diagramas — muitas representações do corpo humano e alguns círculos sobrepostos que Sierra não conseguia nem ter ideia do que eram. Ela folheou mais algumas páginas. E tinha certeza de que, em algum lugar daqueles papéis, estava a história oculta da sociedade secreta esquisita de seu avô.

Os olhos de Sierra bateram na palavra "Lucera" e ela voltou até aquela página.

"De volta ao Brooklyn. Impressionado e tocado pela beleza e devoção desta comunidade aos seus espíritos locais. A arte da regeneração comemorativa é forte por aqui, uma colisão empolgante de arte e espiritualidade. A mitologia dos Manipuladores de Sombras gira em torno de um espírito arquetípico chamado Lucera, que supostamente desapareceu de maneira misteriosa há alguns anos, não muito depois que entrei para a comunidade. Há rumores de que, sem Lucera, os murais que são tocados pela magia dos Manipuladores de Sombras vão se desbotar eventualmente e a conexão com os espíritos se extinguirá."

— Uau! — disse Sierra em voz alta. Ela rasgou o pacote de geladinho com os dentes e sugou a massa azul de dentro dele.

"O vazio os deixou em dificuldades, mas ainda podemos sentir a agitação dos espíritos no ar, o poder da imaginação coletiva manifestando sua devoção à ancestralidade pelas paredes e lugares santos da cidade.

"Laz diz que os segredos dos Manipuladores de Sombras não podem ser compreendidos por uma mente de fora. E eu tive que reprimir aquele velho ímpeto de defender a mim, ao meu campo de estudo, à história coletiva vergonhosa, essas coisas. Ele sorriu quando disse aquilo, como se percebesse que atingiria as minhas inseguranças mais profundas. Eu suspeito que haja algum espaço para manobra nesse acordo. Veremos..."

O nome do avô de Sierra estava no diário daquele professor estranho. Ela queria ler mais, só que a noite se aproximava e Robbie e os guerreiros do dominó a esperavam no mural. Guardou o arquivo de volta na bolsa carteiro, jogou a embalagem de geladinho fora e saiu dali.

O mural de Vincent ainda parecia frio e determinado. O velho Drasco passou mancando por ela, murmurando seu fluxo ininterrupto de charadas enquanto um grupo de gatos marchava logo atrás dele, como sempre. Do outro lado da rua, algumas garotas brancas de biquíni se apoiavam no letreiro de alguma coisa — talvez um negócio de carros ou algum tipo de cigarro? Sierra não descobriu, nem se importava muito. Sob o anúncio, mulheres com chapéus enormes em cores pastel faziam fila para a missa noturna em uma igreja de porta de rua, e uma outra congregação se aglomerava para entrar na loja de bebidas ao lado.

Sierra deu meia-volta e seguiu para o Ferro-Velho.

Na área aberta e empoeirada entre as montanhas de carros destruídos, Rutilio deu uma pirueta desajeitada no ritmo de seu próprio beatboxing ofegante. Ele caiu agachado com as duas mãos estendidas à frente. Seu corpo era quase todo esguio, o que tornava sua barriga enorme de cerveja ainda mais protuberante. Ela também não ajudava muito no seu equilíbrio. Ele se levantou devagar, soltando uma série de xingamentos em espanhol até ficar completamente de pé, e então rangeu os quadris ao girá-los em um círculo, caminhando como se tivesse artrose.

Sierra, Manny e o sr. Jean-Louise aplaudiram.

— Pior passo de dança existente — murmurou o sr. Jean-Louise.

Manny franziu a testa.

— Ah, vai, não foi tão ruim.

— Você não viu enquanto a música estava tocando: um desastre total. *Katastwóf*.

— Viu?! — gritou Rutilio. — Tão simples! — Então ele gemeu de dor e apertou a base da coluna. — *¡Ay, cojones!*

Um cachorro enorme — uma espécie de são-bernardo misturado com pit bull, misturado com uma cria do demônio — disparou pelo Ferro-Velho até ele, sua língua enorme balançando de um lado para o outro.

— Não! Não você, Cojones! — gritou Rutilio. — Era só uma expressão! Não!

O cachorro pulou em cima de Rutilio e lambeu seu rosto com vontade.

— Você realmente não precisava ter dado esse nome para o cachorro, Manny — disse Sierra.

— Eu sei, mas achei que seria divertido. E olha só, é divertido!

Sierra concordou, dando razão a ele enquanto Rutilio lutava para ficar de pé novamente e jogava um pedaço de metal para Cojones buscar.

— Eu odeio esse *perro*! — gritou o homem.

— Bem, ele te ama — zombou o sr. Jean-Louise.

— Vocês são demais — disse Sierra. — Robbie já começou lá dentro?

Manny sorriu para ela.

— Uhum, e nós ligamos os refletores para você.

— Entendi — disse Sierra. — Obrigada.

Os guerreiros do dominó assentiram e brindaram uns aos outros com o primeiro gole de rum da noite.

— Você já está pronto para conversar, cara? — perguntou Sierra.

Eles tinham trabalhado rapidamente na última hora. Sierra preencheu a asa do dragão inteira enquanto o céu se tornava um laranja nublado à volta deles. Alguns pássaros saíram voando e, lá embaixo, famílias caminhavam na direção do parque. Robbie havia coberto um pedaço enorme da parede com tinta branca, e o esqueleto dele agora usava um vestido elaborado e exibia um sorriso enorme. Os olhos do Papa Acevedo pareciam encarar um inimigo impossível, e suas cores haviam se desbotado até quase uma tinta transparente desde a noite anterior.

— Robbie — disse ela quando o garoto não respondeu.

— Hum?

— O que são eles?

— O que são o quê?

— O que são os Manipuladores de Sombras?

Robbie suspirou. O andaime tremeu violentamente, o que significava que Manny estava subindo. Sierra falou rapidamente:

— Alguma coisa está acontecendo e meu avô estava envolvido, e aquele cara esquisito da festa também, e quem quer que seja Lucera... Todo mundo sabe das coisas, menos eu!

— *Oye, chicos* — disse Manny, arfando e subindo na plataforma. — Eu já acabei por hoje.

— Manny — começou Sierra —, você conhecia aquele velho Vernon que morreu, certo?

Robbie ficou tenso.

— Sim — respondeu Manny. — Eu o conheci há alguns anos. Essa época já passou, Sierra.

— Mas você, Vernon e meu avô eram próximos. O que me diz sobre isso?

— Eu vou dizer uma coisa para você — respondeu ele, olhando para os lados como se alguém os estivesse vigiando.

Sierra estreitou os olhos.

— O quê?

— O seu *abuelo* era craque em contar histórias.

— Ah. — Ela tentou não parecer decepcionada. — Quero dizer, eu sabia. Todo mundo fala isso. Mas nem me lembro direito de quando ele contava histórias. Costumava contá-las quando a gente era bem pequeno.

— Ah! — Manny ergueu uma das mãos. — Deixa eu te falar, *este viejo...* ele deixava todo mundo *vidrado*. Nós, um bando de velhos, sentados em um silêncio tão completo como o de uma sala de crianças assustadas, esperando para ver o que aconteceria. O jogo de dominó ficava suspenso.

Aquilo em si era um feito impressionante; os homens do dominó eram notoriamente conhecidos por continuar jogos de forma imperturbável, mesmo durante todos os tipos de desastres naturais e até, de maneira infame, um tiroteio.

— Os Manipuladores de Sombras, Manny — disse Sierra. — Me conte sobre os Manipuladores de Sombras.

O antigo jornaleiro ergueu as sobrancelhas para ela.

— Ah.

Sierra ouviu Robbie se remexer inquieto atrás dela.

— "Ah" o quê? — perguntou ela.

Manny suspirou.

— Era um clube, Sierra. Um clube do Bolinha. Sabe, um lugar para os caras do bairro se juntarem de vez em quando. Tipo esses caras que usam chapéus engraçados e tal, mas sem os chapéus engraçados. Bendito seja Deus.

— Mas então quem é esse tal de Wick e por que está escrevendo sobre os Manipuladores de Sombras como se fossem uma espécie de irmandade espiritual?

— Essa é uma pergunta para um outro momento. Não é algo sobre o qual eu queira falar. Talvez seu amigo Robbie aqui possa explicar melhor — disse Manny com um sorriso triste. Ele limpou as mãos na calça. — Muito bem, vocês dois. — O andaime inteiro se sacudiu de forma rítmica enquanto ele descia. — *Buenas noches*.

— Boa noite — respondeu Robbie em voz baixa. Sua voz parecia estar a quilômetros de distância.

Sierra se virou e o encarou intensamente.

— Você pode explicar a sua parte da coisa toda enquanto me acompanha até em casa, parça.

DEZ

— Olha, eu normalmente não falo sobre essas coisas com... ninguém.

Robbie estava com as mãos enfiadas nos bolsos. Os dois pararam na beira do andaime, onde a Torre formava uma esquina com a parte de trás do antigo prédio de tijolos.

— Bem, essa é uma ocasião especial — disse Sierra. — As coisas estão indo por água abaixo.

Ele riu discretamente.

— Bem, isso é especial mesmo. É só que as pessoas tendem a achar que você é louco quando fala sobre esse tipo de coisa, sabe? E nós temos que, sabe... jurar segredo.

— Você também é um Manipulador de Sombras? Eu sabia!

Robbie sorriu.

— É meio difícil de explicar.

— Tudo bem — respondeu Sierra. — Não posso prometer que não vou achar que você é louco.

— Obrigado.

— Mas eu ainda vou ser sua amiga e ajudá-lo a terminar o mural.

— É o seu mural! Eu estou ajudando *você* a terminá-lo!

— Cara, eu tô brincando! Relaxa, meu amigo.

Robbie apontou para a expressão triste do Papa Acevedo.

— Ok, olha. Eu fiz isso aqui.

— Certo.

— Papa Acevedo, Mauricio, ele foi meu professor antes de morrer. Eu era só uma criança de doze anos quando o conheci, mas ele sabia que eu tinha algo especial... e me treinou.

— Treinou você para fazer o quê?

— Tanto para pintar quanto... para trabalhar com os espíritos. Manipulação de sombras.

Mais ou menos uma centena de pensamentos confusos e contraditórios percorreram a mente de Sierra ao mesmo tempo. Ela acabou os afastando e apenas assentindo. Sim, aquilo parecia loucura. Uma coisa era alguém lhe contar histórias sobre professores velhos e estranhos, ou até mesmo sobre seus próprios familiares. Mas Robbie era apenas alguns meses mais velho que ela e estava falando muito sério. *Trabalhar com espíritos*. Algo nessa história parecia muito verdadeiro. Parte de Sierra sabia que ele diria aquilo, sabia que era sobre o que estava falando desde... bem, desde o começo.

Robbie expirou, observando Sierra.

— Mas eles não são, tipo, espíritos malignos. Pelo menos não esses. Aqueles com quem a gente trabalha, no caso.

— Espíritos tipo... gente morta? Tipo fantasmas?

— Isso, alguns deles são nossos ancestrais, dos Manipuladores de Sombras, outros são só pessoas que partiram dessa para melhor e se tornaram espíritos. Mas eles são nossos protetores, e até nossos amigos. E se parecem com simples sombras, até... — Ele baixou o tom de voz.

— Até o quê?

— Até darmos uma forma a eles. Olhe. — Ele apontou para o rosto que agora mal podia ser visto espiando da parede de tijolos. — O espírito do Papa Acevedo está... *estava* na pintura.

— É por isso que ele estava chorando!

O garoto assentiu, um riso discreto curvando seus lábios.

— Pensei que eu estivesse ficando louca...

— Você não está louca, Sierra. — Ele sorria, mas também parecia prestes a se despedaçar a qualquer momento. — É só que as pessoas normalmente não enxergam. Suas mentes não deixam, então parece que elas estão lidando com uma pintura qualquer, que não se mexe e tal. Papa Acevedo sempre disse que as pessoas não enxergam o que não estão procurando. É assim que funciona.

Sierra olhou para o rosto do velho. Robbie havia capturado sua essência com perfeição: aquele nariz grande e o jeito que seu bigode grisalho fazia uma curva para cima em cada ponta para dar espaço ao seu sorriso de velho. Ele usava o mesmo boné marrom que Sierra lembrava de vê-lo usando toda vez que ela ia visitar o *abuelo* e os guerreiros do dominó no Ferro-Velho.

— De qualquer forma, ele começou a desaparecer, tanto o espírito quanto a pintura, quando Lucera sumiu, há mais de um ano. Começou devagar, mal dava para perceber. Então passou a acontecer cada vez mais rápido. E agora... — Robbie colocou a mão sobre a parede e fechou os olhos. — Eu não consigo senti-lo aqui. Não consigo falar com ele. Papa Acevedo sabia que aconteceria em breve. E... a última vez que falei com ele...

— Ele conseguia falar com você, tipo... através do mural?

Robbie assentiu.

— Disse que havia forças se reunindo contra nós. Não sabia o que eram, exatamente, só que tínhamos que pintar mais murais, mesmo que eles continuassem desaparecendo, e que nós estávamos em perigo. Nós, os Manipuladores de Sombras, no caso.

Robbie olhou para a pintura pela última vez, e os dois terminaram de descer o andaime. Sierra trancou o Ferro-Velho, e eles seguiram juntos pela avenida Marcy.

— Mas por que ele sumiu, Robbie? Eu não entendo.

— Aconteceu uma briga. Seu avô e Lucera. Isso foi antes de eu começar a aparecer por aqui. Ninguém sabe por que eles brigaram ou o que aconteceu, mas Lucera desapareceu.

— Espera aí. Mas quem é Lucera?

— Lucera, ela era... ela é... um espírito. — Ele olhou de esguelha para Sierra, que assentiu para que continuasse. — Mas um espírito muito poderoso. Contam que foi ela quem reuniu os Manipuladores de Sombras pela primeira vez, que o poder dela estava em tudo o que fazemos. Mas acho que ninguém percebeu o quão crucial ela era até Lucera desaparecer, pouco antes de o seu avô ter o AVC. E então foi cada um para um canto. Alguns passaram para outras tradições, outros só voltaram para as suas antigas vidas normais de, tipo, não fazer manipulação de sombras.

Eles passaram por um salão de cabeleireiro vinte e quatro horas e, então, por uma padaria com cupcakes delicados desenhados na janela.

— Caramba. Todos vocês desapareceram? — perguntou Sierra.

— Basicamente. Menos eu, né?

— O último Manipulador de Sombras.

Robbie riu, uma risada calorosa que fez Sierra sorrir. Pelo menos ele tinha relaxado um pouco.

— Quero dizer, você não precisa fazer com que pareça um filme ruim de kung fu, mas sim, é algo do tipo. Nós estávamos procurando por ela, mas não encontramos nenhuma pista, nenhum sinal, nada...

Sierra enfiou a mão no bolso e tirou o pedaço de papel que seu avô havia lhe dado naquela manhã.

— "Onde mulheres solitárias vão dançar" — disse ela em voz alta.

— Como é?

— Meu avô me deu isso hoje. — Entregou o papel para Robbie. — Disse que era lá que Lucera estaria.

— Uau! — Ele aproximou o papel do rosto e apertou os olhos para tentar enxergar melhor a letra. — Nunca tivemos algo assim antes. Eu nem sei o que dizer.

— Significa algo para você?

Robbie negou com a cabeça.

— Nada, mas... olha, parece que tem mais. — Pequenas linhas de tinta podiam ser vistas na parte de cima do papel rasgado. — Aposto que se tivéssemos o restante do papel, conseguiríamos descobrir onde Lucera está.

— Tudo bem, mas... onde vamos conseguir isso? Meu avô não está disposto a entregar mais nada. Mesmo se estiver com ele...

Robbie lhe devolveu o papel.

— Bem, é um começo, pelo menos. Todo mundo já tinha praticamente abandonado todas as esperanças de encontrar Lucera algum dia. Nem sei direito onde os outros Manipuladores de Sombras foram parar. O único de quem eu era próximo era Papa Acevedo. E agora a situação está se tornando muito urgente.

— O que foi aquilo com o cara da festa, o Vernon? Ele ainda estava procurando por ela.

— Aquele não era o Vern — explicou Robbie, balançando a cabeça e franzindo a testa. — Era um corpúsculo.

— E aí, Sierra! — gritou uma mulher corpulenta em um vestido colorido.

Todos os vizinhos de Sierra estavam nos degraus, relaxando na noite morna de verão. Ela acenou de volta para a mulher.

— Olá, sra. Middleton. — Ela olhou de volta para Robbie. — Um corpus-quê? O que é isso?

— É... é tipo, quando alguém morre, o corpo vira uma casca vazia sem espírito, certo?

— Acho que sim?

— Um corpúsculo é um corpo morto com o espírito de outra pessoa, tipo, enfiada nele.

— Uma... uma pessoa morta? Ugh!

Robbie assentiu.

— Eu sei. Não é algo que os Manipuladores de Sombras fariam, pelo menos não os que eu conheço. É preciso ser alguém muito perturbado para forçar um espírito em um corpo morto. Eu não conhecia Vernon muito bem, mas quem quer que tenha feito isso com o corpo dele, o está controlando. É quem está procurando por Lucera.

Eles caminharam em silêncio, Sierra se lembrando do aperto gelado do corpúsculo em seu braço, de seu cheiro ruim. Estremeceu, arrepiada, enquanto eles caminhavam até o prédio de quatro andares dos Santiago.

— Eu fico aqui.

Robbie olhou para cima, na direção do prédio.

— Eu amo prédios de tijolo.

— Então... nós temos que encontrar Lucera, certo?

— Só Lucera pode mudar a situação. Eu nem imaginava que ainda pudesse existir, mas se o corpúsculo de alguém está procurando por ela, cara... É isso aí.

— Tudo bem. Ei, você conhece alguém chamado Wick? Eu peguei alguns arquivos dele hoje na Columbia.

— Ah, aquele cara branco aleatório que andava com o seu avô? Eu não falava muito com ele, mas lembro de encontrá-lo uma ou duas vezes.

— Bem, vou ver o que consigo descobrir. Talvez ele saiba de algo...

Robbie encarou Sierra.

— Parece bom. Ei, obrigado. Por me ouvir e tal.

— De nada. Obrigada por me contar tudo aquilo.

Ele sorriu.

— Olha, eu posso... Eu acho que mostrar para você como esse negócio de manipulação de sombras funciona pode ser mais fácil do que explicar.

Sierra ergueu uma das sobrancelhas.

— Ah, é?

— Uhum, eu poderia fazer isso.

— Maneiro.

Eles ficaram parados por alguns segundos. Sierra sentiu um fio invisível de possibilidades pairar entre eles, mas não sabia o que deveria acontecer.

— Até amanhã — disse ela, finalmente, e subiu os degraus de casa.

ONZE

Na manhã seguinte, Sierra entrou de fininho no quarto de Lázaro. O sol nascente se estendia pelos telhados de Bed-Stuy, cintilando contra as vidraças, e lançava sombras escuras sobre as calçadas e avenidas.

Seu avô estava deitado com a boca escancarada e um fio de saliva incrustada no rosto. Por um segundo, ela não teve certeza de que ele estava vivo. Estava prestes a atravessar o quarto para checar quando as narinas do velho se abriram e ele deu um ronco colossal.

Quem foi este homem? Seu avô sempre havia sido carinhoso com ela quando pequena: caronas na garupa e truques bobos de mágica com aquela risada marcada pelo cigarro que ele carregava. Mas aí ela entrou na fase esquisita da pré-adolescência, com aquelas espinhas todas, os óculos e as curvas novinhas, e Lázaro começou a agir como se não soubesse o que esperar daquela nova criatura. Mama Carmen tinha permanecido silenciosamente firme e ocasionalmente feroz, mas nunca houve qualquer dúvida quanto ao seu amor — ele transparecia em cada pequeno movimento que fazia, no modo com que ajustava as roupas de Sierra e arrumava seu cabelo quase sem pensar, ou pousava a mão idosa e enrugada no ombro da neta. Não prestava muita atenção em conversinhas ou discussões, mas, quando perguntava algo a Sierra, ela realmente queria saber. Vô Lázaro, por outro lado, só se afastou cada vez mais com o passar do tempo, e Sierra nunca havia descoberto como trazê-lo de volta.

Então chegou o dia terrível em que o telefone tocou sem parar, a polícia apareceu na porta, os pais de Sierra correram para calçar os sapatos e ir para o Hospital do Brooklyn, onde Lázaro entrou em coma. O câncer de fígado levara Mama Carmen alguns meses antes. Tinha sido uma morte repentina e devastadora, e todos disseram que fora a tristeza que minara a capacidade do velho, que perdeu a vontade de viver.

Sierra tinha ido visitá-lo no hospital na manhã seguinte. O rosto do avô congelara em uma máscara boquiaberta de terror, como um dos pobres coitados que olharam para a Medusa e viraram pedra. Tubos e cabos percorriam seu corpo, se enfiavam na pele e se enrolavam em um amontoado incompreensível de sons, ondas intermitentes e bolsas de fluidos que não paravam de pingar. Sierra não conseguira chorar — fora como se o choque tivesse derrubado qualquer emoção que fosse capaz de sentir, deixando-a apenas com um latejar fraco e distante —, mas seu irmão Juan ficara inconsolável. Só agora, um ano depois, é que Lázaro parecia um pouco melhor.

Sierra respirou fundo. Queria poder apenas ficar ali parada e absorver a vista do bairro, a paz do sono de seu *abuelo* e o novo dia. Mas estava em uma missão. Ela passou por Lázaro com leveza até sua parede de fotos. Laz ainda sorria e Mama Carmen ainda brilhava dentro de seu mundo de filme Kodachrome. Na foto dos Manipuladores de Sombras, o velho Vernon ainda tinha uma impressão digital preta sobre o rosto. Todos os outros pareciam...

Sierra quase deixou um arquejo escapar. Outro rosto havia sido manchado. Era um homem alto e esguio que estava atrás de Delmond Alcatraz. Tinha a pele negra mais clara e usava um terno risca de giz. Ao seu lado estava escrito: *Joe Raconteur*.

Sierra sentou-se na cadeira de balanço ao lado da cama de Lázaro e puxou de dentro da bolsa o arquivo de Wick. Ela encontrou a página em que havia parado.

"Eu sinto que estou muito perto de algo. Algo grande. Está dentro de mim, estremeço por causa disso — tanto com o conhecimento do que está por vir quanto com o poder de estar tão, tão perto. Perto de quê? Eu não sei exatamente, admito. Será um espírito? Ancestrais? Os mortos? Aqueles murmúrios silenciosos que ouvi a vida inteira, aqueles em que nunca confiei, que, na verdade, enterrei dentro de mim durante todos estes anos? Talvez."

Sierra se recostou. Ali estava uma pessoa, ninguém menos do que um professor universitário, tratando os discursos labirínticos de seu avô com seriedade absoluta. A própria filha de Lázaro não queria falar sobre a vida secreta do pai, mas aquele tal de Wick estava completamente envolvido. Sierra prendeu o cabelo com um elástico e continuou a ler enquanto seu avô roncava.

"O esquizofrênico de um mundo é o médico de outro, não é mesmo? Seja lá como resolvamos chamar, eu só quero mais. Mais entendimento, mais conhecimento. Mais... poder. Porque é disso que estamos tratando, poder. Ele cresce dentro de mim, incessante frente à mesquinharia fútil das políticas universitárias ou regras anestesiantes do dia a dia. Sou algo novo. Nunca diria isso em voz alta, é claro, mas acho que, graças ao meu conhecimento extenso de outras culturas e sistemas cosmológicos, eu poderia me beneficiar da mágica de L de maneiras muito mais amplas do que qualquer um poderia prever. Se eu conseguir combinar os poderes que estou desenvolvendo sob a orientação das Lamúrias com a magia dos Manipuladores de Sombras... as possibilidades são quase inimagináveis. Não existe um limite. Mas apenas se Lucera puder ser encontrada. Sem ela, os Manipulares de Sombras logo se dispersarão e todo o trabalho deles desaparecerá. A única pista sobre seu paradeiro é esta frase:

"... onde mulheres solitárias vão dançar."

— Onde mulheres solitárias vão dançar — disse Sierra em voz alta. Lázaro havia passado a mesma pista para Wick.

"Ela vem de uma antiga música de louvor dos Manipuladores de Sombras. Laz se torna completamente desdenhoso quando fala sobre Lucera — aparentemente as coisas não acabaram bem entre eles antes de ela desaparecer. Quando o pressionei sobre o restante do poema, estes foram os únicos outros versos que ele me deu:

"Venham para a encruzilhada, para a encruzilhada venham
Onde os poderes convergem e como um só se detenham."

Mais dois versos do poema! Wick havia circulado a palavra "um" várias vezes. Sierra anotou os versos em um pedaço de papel e continuou a ler.

"Acho que ele se refere aos poderes unificados dentro do espírito da própria Lucera. Como guardiã de uma magia que conecta os vivos com os mortos, ela representa um tipo de encruzilhada viva. Imagine só o que isso significa, concentrar todos esses poderes convergentes em apenas uma entidade.

"Imagine só..."

O telefone de Sierra vibrou e ela quase gritou de susto. Era Robbie. *"Hj à noite ainda tá de pé??"*

— Droga.

Ela deu um tapa na testa. Havia esquecido completamente que ia encontrar Robbie mais tarde e ainda tinha que passar no Ferro-Velho para pintar mais um pouco. Ela mandou um *"tá"* como resposta e se levantou.

Lázaro estava abraçado a um dos travesseiros e roncava calmamente sobre ele.

— Ah, *abuelo* — suspirou Sierra. — O que foi que você fez?

DOZE

Suor escorria pela nuca de Sierra e manchava as axilas de sua camiseta cinza. A banda de Juan deslizava para outro refrão nos seus fones de ouvido. "*Cuando la luna llena...*", cantou suavemente Pulpo, o vocalista da Culebra. A voz dele envolvia Sierra como uma fita de veludo. A música cresceu até atingir um novo nível de barulho e de loucura estática, e então se tornou muito calma quando o baixo entrou no ritmo sincopado do *tumbao*, seguido pelo *claque-claque* da *clave*, das trompas dançantes e do chilrado do teclado.

A música chegou ao seu final estrondoso e Sierra tirou os fones do ouvido. Ela desceu o andaime, se afastou da parede e grunhiu, satisfeita. O dragão estava quase pronto, com as asas estendidas de forma magnífica sobre o Ferro-Velho, como um dedo do meio erguido para a seriedade da Torre. Sierra dera ao dragão o sorriso e os olhos apertados e maliciosos de Manny, e adicionou fios de bigode mais ou menos no formato de seu bigodão. Ela riu sozinha.

Robbie devia ter voltado mais tarde durante a noite para trabalhar no lado dele: agora a mulher-esqueleto tinha uma guitarra, de cujas cordas saíam espirais coloridas que davam as primeiras formas a uma cidade movimentada. Sierra conseguia visualizar como a parede inteira ficaria quando estivesse pronta, e seria algo espetacular.

Manny se aproximou de Sierra e colocou um refrigerante Malta em suas mãos.

— Dragão bonitão esse daí.

Sierra riu.

— Obrigada, senhor. Dei o meu melhor.

— O desenho do Robbie também está bonito.

— Eu quero ser como ele. Tudo o que ele desenha me deixa louca.

— Ah, você tem seu próprio estilo, Sierra. Pode acreditar. Está criando coisas incríveis.

Sierra chutou uma pedra no chão e deu de ombros.

— Obrigada, Manny.

Eles ficaram observando a parede em silêncio. Então ela perguntou:

— Você conhece um tal de Raconteur?

— Sierra... — disse Manny, lançando um olhar severo na direção dela.

— Já sei! Você não gosta de falar sobre coisas dos velhos tempos ou sei lá o quê, mas olha, isso é importante. Eu... Eu não tenho certeza do que está acontecendo, mas acho que você... que nós... Acho que todos podemos estar em perigo. Na noite em que o velho Vernon desapareceu, eu...

— Sierra. — Ela nunca havia ouvido Manny falar em um tom tão sério quanto aquele. — Várias coisas aconteceram nos últimos anos com o seu avô e os Manipuladores de Sombras. Eu não sei a maior parte delas, porque fiquei mais pelos arredores. Mas existe muita mágoa sobre isso. O pessoal não gosta de ficar lembrando, entende? Várias amizades acabaram, e até famílias se desfizeram.

Manny olhou de volta para a pintura.

— Raconteur era um Manipulador de Sombras?

Ele assentiu.

— Você sabe como falar com ele? Se ainda estiver vivo? Ou qualquer coisa assim?

— Eu sou um jornaleiro, Sierra. Eu entendo de curiosidade, pode acreditar. Mas isso... Para o seu próprio bem, isso é algo que você precisa deixar pra lá. Só esquece, tá?

— Manny... Isso é sobre a minha família. Você não pode me pedir para...

O Rei do Dominó balançou a cabeça e se afastou sem dizer mais nada.

No momento em que entrou em casa, Sierra foi recebida pelo aroma denso e suculento de *arroz com pollo* e *plátanos* cozinhando no fogão. Nunca falhava; mesmo naquele dia, com pinturas chorando e estranhos à espreita, o cheiro do arroz com frango da mãe a fazia ficar mais calma frente a qualquer problema, pelo menos por alguns segundos. Ela foi envolvida por uma nuvem perfumada que parecia levá-la para a cozinha, desfazendo suas preocupações no meio do caminho.

— Sierra, *m'ija* — disse sua mãe sem erguer os olhos da panela. — Seu pai está saindo para o turno da noite em meia hora, e seu *abuelo* está causando problema. Preciso terminar de cozinhar e tenho cerca de quinze mil coisas e meia para fazer até amanhã. Você pode, *por favor, mi hija querida,* cuidar do quarto de Lázaro e de seja lá sobre o que ele esteja gritando lá em cima? Ele está deixando Terry com medo.

— Você não quis dizer Timothy?

— Olha, não estou no clima para isso, tá? Tem muita coisa acontecendo agora. Venha espremer esse alho no *mojo* antes de ir, por favor. *Gracias.*

Ela entregou uma cabeça pequena de alho para Sierra, sua casca de papel quebradiça flutuando como asas partidas até o chão da cozinha. Sierra encontrou o espremedor, pegou dois dentes pequenos e os posicionou na câmara de metal. O cheiro forte de alho a envolveu, entrando rapidamente em seus dedos e narinas.

— *Mami.* — Sierra usava uma faca para soltar os últimos pedaços de dentro dos buraquinhos do espremedor. — Nós podemos falar sobre o *abuelo* e os Manipuladores de Sombras agora, por favor? — As mãos dela brilhavam com o suco pungente do alho e escorregavam enquanto movia a faca para frente e para trás. — Eu só quero saber o que está acontecendo.

María Santiago se virou lentamente e olhou para Sierra. Ela quase sempre se movia tão rápido quanto um beija-flor ansioso. Mas agora estava completamente imóvel, com um fogo discreto queimando em seus olhos escuros.

— Só termine de espremer o *ajo* para mim e vá ver o que seu *abuelo* quer, por favor.

A porta da frente se abriu de uma vez e Tía Rosa entrou rapidamente, como se empurrada por uma rajada forte de vento.

— ¡*Buenas noches*, família! — gritou de dentro de uma nuvem espessa de perfume.

Distribuiu beijos rápidos nas bochechas de Sierra e María, e então se acomodou em uma cadeira à mesa. Os cheiros de alho, de frango bem temperado e do perfume feminino ridículo de Rosa brigavam em meio ao ar úmido.

— Oi, *tía* — respondeu Sierra. — Eu estava subindo para limpar o quarto do *abuelo*.

A mãe de Sierra olhou firme para ela.

— *Mi niña* — disse Tía Rosa, fingindo um sussurro. — Fiquei sabendo que você tem um namoradinho?

Sierra sentiu o rosto inteiro ficar de um vermelho berrante.

— Quem?

— *Ay*, Sierra — ralhou María. — O garoto com quem você estava conversando na entrada ontem à noite.

— Quem, o Robbie? Nada, nós só estamos de boa. Ele está me ajudando com o mural.

O rosto de Rosa se iluminou.

— Robbie, é? Uhh! Como ele é? De onde é?

O corpo inteiro de Sierra se preparou para sair correndo pela porta.

— Ele é, hum, haitiano.

Por um momento, ela não entendeu por que estava ficando tensa. Então viu a expressão exageradamente horrorizada da tia.

— Ah, Sierra, *m'ija*, o que vamos fazer com você? Ele é, você sabe...?

— O quê? — perguntou Sierra.

— María — chamou Rosa, virando-se na cadeira na direção do fogão. — O que Tía Virginia costumava dizer?

María deu de ombros e balançou a cabeça em negativa.

— Se ele é mais escuro que a planta do seu pé, bom para você é que não é! — exclamou Rosa com uma gargalhada.

María pareceu horrorizada.

— Rosa...

— Ele é mais escuro que a planta do seu pé, Sierra?

— *Tía*, sério... Qual é o seu problema?

Rosa revirou os olhos.

— Está vendo, María, é isso que acontece. Você deixa ela usar esse cabelo todo bagunçado e que mais parece um bombril...

Os braços de Sierra se contraíram com o impulso de socar a cara saturada de maquiagem da tia, mas ela se conteve.

— Rosa, pare com isso — pediu María.

— Você deixa ela vestir o que quer...

— Rosa!

— Só estou falando que é nisso que dá.

Sierra saiu correndo da cozinha.

No quarto quase todo escuro, Sierra parou em frente ao espelho e franziu a testa. Ela ouvira os preconceitos casuais de Tía Rosa a vida inteira, e já tinha aprendido a simplesmente ignorá-los. A mãe de Sierra sempre repreendia Rosa discretamente e a conversa seguia outro rumo. Mas as palavras entravam em sua mente e se acomodavam lá, não importando o quanto ela lutasse contra. Seu cabelo *bagunçado* e que *mais parecia um bombril*. Sierra passou as mãos pelo cabelo crespo. Ela o amava do jeito que era, livre e indomado. Ela o imaginava como um campo de força, bloqueando todos os comentários estúpidos de Rosa.

Ainda assim... O espelho nunca fora um lugar confortável para Sierra. Não se achava feia ou nada do tipo, mas nunca olhava para ele e sorria como deveria. Em vez disso, sempre reparava em algum pedaço de pele ressecada do rosto. Ou uma camisa que costumava caber perfeitamente e agora começava a ficar um pouco apertada demais, ou uma alça de sutiã que acabava aparecendo em um decote. Ela precisava se vestir para o — encontro? — dela com Robbie, e agora não estava nem um pouco no clima. Ele tinha destruído a lógica dela de garotos-são-bonitos-até-abrirem-a-boca. Não só Robbie não era estúpido, como olhava para Sierra como se a entendesse, como se eles compartilhassem uma língua secreta que ninguém mais conhecia, e que falavam mesmo que não estivessem dizendo nada.

"Coloca uma roupa casual", pensou. "Nada demais. Casual, mas bonitinha." Ela escolheu uma saia e uma camiseta colada com uma blusa folgada por cima. Mas era difícil ser sutil ao invés de deixar as coisas na cara, com aquele seu corpo porto-riquenho que não parava de mudar. Tinha dias que sua bunda parecia grande demais; em outros, não conseguia nem a encontrar. Será que era o caimento da calça? Ou o que ela tinha comido no dia anterior? Seu humor? A menstruação?

Sierra suspirou e olhou no espelho de lado. A bunda parecia estar cooperando — fazia só uma curva discreta na saia para mostrar que estava ali, sem escândalo. Então tudo bem. Ela amarrou o coturno de cano alto e olhou para o espelho mais uma vez. Seu cabelo explodia em volta do rosto com a liberdade desinibida habitual. Bennie tinha insistido para Sierra passar em sua casa mais tarde para que a amiga pudesse trançar o cabelo.

A pele de Sierra era outra questão. Não era uma pele ruim, tinha uma espinha aqui e ali e uns pedaços ressecados como qualquer outra. Mas, certa vez, enquanto conversava com um garoto idiota na internet, ela se descrevera como alguém que tinha a cor de um copo de café sem leite o suficiente. Houve uma pausa na conversa, e as palavras a encararam de forma estranha, como o eco de um arroto em um auditório vazio. Ela imaginou se o que tinha escrito também estava abrindo queimaduras no seu parceiro de conversa. Então ele digitou "ah, tu é gostosa" e Sierra fechou o laptop com força. Na escuridão repentina do quarto, as palavras permaneceram, como se gravadas na própria testa: *sem o suficiente.*

A pior parte de tudo, a parte que não conseguia ignorar, era que aquele pensamento veio dela. Não de um de seus professores ou orientadores escolares, cujos olhos repetiam aquilo através de sorrisos falsos. Nem de um policial na avenida Marcy ou da Tía Rosa. Veio de algum lugar dentro dela. E isso significava que toda vez que ignorava um daqueles xingamentos, algum pequeno tentáculo deles ainda conseguia se arrastar até o seu coração. *Sem leite o suficiente*. Não era clara o bastante. *Morena. Negra.* Não importa o que ela fizesse, aquela vozinha se esgueirava de volta, persistente e insatisfeita.

Sem o suficiente.

Naquele dia, ela resolveu olhar para o espelho ameaçadoramente e dizer:

— Eu sou Sierra María Santiago. Eu sou quem eu sou. O suficiente. — Ela suspirou. Aqueles dias estavam estranhos o bastante sem ela falar consigo mesma. — Mais do que o suficiente.

Ela quase acreditou. No andar de baixo, María e Rosa riam de alguma piada interna.

Sierra fez uma careta, pegou a bolsa carteiro e saiu do quarto.

TREZE

A parte do Brooklyn onde Bennie morava estava diferente cada vez que Sierra passava por ali. Ela parou na esquina da avenida Washington com a St. John's Place para observar o cenário mutante. Sierra havia ralado o joelho jogando amarelinha, dopada de geladinhos e bebidas açucaradas a meio quarteirão de onde estava. O irmão de Bennie, Vincent, fora assassinado por policiais na esquina ao lado, a poucos passos da própria casa.

Agora o bairro de sua melhor amiga parecia outro planeta. O lugar onde Sierra e Bennie costumavam arrumar os cabelos havia virado uma padaria chique ou algo do tipo e, sim, o café era bom, mas você não conseguia comprar um copo por menos de três dólares. Além disso, toda vez que ela entrava, o jovem branco e descolado que ficava no caixa olhava para ela com uma expressão que dizia "não cause problemas", ou então "eu quero adotar você". A Tomada (como Bennie tinha descrito uma vez) estava acontecendo fazia alguns anos, mas naquela noite o ritmo parecia ter acelerado ainda mais. Sierra não conseguia encontrar um rosto negro no quarteirão inteiro. Parecia que uma festa noturna de fraternidade havia acabado de começar no meio da rua; Sierra recebia olhares esquisitos de todos os lados — como se *ela* fosse a deslocada ali, pensou.

E então, infelizmente, percebeu que ela *era* a deslocada.

* * *

Bennie pulou da cama assim que Sierra entrou.

— Olha só pra você, toda linda!

Ela passou por Jeromão e as duas amigas se abraçaram.

— Cala a boca — disse Sierra, dando um beijo na bochecha de Bennie e estendendo o punho para Jeromão. — E aí, cara?

— Tá tudo na mesma — disse Jerome, dando de ombros. — Só aqui de boa, sabe, relaxando com a srta. B. Fiquei sabendo que você tem um encontro maneiro hoje com o Cara Estranho dos Desenhos.

— Bennie! — exclamou Sierra. Ela se virou para Jerome e disse: — Não é um encontro, ele não é *tão* estranho assim e... sim. Nós somos amigos. Só isso.

Jerome revirou os olhos.

— Tá bom, Sierra.

— Você está pronta para entrar no *Extreme Makeover*, edição do Brooklyn? — perguntou Bennie. Ela se recostou no trono de almofadas que era a cama e pegou um copo com cubos de gelo manchados de chá. — Vai ser legal! E incrivelmente doloroso. Mas legal na maior parte do tempo!

— É, olha só — disse Sierra. — Eu sei que isso é meio chato, Jerome, mas preciso conversar com a Bennie.

O garoto olhou para ela sem mudar de expressão.

— Sozinha.

Jerome fez beicinho e estreitou os olhos.

— Ah.

— Me desculpe.

— Nah — respondeu ele, jogando o braço no ar de forma supostamente despreocupada. — Sem problema. Eu entendo. Coisas de garota.

— Pois é — concordou Sierra.

— Para o seu encontro.

— Não! Outras coisas de garota. Você sabe que a gente conversa sobre outros assuntos além de homens, né?

— Acho... que sim?

— Enfim, sei que é chato te botar para fora, mas...

— Nada, tudo bem.

Jerome já tinha se levantado e se arrastava desajeitadamente até a porta. Sierra sentiu-se um incômodo.

— Obrigada por me trazer até em casa — disse Bennie.

— Sem problemas, B.

— Pelo menos você não tem que ir para muito longe — comentou Sierra.

— Pois é, só até a esquina.

Ele riu de forma esquisita e foi embora. Bennie balançou a cabeça.

— Você é fria, garota. Gelada.

Sierra sentou na frente do espelho da melhor amiga.

— Eu sei. Eu me sinto horrível, mas... Não sei como explicar.

— O que foi? Está nervosa com o encontro?

Bennie se posicionou atrás de Sierra e começou a escovar o cabelo da amiga.

— Não é isso.

— Então qual foi, amiga?

Nenhuma palavra resolveu aparecer. Como ela podia explicar tudo? Por onde podia começar? Bennie estreitou os olhos em uma ótima imitação da expressão desconfiada da mãe.

— Tudo bem — disse ela. — Eu só vou começar a trançar esse cabelo e vou te contar umas fofocas até que esteja pronta para falar. — Ela separou uma parte grande do cabelo de Sierra e começou a trançá-lo. — Você sabia que o Pitkin largou a Jenny Popozão?

— Já? Mas a festa foi, tipo, ontem!

— Parece que ele evoluiu para coisas maiores e melhores.

— Janice? Meu Deus, Bennie! Ela tem o quê? Oitenta anos?

— Ela tem dezoito, Sierra, nossa senhora!

Sierra riu e então aconteceu: ela começou a falar. Toda a situação esquisita fluiu de sua boca, todas as coisas que ela nem sabia como dizer para si mesma, desde os murais que choravam até a aliança estranha e amaldiçoada do Vô Lázaro, até Nydia, a bibliotecária, e a busca pelo espírito Lucera.

— Eita! — exclamou Bennie quando ela terminou de falar. — Isso é muito bizarro!

— Bastante — respondeu Sierra, dando um suspiro de alívio, agora que tinha posto tudo para fora e sua amiga não a havia chamado de louca de pedra. Ainda não, pelo menos.

— Eu nunca tinha ouvido nada desse tipo na vida.

— Basicamente.

— Mas, ainda assim, tem que haver alguma explicação.

— Você e suas explicações!

— Não posso evitar — defendeu-se Bennie. — Sou uma cientista. É isso o que a gente faz: nós explicamos as coisas.

Bennie tinha passado cada ano da última década que Sierra a conhecia obcecada por um ou outro ramo das ciências naturais.

Ela havia sossegado na zoologia recentemente, depois de passar o que pareceu um milhão de anos com um dos olhos grudados em seu telescópio.

— Só estou dizendo que nem tudo é o que parece, tudo bem?

— Tudo bem. Ai! — Sierra afastou a cabeça para longe dos dedos de Bennie. — Deixa assim!

— Você não pode deixar uma trança pela metade. Vem aqui.

As mãos voltaram para o cabelo, e os puxões recomeçaram.

— Olha — disse Bennie, encarando o reflexo de Sierra no espelho —, sei que você está empolgada por encontrar com o Robbie hoje à noite, mas não acho que você deva falar para ele tudo o que está acontecendo.

— O quê? Por que não?

— Pense um pouco, Sierra. — Ela começou a lutar contra outro punhado de cabelos que pareciam ter vida própria, até eles cederem. — Ele claramente está envolvido nesse mundo estranho, seja lá o que é. Manipuladores de Sombras e tal.

— Verdade.

— E ele sumiu justamente quando aquele esquisitão apareceu na casa do Sully.

— Ai! Vai com calma! Enfim, ele estava tentando distrair o cara, acho.

— Só estou dizendo: você não pode pressupor que o Robbie esteja do nosso lado.

— E de que lado a gente está?

— Do nosso lado. Nós estamos do nosso lado. Só tome cuidado, Sierra. É só isso que estou dizendo. Faça o que tem que fazer, mas não saia falando tudo. Guarde essas coisas para si.

Sierra tentou virar a cabeça, mas Bennie a puxou de volta.

— Então sobre o que a gente vai falar? Você sabe que eu odeio conversinhas bobas.

— Engole o choro. O que acha que o resto de nós, reles mortais, fazemos em encontros?

— Não é um encontro!

— Que seja.

Bennie pegou mais dois punhados de cabelo e começou a trabalhar. Sierra não podia deixar de perceber que a amiga estava se divertindo bastante.

— E se ele não gostar da minha pochete?

— Da sua o quê?

— Da minha barriga de pochete — explicou Sierra, dando tapinhas no próprio abdome.

— Ai, meu Deus, Sierra, isso é sério? Todo mundo tem uma gordurinha, e vários caras são loucos por isso. Para de surtar.

Elas ficaram em silêncio por um tempo enquanto Bennie torcia e puxava, e Sierra revirava aqueles dois dias repetidamente na própria cabeça como se fosse uma máquina de lavar roupa.

— Ai!

— Relaxa, já acabei. Como você está?

— Estou sentindo o meu rosto ser lentamente puxado para a parte de trás da minha cabeça.

— Maravilha. Bem, você tá gata, então arrasa.

Sierra desceu do trem da linha Q na estação mal-iluminada da avenida Church, no coração de Flatbush. A plataforma estava deserta e uma chuva fina caía sobre os trilhos.

Robbie sorriu quando Sierra passou pela catraca. As longas tranças dele estavam firmes e presas em um coque no alto da cabeça, e ele vestia um blazer bastante respeitável por cima de uma camiseta e jeans claro. Também estava usando um tênis velho, mas Sierra decidiu ignorar esse fato.

— Até que você não está ruim — disse ela.

Ele parecia aliviado.

— Você também não.

— Ah, obrigada.

Ele se aproximou, um pouco mais do que ela esperava, e deu um beijo em sua bochecha.

— Ei, quando foi que você ficou tão espertinho? — perguntou Sierra, se afastando. — Era para você ser o cara quieto e desajeitado.

Robbie riu, tímido.

— Eu sou o cara quieto e desajeitado — respondeu. — Eu estou muito, muito nervoso.

Sierra sentiu-se relaxar um pouco.

— Na verdade, eu só tinha esse truque e, acredite, eu o ensaiei, tipo, um milhão de vezes — continuou Robbie, expirando alto, e ela reparou que os pulsos dele estavam apertados ao lado do corpo.

— Tudo bem — disse ela, rindo. — Pode relaxar, cara, você está indo bem.

— Tudo bem — sussurrou Robbie. — Podemos ir?

— Para onde estamos indo?

— O nome é Clube Kalfour. Eu pintei um mural para eles. Queria que você o visse.

— Você já estava planejando isso há um tempo — disse Sierra, estreitando os olhos. — Ou isso ou você leva todas as garotas lá.

Robbie deixou escapar um arroto nervoso e pareceu mais relaxado. Sierra fez o melhor que pôde para não começar a rir de novo.

— Não — respondeu ele. — Eu estava planejando há um tempo.

Os dois caminharam lado a lado pela noite.

CATORZE

O Clube Kalfour acabou se mostrando um estabelecimento pequeno e discreto na esquina de duas ruas tranquilas em East Flatbush. Uma marquise muito velha anunciava "C UB K LFO R" e parecia prestes a cair a qualquer momento.

— Maneiro — comentou Sierra.

— Olha só — disse Robbie, parando na frente da porta de madeira. — Eu disse que iria te contar o que pudesse sobre Manipuladores de Sombras e o que a gente faz.

Sierra assentiu.

— E vou fazer isso. Na verdade, vou mostrar para você. Tudo o que peço é que não surte — pediu o garoto, com a expressão séria.

— Olha, não vou prometer ficar se a coisa ficar feia, Robbie — admitiu Sierra. — Você sabe a semana que eu tive.

— Não vai ter nenhum corpúsculo, eu juro. Só... Só confia um pouco em mim, tudo bem?

— Vou tentar — respondeu ela.

— Quero que você entenda, isso não é algo que eu costume mostrar para as pessoas. Tipo, nunca. Sacou?

— Saquei.

— E só estou fazendo isso porque é mais fácil te mostrar do que explicar, e porque você é...

— Eu sou o quê?

— Porque você é você, Sierra. Ok?

Sierra percebeu que não sabia o que fazer com a boca. Ela ficava tentando se mover para partes diferentes do rosto. Rangeu os dentes para mantê-la no lugar.

— Ok — respondeu em voz baixa.

Lá dentro, um globo de espelhos emanava pequenos reflexos de luz pelo salão mal-iluminado. As luzes passavam rapidamente pelos rostos de casais dançando, de adolescentes que conversavam nos cantos, de alguns caras mais velhos tomando conta de suas bebidas no bar e de garçonetes que percorriam o lugar. Uma nuvem de fumaça pairava no ar. Não era o cheiro de azedume doce das Malagueñas de seu *abuelo*, mas um odor de cigarro, mais úmido. Uma melodia antiga de jazz no estilo swing com uma batida de calipso saía de uma jukebox no canto.

Sierra não tinha certeza do motivo, mas ela se sentiu imediatamente em casa no Clube Kalfour. Ninguém se virou para olhar para eles, nem analisá-los como acontecia na maioria dos clubes adolescentes em que ela tinha ido. Robbie não parecia correr nenhum perigo iminente de ser atacado. Pessoas de todas as idades se misturavam e brincavam alegremente umas com as outras, e, o fato mais chocante de todos, nenhum cara estranho tentou devorá-la com os olhos.

— Eu gosto desse lugar — sussurrou no ouvido de Robbie.

Então ela se surpreendeu ao deixar os lábios se acomodarem no pescoço dele por um breve instante.

— Eu esperava que você gostasse — respondeu ele, com um sorriso bobo se espalhando pelo rosto. — Vem comigo.

Ele a levou até a jukebox do canto e perguntou:

— Você consegue ver?

— Hã, a máquina de música?

— Não, Sierra, a parede.

Ela havia esquecido completamente que ele tinha falado sobre ter pintado murais para o lugar. Sierra estreitou os olhos para enxergar as paredes através do ambiente esfumaçado. A luz estava tão baixa que ela mal conseguia ver as imagens a princípio, mas, quando seus olhos se acostumaram, as figuras e linhas serpenteantes pareceram pular da parede. Ela seguiu uma perna de calça azul para encontrar um esqueleto bem-vestido valsando com sua noiva esqueleto. Atrás dele, palmeiras balançavam em frente a um céu em vermelho vivo, e, além delas, um oceano selvagem rugia, cheio de sereias lindas de pele escura e dragões em espiral.

— É incrível — disse Sierra, sem ar.

— Obrigado — respondeu Robbie. — Era ainda mais brilhante antes de... tudo acontecer.

Era verdade, o mural parecia estar ali há muito mais tempo do que a vida de Sierra e Robbie. Na parede mais ao lado, um negro alto em um uniforme militar colonial elegante estava parado no topo de uma montanha na selva. Ele olhava para baixo, para uma floresta cheia de criaturas tropicais que rugiam e pássaros magníficos. O céu azul-claro do Caribe estava cheio de vida, com anjos de todas as cores e tamanhos; eles flutuavam alegremente na direção de alguma fonte desconhecida de luz brilhante.

Sierra girou lentamente. Cada parede do Clube Kalfour estava preenchida por uma obra-prima épica retratada no estilo distinto do grafite de Robbie.

— Sabe, você diz que não é espertinho, mas aqui estamos nós, nesse clubinho romântico, rodeados pelas suas pinturas incríveis — disse ela. — Acho que você é espertinho sim, senhor.

Robbie respondeu com um dar de ombros que dizia: "Quem, eu?"

— Ainda tem mais — falou ele.

Era o tipo de frase que Sierra acharia prepotente se não tivesse dita com uma expressão tão séria. Ele andou até a parede e se virou para encarar o clube.

— Você consegue enxergar alguma coisa aqui? Algo estranho?

Sierra olhou em volta. Havia mais alguns casais espalhados, uma família de seis pessoas comendo em uma das mesas no canto, e uma garçonete bonita na faixa dos trinta anos passando de mesa em mesa, arrumando os talheres.

— Nada de mais.

— Aperte os olhos — disse Robbie.

— O quê?

— Tente relaxar a sua visão, se isso fizer algum sentido...

— Não faz.

— O nome disso é "olhar relaxado". Não foque em nada, só aperte os olhos pra que o ambiente fique meio borrado.

Sierra estreitou os olhos até quase fechá-los completamente, deixando os cílios se encontrarem no meio do caminho. O ambiente virou um amontoado de manchas de cor e luzes se movendo. Nada de mais.

Então algo se mexeu no salão na direção dela. Era alto. Era escuro. Era quase invisível contra a névoa brilhante do bar. Os olhos de Sierra se abriram imediatamente, mas não havia nada ali.

— O que foi...?

— Você viu um! — disse Robbie, sorrindo para ela.

— Um o quê, cara?

— Eu sabia que você conseguiria. Já sabia há algum tempo. Enfim, tudo bem, olhe de novo para a parede.

— Robbie, isso não conta como explicação nenhuma se eu ficar mais confusa *e* assustada no fim das contas. Você sabe disso, né?

— Você disse que não ia surtar. Agora olhe para a parede.

Sierra fez uma careta para ele, mas Robbie tinha fechado os olhos e sua testa estava apenas a alguns centímetros do pé do esqueleto. Ele ergueu a mão esquerda e tocou a parede com a direita. Sierra estreitou os olhos e quase caiu para trás: a sombra alta atravessou o clube e foi até eles, pulou na direção de Robbie e pareceu sumir dentro de seu peito. Robbie mal se moveu, mantendo a mão na parede.

Os olhos de Sierra foram direto para a pintura. Ela não conseguia dizer exatamente o quê, mas algo definitivamente estava acontecendo com o mural. Ele estava... diferente, mais brilhante e...

O desenho do esqueleto tremeu.

— Robbie!

— Shh.

Sierra observou atônita a cabeça pintada do esqueleto se virar de leve, como se para cumprimentá-los. Estava sorrindo, mas caveiras sempre sorriam daquele jeito mortal, então não significava nada. Foi então que ele começou a bater os pés. A garota conseguia vê-lo bater os pés no ritmo da música.

Sierra abriu a boca para arfar, mas lutou contra aquele instinto. Prometera que não ia surtar. E, de qualquer forma, como aquilo era diferente das mudanças estranhas que estava vendo acontecerem nos murais durante a semana inteira? Algo sobre tudo aquilo fazia muito sentido.

— Você saiu correndo?

Os olhos de Robbie ainda estavam fechados e sua mão ainda tocava a parede. Ela negou com a cabeça, e então lembrou que ele não conseguia vê-la.

— Não, eu estou aqui.

Mais sombras altas e escuras se moveram pelo clube. Sierra podia senti-las piscando nos cantos de sua visão, mas não conseguia tirar os olhos do mural. Uma por uma, as sombras se aproximaram de Robbie e sumiram dentro dele. A pintura se iluminou e pareceu despertar, cada sereia e monstro se contraindo e se movimentando em gestos discretos, como se acordassem de um longo cochilo.

— Eu só... eu só... — sussurrou Sierra.

Robbie estava sorrindo quando abriu os olhos.

— Manipulação de sombras. Elas vêm até mim. Quando estão apenas na forma de sombras, não podem fazer muita coisa no mundo dos vivos, só sussurrar e passear por aí. Algumas conseguem fazer outras coisas, só que isso demanda muita energia. Mas quando eu coloco seus espíritos nas pinturas, quando lhes dou forma, elas ganham muito mais poderes.

— Mas outras pessoas conseguem enxergar isso tudo?

Ninguém mais observava, ninguém parecia assustado. Os murais explodiam com vida, mas todos à sua volta estavam só "lá, lá, lá, só mais um dia no clube".

— Não, maioria não.

— Por que... por que não?

— Foi o que eu disse na outra noite: eles não estão tentando ver.

Sierra apenas olhou para a parede movimentada.

— Mas é tudo verdade — concluiu Robbie. — Enfim, você... você quer dançar?

QUINZE

Sierra teve que forçar os olhos para longe da pintura efervescente.

— Eu quero, mas... Não sei dançar música haitiana.

— Sabe dançar salsa?

— Mais ou menos.

— Então você não vai ter problemas.

Um grupo de homens mais velhos com terno branco combinando subiu em um palco no canto do clube. A maioria deles parecia já ter passado muito da idade de aposentadoria, e alguns pareciam prontos para bater as botas a qualquer momento.

— Eles não têm toque de recolher no asilo? — perguntou Sierra.

Robbie revirou os olhos e a conduziu para a pista de dança. Os velhinhos ergueram os instrumentos ao mesmo tempo, e o lugar foi preenchido por um choque de trompas sobre as batidas delicadas de atabaques. Então o pianista soltou uma sequência de síncopes crescentes e descendentes, e um homem de voz sussurrada começou a cantar acima de tudo aquilo. Parecia um dos antigos boleros que Lázaro costumava tocar no toca-discos da casa dele na avenida Myrtle, mas o homenzinho no palco definitivamente não estava cantando em espanhol. Seja lá o que estivesse dizendo, porém, era de partir o coração.

— A gente pode, hum, dançar agora? — perguntou Robbie.

Sierra tinha ficado parada só olhando para a banda. Colocou os braços na posição de dançar salsa, seus músculos se lembrando das sensações de um fim de semana de aulas após o outro quando ela era criança. Robbie a segurou pela cintura. Eles começaram a se mover, tropeçaram um pouco e encontraram o ritmo.

— É salsa! — exclamou Sierra, rindo enquanto seus pés encontravam um ritmo natural junto aos de Robbie.

— Não exatamente, mas é bem parecido.

A música girava ao redor deles, se movia com e para eles. Sierra viu casaizinhos mais velhos arrasarem na pista de dança, deixando os mais novos no chinelo. Duas crianças de oito ou nove anos passaram disparadas por eles, sorrindo. A música aumentava à medida que a multidão se empolgava, ou será que era o contrário? Sierra já não sabia dizer. Nem se importava.

Depois de algumas músicas, todos estavam cobertos de suor e morrendo de rir. Um octogenário bateu educadamente no ombro de Robbie, que lhe ofereceu a mão de Sierra. A garota sorriu para o senhorzinho enquanto ele envolvia sua cintura com os braços finos e a banda fazia uma transição suave para a próxima música. Duas mulheres de meia-idade bloquearam o caminho de Robbie para a área das cadeiras e o levaram de volta para a pista de dança.

Algo no canto do salão chamou a atenção de Sierra e ela girou o parceiro de dança para ter uma visão melhor. As pinturas enormes se agitavam e dançavam no ritmo da música. O soldado elegante pulou do topo da montanha para o céu e tinha encontrado um belo anjo para dançar com ele. O senhor classudo e sua esposa morta giravam em amplos círculos de uma parede para outra. As belas sereias negras formavam uma roda de dança em volta de um dos dragões, que parecia exibir um número de sapateado sensual.

Sierra olhou para Robbie, que ria enquanto tentava acompanhar suas duas parceiras de dança. A música se acalmou, e um dos trompetistas idosos avisou que fariam uma pausa de vinte minutos. Quando Robbie alcançou Sierra, ele ainda estava tentando recuperar o fôlego.

— Tá tudo bem aí, parceiro? Vai continuar vivo? — perguntou Sierra. — Com certeza alguém aqui sabe fazer respiração boca a boca.

— Aquelas duas mulheres... — arfou ele, colocando as mãos sobre os joelhos. — Não foi... fácil...

Antes que eles conseguissem sair da pista de dança, o ambiente foi preenchido por uma batida estrondosa que ameaçava explodir em pedacinhos o antigo sistema de som. Sierra parou no mesmo instante.

— Essa é a minha música! — declarou ela, colocando a mão no ombro de Robbie.

Na verdade, aquela não era a música dela. Mas era descolada — uma batida dupla forte que dava para sentir nas entranhas, e pratos que faziam *clickity-clack* e surgiam e sumiam como dois fantasmas intermitentes. Sierra preferia ouvir um heavy metal louco e músicas alternativas para relaxar e fazer o trabalho de casa, mas aquela música definitivamente era para ser dançada. Ela conduziu Robbie de volta para a multidão crescente de adolescentes. Ele sorria, mas também tinha as sobrancelhas franzidas em preocupação.

— O quê? — perguntou Sierra, rindo. — Você não dança nada que tenha sido feito depois de 1943?

— Bem...

— Vem cá. — Era difícil não dançar com aquela batida tocando dentro do clube esfumaçado. — Só use os seus quadris. Descubra seu ritmo e siga nele.

Robbie encontrou o ritmo rapidamente e começou uma dancinha esquisita, com os braços fazendo grandes círculos.

— Já está bom assim — declarou Sierra, sorrindo.

A pista de dança se encheu de dançarinos se esfregando, e Sierra reparou que os murais reagiram da mesma forma. Todos os anjos rodopiantes pareciam muito mais próximos, o militar estava beijando uma das sereias, e até mesmo as palmeiras pareciam balançar de maneira sedutora entre si.

Suor percorria o corpo de Sierra, deixando sua pele morena brilhando de um jeito que ela só podia esperar que fosse sexy, e não nojento do tipo aula de educação física. Ela olhou para Robbie e soltou um suspiro de alívio: o garoto estava mais encharcado ainda. Pegou uma das mãos esvoaçantes dele e girou para perto, passando o braço longo do garoto sobre seu peito.

— Não tente ser espertinho agora, só relaxa — sussurrou ela.

Ele riu e tropeçou um pouco. Sierra revirou os olhos. Uma das mãos de Robbie foi parar nos quadris dela quando ele encontrou novamente o ritmo e seus corpos entraram em sintonia, colados um no outro. A música continuou a soar forte; vários rappers se revezavam soltando rimas de dezesseis versos em línguas diferentes. Robbie e Sierra continuaram ali, seus corpos encharcados de suor, dançando com facilidade no mesmo ritmo. Eles deixaram os outros dançarinos, os murais serpenteantes e toda a cidade girando ao redor deles se fundirem em um borrão colorido.

Sierra se virou para Robbie e descobriu que o rosto do garoto estava incrivelmente perto. Ela sorriu, a bochecha resvalando na dele, e sentiu o princípio de barba e o cheiro do suor misturado com o perfume amadeirado que ele usava.

Uma música diferente começou a tocar e as pessoas foram aos poucos para as mesas.

— Lá fora — pediu Robbie, arfando. — Vamos pegar um pouco de ar.

A chuva leve de verão os refrescou após o mormaço do Clube Kalfour. Sierra e Robbie se recostaram em uma parede de tijolos e observaram os carros passarem.

— Eu nunca tive uma noite dessas na minha vida — admitiu Sierra.

O sorriso de Robbie se espalhou por todo o rosto do garoto. Ela sentiu que ele a observava pelo canto do olho. Seria simples somente ficar na ponta dos pés e dar um beijo em seu pescoço. Ele olharia para baixo e sorriria para ela, e então eles se pegariam a noite inteira, e tudo faria sentido novamente de alguma forma.

— Robbie — chamou Sierra, olhando para ele.

— Hum?

O pescoço dele a chamava feito um farol, como um daqueles filmes de ficção científica a que seu irmão Juan sempre assistia. Ela abriu a boca.

— Droga — disse Robbie, olhando por cima do ombro dela.

Ele deu um passo para a frente. Sierra resmungou.

— O que foi?

— Alguém está vindo. Você consegue ver?

Na ponta do quarteirão, um corpúsculo alto estava parado em meio às sombras, encarando os dois.

DEZESSEIS

— Corre, Sierra! — exclamou Robbie. — Vai! Eu cuido dele. Só sai daqui.

— Você disse isso da última vez e uma droga de corpúsculo me agarrou!

Robbie correu em direção à figura parada nas sombras.

— Vai! — gritou ele. — Sai daqui!

Então um corpúsculo apareceu na outra esquina do quarteirão e saiu correndo na direção de ambos. Era o velho Vernon, ou pelo menos o cadáver gasto e maltratado dele. Sierra e Robbie estavam presos entre os dois.

— Corre! — gritou Robbie mais uma vez.

Ele estava quase na esquina. O primeiro corpúsculo olhou para toda a extensão do quarteirão.

O corpúsculo do velho Vernon parou no meio da rua e olhou diretamente para Sierra. Ela não tinha certeza de que estava respirando. Deu um passo para trás e o corpúsculo andou em sua direção.

Em algum lugar, Robbie gritava algo incompreensível. Não importava. O velho Vernon não estava interessado nele. Sierra se jogou no beco ao lado do Clube Kalfour, saiu em uma avenida larga, atravessou a rua, virou em uma esquina e saiu correndo o mais rápido possível.

Ela nunca tinha ido para Flatbush antes, então nem tentou entender aonde estava indo. Quando se está perdido no Brooklyn, a próxima lojinha de conveniência está a somente um ou dois quarteirões de distância e sempre pode te ajudar a descobrir a estação de trem mais próxima. Mas, de algum jeito, Sierra acabou indo para um conjunto de casas quase suburbano, com direito a jardins e balanços na varanda. Era sinistro. As mansões em estilo sulista a encaravam, garantindo que ela não tivesse qualquer direito aos segredos e tesouros ali escondidos. A garota virou uma esquina após a outra, arfando enquanto corria por um labirinto incessável de ruas sonolentas ladeadas por árvores.

A chuva estava caindo com mais força agora. Deslizava pelas ruas brilhantes, batucava o teto dos carros e se empoçava nos ralos de calçadas escuras. Sierra correu até os pulmões queimarem e então parou. Não havia um corpúsculo à vista, mas algo...

Outra coisa a perseguia.

Ela estava tão certa daquilo como se pudesse enxergar a tal coisa, mas quando semicerrou os olhos na direção das ruas suburbanas encharcadas e mal-iluminadas, não havia nada ali.

— O cara vive desaparecendo quando a situação aperta — murmurou Sierra. — Eu juro que vou matar o Robbie na próxima vez que o encontrar.

Ela dobrou em uma esquina e andou até a metade do quarteirão. Ouviu uma respiração forte ao seu redor e se virou rapidamente. Uma forma escura e alta se desfez no momento em que ela girou, e agora não estava mais em lugar nenhum.

"Tudo bem", pensou ela. "Robbie disse que os espíritos eram seus amigos e guardiões. Que eles o protegiam."

— Estou aqui — disse para a rua vazia. — Então me protejam.

Sierra estava orgulhosa de como conseguiu ficar calma, parada ali sem nem tremer, esperando alguma aparição inconcebível vir e lidar com ela.

— Manda ver.

A chuva caía ao seu redor. Nas mansões enormes, por trás daquelas janelas escuras, felizes pessoas brancas de bem estavam aconchegadas em suas camas. Talvez algumas estivessem espiando pelas janelas, imaginando o que aquela garota porto-riquenha maluca fazia no meio do quarteirão delas.

Outra respiração confusa e raivosa fez barulho em meio à chuva infinita. Sierra estreitou os olhos como Robbie havia ensinado e deixou que a visão relaxasse. No início, ela só viu a chuva caindo e o brilho dos postes de luz. Então uma sombra saiu de trás de um carro sem fazer qualquer barulho. Era enorme, maior do que os espíritos do clube, e sua escuridão tremeluzente parecia se agitar o tempo todo, como se fosse lava negra. Ela mancou na direção de Sierra, arrastando um de seus membros longos e escuros e deslizando para a frente com o outro, como um gigante machucado.

Toda a compostura a qual Sierra estava tão orgulhosa de ter mantido se dissolveu imediatamente. Seus olhos se arregalaram e a sombra desapareceu. Quando conseguiu controlar a visão suave de novo, a sombra estava a apenas alguns metros de distância. Mal conseguiu se segurar para não desmaiar na rua, quando a gigantesca criatura de sombras se arrastou para a frente, se curvando sobre ela. Um odor azedo e forte inundou as narinas de Sierra, um mau cheiro antigo que mandava seu corpo inteiro fugir para o mais longe possível, mas ela se manteve parada. O vazio infinito do fantasma se expandiu e se contraiu em arfadas longas e barulhentas. Não era o tipo de escuridão calorosa que os espíritos do clube tinham, parecia mais um vazio, como se ela estivesse olhando para as profundezas de um buraco negro.

Uma boca aberta em um grito silencioso surgiu em meio ao vazio gosmento da criatura de sombras e então sumiu novamente. Sierra prendeu a respiração. Outra boca apareceu na altura do ombro da criatura; esta choramingava e rangia os dentes. Mais duas bocas apareceram quando a última sumiu. Logo a criatura inteira choramingava e rangia os dentes de bocas que gritavam em silêncio.

Sierra.

Não era apenas uma voz, mas várias sobrepostas para formar uma dissonância aterrorizante. Parecia o som que Juan fazia quando batia em um monte de teclas de piano ao mesmo tempo, porque elas estavam muito perto umas das outras.

Vejamos. O coro desdenhoso falava diretamente para o interior de sua mente. *O que eles fizeram com você, humm... Venha, deixe que eu veja.*

A sombra estendeu um braço longo cheio de bocas agonizantes na direção dela.

Ela se virou. Correu. Tropeçou nos próprios pés e se levantou cheia de dor. Tentou correr de novo, mas percebeu que mal conseguia se mover. Parecia que uma rede invisível tinha sido jogada sobre seu corpo, dificultando seus movimentos. Ela se virou e viu de relance a criatura enorme dar um passo lento e incerto em sua direção. Não conseguia pensar. Tudo dentro dela se concentrava em tentar escapar de seja lá o que a estivesse prendendo. Jogou uma perna para frente, grunhindo com o esforço, e então a outra. Tudo dentro dela queimava. A criatura chiava e rangia enquanto avançava. Pelo barulho, parecia estar logo em seu encalço.

Sierra gritou e conseguiu dar mais dois passos, mas teve que parar para recuperar o fôlego. Arfando, ela se virou.

A sombra se jogou para a frente e agarrou o pulso de Sierra, e cada célula no corpo da garota pareceu pegar fogo ao mesmo tempo. A presença fria e terrível da criatura se arrastou para dentro de Sierra pelo seu braço esquerdo. Então seu fôlego pareceu sumir completamente e ela desabou na rua molhada de chuva.

Sierra, disseram as vozes em uníssono. *Ahhh... Você tem tantos segredos. Agora nos diga: onde está Lucera?*

A escuridão a envolveu. O grito de Sierra ficou preso em sua garganta enquanto a sombra a dominava.

DEZESSETE

— Mas que diabos? — Aquela voz parecia estar a quilômetros de distância. — O que está acontecendo aí?

Lentamente, Sierra descobriu que conseguia se mover de novo.

— Quem está aí? — Outra voz, dessa vez mais perto.

— É uma garota latina. Parece que está sangrando.

Tudo à sua volta estava tomado por uma mancha dourada. Sierra levantou da rua, mas continuou agachada. As roupas molhadas estavam grudadas em seu corpo.

— Lucera? É você?

— Alguém chamou a polícia? — perguntou uma voz mais acima, na rua.

— Lucera? — sussurrou Sierra. Sua visão começou a clarear, mas o mundo ainda parecia estar banhado em um brilho dourado.

— Eu já chamei — disse uma voz masculina. Ele parecia irritado por isso, seja lá quem fosse. Sierra lutou contra a gravidade e conseguiu se pôr de pé.

A alguns metros, três figuras cobertas por mortalhas douradas brilhavam no meio da rua. Pareciam gigantes encapuzados; em algum lugar de seu brilho difuso, Sierra conseguia identificar as pontas de longas túnicas que caíam de capuzes cobrindo os rostos. Deviam ter uns dois metros e meio de altura.

— Lucera?

Ela sabia que aquelas figuras de mortalhas não eram Lucera, não podiam ser. Algo enorme se moveu no ar, e o chão encontrou Sierra novamente. Ela olhou para cima, gemendo de dor, e viu que a criatura sombria estava de volta. Ela se moveu na direção das mortalhas, ocultando momentaneamente aquela luz dourada impressionante.

— Tirem essa garota daqui! — exigiu uma voz feminina. Nenhum deles conseguia ver as mortalhas ou a criatura sombria.

As figuras de mortalhas douradas falaram juntas:

— *É tarde demais para isso agora.* — O sussurro agudo delas foi como uma explosão dentro da cabeça dolorida de Sierra. — *Você falhou.*

Bocas se abriram em gritos por toda a extensão da enorme sombra e ela tentou acertar as mortalhas com um braço em riste.

— NÃO! — gritaram as bocas.

— E aí, ninguém vai ajudar a garota?! — gritou uma das pessoas.

As três mortalhas ergueram os braços ao mesmo tempo. A criatura uivou, recuando na direção de Sierra e, então, fugiu pela rua e desapareceu na noite. As figuras de mortalhas se voltaram para a garota, pareceram encará-la por um momento, e então desapareceram.

Todas as cores voltaram a ser escuras e sem vida; as luzes dos postes brilhavam nos capôs dos carros. A criatura sombria agonizante não estava mais por perto.

— Deve ser outra overdose vinda daquele clube dominicano em Flatbush!

— Alguém faz *alguma coisa*!

Sirenes soavam não muito distantes, e um delírio de pânico se formou no peito de Sierra. O que tinha sido aquela criatura sombria? E aquelas de mortalhas? E agora a polícia... Ela tinha que sair rápido dali, mas mal conseguia ficar de pé. A chuva diminuiu até virar apenas um chuvisco.

— Ei, você! — gritou alguém de uma casa à esquerda. — Garota. Saia daqui! Ande logo!

— Qual é o seu problema, Richard? Ela claramente está machucada...

Sierra apoiou uma mão trêmula na caminhonete chique ao lado dela e se equilibrou. Alguém estava vindo na direção dela em uma bicicleta, atravessando as poças. Ela tentou enxergar em meio à chuva. Não podia ser...

— Sierra! — chamou a voz de seu irmão.

— Juan?

Ela quase desabou de chorar só com a ideia de Juan estar ali, e então ele estava de verdade, encharcado e sorrindo como um bobo em frente a ela. Seu sorriso desapareceu quando viu o rosto aterrorizado e marcado pelas lágrimas da irmã.

— Jesus, Sierra, o que raios aconteceu com você?

— Não posso... explicar... — arfou, se jogando sobre Juan e sua pequena bicicleta esportiva em um abraço desajeitado. — Vamos sair daqui.

— Sem problema, irmãzinha. Sobe aí.

Fazia anos que Sierra não andava nas pedaleiras traseiras da bicicleta do irmão. Eles estavam passeando pela DeKalb numa tarde de verão e Juan falava besteiras sobre uma garota que morava por perto, quando atingiu um buraco de poça e os dois foram parar no hospital Kings County; Sierra com uma concussão e uma cicatriz permanente em uma sobrancelha e Juan com o pulso quebrado e o orgulho ferido. Foi a última vez, declarou Sierra enquanto eles estavam deitados lado a lado nas macas do hospital. Nunca mais ia andar daquele jeito estúpido na garupa.

Mas, naquela noite assombrada e aterrorizante, era estranhamente reconfortante ficar de pé atrás de Juan com as mãos apoiadas em seus ombros, vendo a cabeça pontiaguda dele subir e descer enquanto pedalava pela avenida Ocean, e os subúrbios bem-arrumados davam espaço às barracas de legumes e churrascos 24 horas. Até mesmo a chuva era uma bênção suave caindo em seu rosto, e o vento morno de junho soprava para longe um pouco do terror do que tinha acabado de acontecer. A escuridão nublada do Prospect Park espreitava à frente deles.

— Juan — disse Sierra, apertando os ombros do irmão. — Como sabia onde me encontrar? Você nunca anda de bicicleta em Flatbush. E deveria estar em, sei lá, Connecticut ou algo assim com a banda.

Ele não respondeu.

— Juan?

— Eu só voltei para ver como as coisas estão.

— Juan. Você é um péssimo mentiroso. Para com isso, vai.

— As sombras me levaram até você.

Um dos pés de Sierra escorregou e a bicicleta quase virou.

— Mas que merda é essa?! — gritou Juan, freando de forma barulhenta.

— O que você sabe sobre as sombras?

Ele desviou o olhar.

— Acho que uma coisa ou outra.

— Juan. — Sierra desceu da bicicleta e deu a volta para encarar o irmão por completo. — O que está acontecendo?

— Olha, você também está fazendo mistério. Me conta o que aconteceu lá atrás, e eu digo o que sei sobre as sombras.

— Fechado. Você primeiro.

Juan fez uma careta e expirou pelo nariz, irritado; o mesmo tique de frustração que teve durante a vida inteira.

— Foi o Vô Lázaro quem me contou primeiro sobre elas.

— Quando?

— Quando eu tinha, sei lá, uns dez anos.

— Quando você tinha dez anos? — Sierra cruzou os braços sobre o peito. — É sério?

— Juro que é. Ele disse que estava passando o legado à frente, ou algo do tipo.

— O legado de quê?

— É tipo todo um mundo dos espíritos no Brooklyn com o qual o *abuelo* tinha contato. Estava muito envolvido com eles. Ele veio de Porto Rico com um monte de espíritos, acho, e então continuou tocando as coisas enquanto estava aqui. Até ter o AVC.

Sierra apenas encarou o irmão. Carros buzinavam e passavam rápido por eles, deixando para trás pedaços das músicas do momento que tocavam repetidamente no rádio. Durante todos aqueles anos, ela se culpou por manter uma relação superficial com o avô, e agora descobria que ele tinha um universo sobrenatural inteiro que compartilhou apenas com Juan.

— O Gael sabia?

— Acho que o *abuelo* tentou contar para ele antes de eu nascer, mas Gael não quis muito saber disso.

— Por que... Por que ele nunca me contou?

— Não sei. — Juan deu de ombros. — Você sabe que o *abuelo* era muito metido nessas besteiras antiquadas de *machismo*. Ele provavelmente só não achou que você entenderia.

Sierra se controlou para não dar um tapa na cara do irmão, mas só por pouco. Ele percebeu a violência dançando em seus olhos.

— É escroto, eu sei.

— Por que *você* não me contou?

— Eu pensei que você fosse só achar que eu estava louco. Além disso, o velho me fez prometer não contar para ninguém. Ele me disse que seria perigoso.

Sierra observou os respingos de chuva baterem e girarem sob um poste de luz. Tristeza e raiva se combinavam, e Sierra teve que conter uma enxurrada de lágrimas. Aquele não era o momento.

— A gente pode, hum, continuar a ir para casa agora? — perguntou Juan. — Eu estou encharcado. Você pode me contar o que aconteceu no caminho.

DEZOITO

Mais tarde, Sierra parou na frente da cama de Lázaro. A chuva cantava sua música gentil contra a janela ampla e, do lado de fora, as luzes do Brooklyn formavam uma névoa esfumaçada naquela noite. Ela estudou o rosto gasto do avô adormecido, a boca aberta sem dentes e as narinas abertas, banhadas pelo brilho morno da luz do abajur.

— Por quê? — perguntou ela, observando o peito esquelético subir e descer sob os lençóis. — Por que você nunca me contou sobre tudo isso?

Ela fungou e deixou uma lágrima solitária cair pelo rosto.

— E ainda assim você não me conta nada sobre o que está acontecendo, *viejo*.

Lázaro se mexeu, mas não acordou. Sierra o observou com o coração disparado.

— Quase morri essa noite, *abuelo*. E por quê? Por qual clube do Bolinha eu quase morri? Você acha que estava... — A voz dela falhou, mas ela se recusava a chorar na frente dele. — Acha que estava me protegendo ao me deixar no escuro durante esse tempo todo?

Ela saiu do quarto, batendo a porta atrás de si.

No próprio quarto, Sierra desfez as tranças e se olhou no espelho. Seu cabelo crespo recém-liberto ainda tinha traços do trabalho de Bennie, mas Sierra não estava com vontade de penteá-lo. Cabelo bom, cabelo ruim. Tanto absurdo. Ela mandou um beijo para o reflexo, mostrou o dedo de meio para uma Tía Rosa invisível e desceu as escadas pisando forte.

Juan ergueu o olhar de sua guitarra acústica coberta de adesivos. Ele estava sentado na cozinha com um pacote de salgadinhos aberto e uma garrafa pequena de refrigerante à sua frente.

— Já parou de fazer bico? — perguntou ele. — Porque precisamos ter uma conversa séria sobre o que aconteceu hoje à noite.

— Pode ter certeza disso — respondeu Sierra. Ela puxou uma cadeira e se sentou ao contrário, encarando o irmão.

— E você pode começar me agradecendo por salvar a sua pele.

Sierra deu de ombros e desviou o olhar.

— Obrigada — disse ela em voz baixa. — Mas como você sabia que tinha que me encontrar?

— Está com fome?

— Juan, já é meia-noite!

— Eu sei. — Ele se pôs de pé e começou a procurar algo nos armários. — O momento perfeito para um lanchinho!

— Tudo bem, mas não ache que isso vai fazer você escapar de me dizer como apareceu em Flatbush hoje.

Juan quebrou alguns ovos em uma vasilha.

— Então, nós estávamos de boa relaxando no sofá de um cara lá no norte do estado.

— No norte de Nova York? As pessoas ouvem a Culebra lá?

— Quê? Gente do país inteiro ouve a gente.

— Mas... Tem algum porto-riquenho no norte de Nova York?

— Não sei, Sierra, provavelmente. Mas eu estou falando de gente branca!

— Mentira.

— Juro por Deus! Garotos brancos chegam e devoram as nossas músicas. Eles são loucos por nós. Cantam junto e tudo.

— Metade das suas músicas são em espanhol.

— Eu sei. Vá entender. Agora posso terminar de contar?

Sierra se ocupou tirando a papelada solta de María e algumas revistas de propaganda de cima da mesa.

— É claro, por favor.

Juan abriu a geladeira.

— A mamãe fez *yucca*! Maneiro!

Ele pegou um pote de cerâmica fechado com papel filme e jogou vários pedaços de *cassava* branca na frigideira.

— Então, nós estávamos na casa desse cara, curtindo, conversando e tal, e eu senti algo. Quero dizer, tenho as habilidades dos Manipuladores de Sombras, o *abuelo* me iniciou, mas eu não uso muito, então ainda é tudo meio louco para mim, para ser sincero. Mas dessa vez foi tipo uma palpitação, e eu consegui sentir a sala se encher do nada. De repente tinha, tipo, uns seis espíritos no lugar.

— Uau. Você teve que apertar os olhos ou algo assim para conseguir vê-los?

— Ah, então você *sabe* alguma coisa sobre isso tudo, né?

Sierra desviou o olhar.

— Não graças a você.

Juan cutucou o ovo e a mistura de *yucca* com uma espátula.

— Enfim, não, depois de um tempo você aprende a enxergá-los sem o negócio de apertar os olhos. Eles estavam murmurando, cochichando para si mesmos daquele jeito que fazem.

— Eles conseguem falar?

— Mais ou menos. É como se você os ouvisse só na sua cabeça. Mas não são os seus pensamentos. Só tem lógica se você já tiver sentido.

Sierra se lembrou da voz terrível da criatura ecoando dentro dela e tremeu, arrepiada.

— Acho que sei o que quer dizer.

— De qualquer maneira, os espíritos disseram que você estava em perigo. Tipo, perigo dos grandes.

Ela sentou à mesa da cozinha, sentindo como se alguém tivesse jogado água gelada nos seus órgãos internos. Sierra sabia que estava em perigo, e naquela noite, pela primeira vez na vida, sentiu que a própria morte a encarava. Mas, de alguma forma, ouvir que aquelas sombras estranhas concordavam com sua avaliação fazia com que tudo fosse ainda pior.

— Eu não sei o que dizer.

— Então eu peguei o primeiro ônibus pra cá.

— Você não tinha que fazer shows com a Culebra?

— Tinha, cancelei todos.

— Uau. Obrigada, Juan.

— Você é minha irmã e estava em perigo. E sempre vão ter outros shows. Eu pedi para o Gordo ver se ele conseguia arrumar um show acústico no El Mar amanhã à noite. Sabe, pelos velhos tempos e tal.

Gordo era uma velha figura cubana que ensinava música para Juan desde que ele era pequeno. Ficava com o Culebra quando eles tocavam em Nova York.

— E o que aconteceu com o Robbie? — perguntou Juan, cutucando o amontoado amarelo e encaroçado de comida com a espátula. Um cheiro forte de alho preencheu a cozinha. — Ele tomou chá de sumiço? Esse cara sempre foi esquisito.

— Vou dar na cara dele da próxima vez que o encontrar — disse Sierra. — Deixar uma garota sozinha desse jeito quando tem todo tipo de fantasmas e brutamontes por aí.

— Verdade, isso não está certo. Você pode me passar dois pratos?

Sierra disfarçou um sorriso; ser mais alta que o irmão mais velho ainda lhe dava um pingo de satisfação.

— Então deixa eu ver se entendi direito — disse ela, colocando os dois pratos na mesa. — Pelo que Robbie disse, as sombras são espíritos vagueando por aí, e então um *Manipulador* de Sombras vem e dá forma a elas, certo?

— Certo. — Juan colocou os talheres na mesa e pegou um copo para Sierra. — Tipo em uma pintura ou escultura.

— E o espírito da sombra passa *através* do Manipulador de Sombras *para* a tal forma, certo?

— E então as sombras ficam mais poderosas e podem fazer coisas maneiras e tal.

— É isso que o manual oficial diz, Juan? Que elas podem fazer coisas maneiras?

— Você entendeu o que eu quero dizer! — Juan deu de ombros e colocou um pouco de ovo e da mistura de *yucca* nos pratos.

— Mas qual era a forma que o *abuelo* dava?

— Ele era um contador de histórias, lembra? Aparentemente, é algo bem raro e poderoso. Normalmente, são pinturas, como a do Papa Acevedo.

— Um contador de histórias? Quero dizer, ele sempre contou histórias maneiras de dormir, mas... — Sierra suspirou. A lista de coisas que ela não sabia sobre o avô parecia ficar maior a cada instante.

— Pois é, ele era do caramba. Bem, pelo que eu ouvi dizer. Nunca o vi em ação. Mas ouvi falar que, se alguém chegava nele, ele só ficava lá, quietinho, murmurando para si mesmo, certo? E aí o que estava murmurando literalmente tomava forma ao redor dele, tipo, se materializava do nada e perseguia os caras malvados e tal. As sombras faziam o que ele queria. O *abuelo* era um baita mestre nisso.

"E agora ele não consegue sequer dizer uma palavra", pensou Sierra. Ela suspirou de novo. Muitos pensamentos preenchiam sua cabeça, e todos estavam corrompidos pela imagem daquela criatura sombria se lançando contra ela e a risada inumana das mortalhas douradas.

— Então você não sabe o que era aquela coisa? — perguntou Sierra.

— A coisa cheia de bocas que pulou em você? Nunca ouvi falar de nada do tipo. Ou das coisas douradas. Aquilo tá em outro nível. Tudo o que já vi foram os caras de sombra altos e magrelos. Foi mal, irmãzinha.

Sierra balançou a cabeça.

— Tudo bem.

Ela comeu rápido, deu boa noite ao irmão e correu para o quarto. Alguém estava atrás dela, atrás de todos os Manipuladores de Sombras. Talvez Wick tivesse as respostas. Ela subiu na cama e espalhou o arquivo do professor na sua frente.

"Infelizmente, eu não posso criar. Sou um homem da ciência. Meus únicos poderes são os de observação e análise. Não posso criar algo do nada como o pintor Mauricio Acevedo ou o Velho Crane, o ferreiro.

"Os espíritos, por motivos que ainda não me são claros, esquivam-se de qualquer tentativa minha de canalizá-los para meus rabiscos desgraçados. Eu posso enviá-los para o trabalho dos outros, até dar vida a alguns objetos inanimados, e uma vez que isto é feito, os resultados são incríveis. Mas eles não vêm para o meu próprio trabalho.

"Existe um vácuo de poder agora que Lucera se foi. Mas aqui estou eu, um estranho tão habilidoso quanto os Manipuladores da velha guarda, mais ainda se considerarmos que fui iniciado há tão pouco tempo, e sempre fiel a Lázaro... Sim, as Lamúrias me ajudaram a avançar de formas que L não precisa saber. Mas são meus poderes agora, são parte de mim."

As Lamúrias. Ele já as havia mencionado antes. Pareciam um culto secreto ou coisa do tipo. Sierra anotou a palavra em um pedaço de papel.

"Ainda assim, quando pergunto a Lázaro sobre o preenchimento do vácuo que essa mulher-espírito autoritária deixou para trás, tudo o que recebo em resposta são murmúrios e um dar de ombros.

"Vou abordar Laz mais uma vez neste fim de semana sobre assumir o papel que Lucera deixou em aberto. Pelo que entendi, só ela pode passar para frente os poderes que detém. Com certeza Laz sabe para onde ela foi. Ela vai dar ouvidos à voz da razão, e se não der, com certeza Lázaro vai me ajudar a convencê-la. Lucera tem que entender que não se pode simplesmente abandonar esse poder todo, todas essas almas dependendo dela... Não. Ela deve dividir o seu poder. Será conquistada, se não pela minha lógica, então pelo simples fato de que já se podem ver os efeitos desastrosos de seu exílio: Manipuladores de Sombras se vão a cada dia que passa. Lázaro não tem filhos para herdarem seu legado, e suas filhas o rejeitam completamente. (Ele tem três netos, talvez uma nova geração de Manipuladores de Sombras que deva ser estudada...) Os murais estão se desfazendo por todo o Brooklyn. O processo é lento, mas o fato de que começou tão cedo deveria convencê-la da urgência da questão. Os Manipuladores de Sombras devem ser salvos! Lázaro tem que se manifestar! Vou convencê-lo hoje à noite."

A data da entrada era dezesseis de março do ano anterior, apenas três dias antes do AVC de Lázaro. Será que Wick tinha algo a ver com aquilo? O que ele havia feito?

DEZENOVE

Muitas mãos davam puxões na roupa de Sierra. Outras mais a mantinham erguida, impedindo-a de flutuar à deriva de um oceano infinito de nada, e ela sabia que a ajudariam a chegar à superfície, se ela ao menos soubesse em que direção ficava. Por um momento, se permitiu ficar debaixo d'água, flutuando em algum lugar entre a desolação absoluta e a euforia, completamente sozinha, mas também rodeada pelas mãos de um milhão de ancestrais murmurantes.

Então algo piscou para ela ao longe. Era um brilho amarelo fraco, acenando como uma bandeira ao vento de verão. Ela se concentrou naquilo, deixando mentalmente que as mãos do oceano soubessem onde ela precisava chegar. Então relaxou e se entregou ao forte movimento das correntes aquáticas que a empurravam para a superfície.

Foi quando algo bateu com força contra a janela.

Sierra sentou-se na cama. A fúria e o medo que a percorreram antes tinham se transformado em uma leve dor de cabeça. Ela estava suando nas roupas que não tinha nem conseguido tirar antes de apagar na cama. A noite era uma coberta espessa ao redor dela. Apenas os pequenos números de palitinhos vermelhos em seu despertador apareciam em meio à escuridão. Era quase uma hora da manhã.

Clack.

Do lado de fora da janela, Sierra só conseguia enxergar o brilho fraco das luzes do quintal de seu vizinho. Quem estava espreitando a parte de trás de sua casa? Ela atravessou o quarto de uma vez e se posicionou com as costas na parede, como um soldado, então esticou a mão e abriu a tela.

— Você vai se revelar ou só quebrar a minha janela? — chiou Sierra para a escuridão.

— Sou eu! — sussurrou alguém um pouco alto demais do andar de baixo.

— Você vai ter que ser mais específico que isso.

— Robbie.

Ah, ali estava a raiva dela de volta, com outras sensações estranhas no estômago.

— Ah, sobe aí — respondeu Sierra, tentando não deixar transparecer o quão brava estava.

A escada de incêndio fez barulho e se sacudiu, e então o rosto sorridente de Robbie apareceu na janela de Sierra.

— Ei! — disse Robbie.

Ela deu um tapa nele com toda a força que tinha. A bochecha de Robbie tinha uma camada finíssima de barba, muito longe da aspereza do rosto do pai dela. O rapaz recuou e quase perdeu o equilíbrio.

— Isso foi pelo quê?

— Não se abandona uma garota sozinha com tantos vilões à solta por aí, seu babaca!

— Eu...

— Não. Nem vem. Você ferrou com tudo. Ponto.

— Mas eu...

— Se a próxima coisa que disser não for "sinto muito, Sierra, eu fiz besteira", vou jogar você do alto dessa escada de incêndio mesmo, Robbie, juro por Deus.

Eles se olharam por pelo menos vinte segundos. Sierra viu a expressão tensa do menino relaxar.

— Sinto muito, Sierra — disse ele lentamente. — Eu realmente fiz besteira.

— Isso soou verdadeiro.

— Você parece estar surpresa.

— Pedidos de desculpa feitos depois de ameaças de violência física normalmente não são verdadeiros.

— Posso entrar?

— Não.

— Você quer que eu vá embora?

— Até que não.

— Bem, o que devo fazer, então?

— Ficar por aí mesmo, acho. — Sierra sentou-se de pernas cruzadas sobre a cama e apoiou o queixo nas mãos. Bater em Robbie tinha dado todo um outro clima para aquela noite sombria até então. — Agora qual é a sua desculpa enorme e bem elaborada por ter sido um completo ogro comigo?

— Eu pensei — começou Robbie com cuidado — que aquele cara só estivesse atrás de mim.

— É isso o que dá ser tão egocêntrico.

— Então quando eu vi o outro, já era tarde demais para voltar. Quando consegui fugir, voltei para te procurar e você tinha desaparecido.

— Eu achei que fosse morrer hoje, Robbie.

— Eu sinto muito. Eu sinto muito mesmo.

Aquele nó estava de volta à garganta de Sierra. Era a criatura sombria indo na direção dela com aquele passo manco. Eram aquelas mortalhas douradas que gargalhavam. Eram os segredos de seu avô. Era tudo.

— Como descubro se você não está do lado deles? — Ela estreitou os olhos para Robbie. Bennie a tinha advertido... — Toda vez que estou contigo, algo ruim acontece e você some. Acha que isso parece o quê?

— Sierra, sei que isso não deixa uma boa impressão — disse Robbie, começando a entrar pela janela.

— Volte. Pode voltar — disse ela. — Eu não confio em você. Não te conheço. Você é só um garoto idiota que sabe pintar. Não me trouxe nada além de problemas.

— Eu não...

— Shhh.

— O que foi?

— Eu estou pensando — respondeu Sierra.

O terror de correr daquela criatura em Flatbush retornava de tempos em tempos, mas a expressão de Robbie nas duas vezes em que foram interrompidos por corpúsculos também. Ele parecia aterrorizado de verdade. O tipo de terror que não se consegue fingir.

— Eu sou bastante confiável — disse ele.

— Fique quieto. Agora está forçando a barra. As coisas estavam melhores para o seu lado quando você estava de bico fechado.

— Ah, desculpe.

Ela se levantou e deu um passo em direção à janela, observando-o com cuidado. Robbie mordia os lábios, claramente tentando ao máximo não dizer nada.

— Eu tive... — Ela esfregou a testa, tentando parar de pensar demais e deixar que as palavras saíssem sozinhas. — Eu tive uma noite muito, muito ruim, Robbie.

— Você quer conversar sobre isso?

— Quero. Não. Eu não sei. Algo me atacou em Flatbush depois que você foi embora, e...

— Me descul...

Ela o interrompeu erguendo uma das mãos.

— Shh, não. Só me deixe falar. Meu irmão Juan apareceu e me trouxe para casa. A criatura não me machucou, acho. Quero dizer, nada que seja permanente. Mas... Eu nunca me senti tão perto da morte, tão à mercê de algo tão grande e terrível. E ninguém naquele bairro tentou me ajudar; eles só acharam que eu era mais uma porto-riquenha bêbada saindo de uma boate. E Juan disse que sabia sobre os Manipuladores de Sombras a vida inteira, enquanto que o *abuelo* nunca sequer comentou qualquer coisa comigo sobre isso, Robbie, nada. E agora ele é um vegetal resmungão, e minha mãe nem quer falar sobre isso, nega o que está bem na frente dela, como se tivesse vergonha, e eu venho tentando descobrir algo que nem tem nada a ver comigo, que...

A voz dela falhou. Um soluço enorme espreitando em sua garganta, pronto para sair. Robbie olhou para o chão. Sierra respirou fundo e se acalmou.

— ... que é só para os meninos, pelo visto, e estou cansada e com medo e triste, tudo ao mesmo tempo, Robbie, e eu não sei qual é a sensação mais intensa porque estou sentindo tanto todas essas coisas.

— Sierra...

Ele estava em seu quarto quando ela ergueu o olhar, parado a alguns centímetros dela.

— E aí você vai e desaparece, a única pessoa em quem pensei que podia confiar no meio disso tudo, que também sabe o que está acontecendo.

— Sierra.

Ele a abraçou e foi bom, pareceu certo. Ela apoiou a cabeça no ombro de Robbie.

— Sabe, eu não disse que você podia entrar.

— Eu sei.

— Mas você pode.

— Obrigado.

Eles se abraçaram por alguns minutos, a respiração dos dois se sincronizando, os corpos se balançando lentamente no ritmo de qualquer que fosse a música silenciosa que a noite tocava para eles.

— Me desculpe — disse Robbie, finalmente.

As mãos dele escorregaram para as costas de Sierra, e ela pensou até onde deixaria que elas lhe percorressem, imaginou-o erguendo o queixo dela para que a boca se encontrasse com a dele, e realmente não sabia o que faria se aquilo acontecesse.

— Você já disse isso — comentou Sierra.

— Mas nunca parece ser suficiente. O que... o que era? A criatura que te atacou e tal.

— Eu não... Eu não estou pronta para falar sobre isso. — Ela continuou abraçada com ele em silêncio por alguns instantes, deixando seu medo se dissolver sob as pontas dos dedos de Robbie. — Vamos lá, me mostre de novo aquela dancinha haitiana que você faz.

Ele pegou um dos braços de Sierra, o ergueu e colocou outro braço na cintura dela.

— Ahh! Amo quando a garota tem uma barriguinha encorpada.

— Cala a boca! — Sierra riu e sentiu o rosto ficar vermelho. — Ninguém pediu a sua opinião.

— Só estou dizendo.

Ela puxou o braço dele para perto do rosto e observou a tatuagem enorme.

— Eita, cara, isso é tinta pra caramba.

Ele sorriu.

— Quer ver o resto?

Sierra assentiu. Robbie tirou a camisa e ela arfou.

— Hummm! — exclamou ele.

Ela estreitou os olhos.

— Isso foi pra tatuagem, seu babaca, não pro seu peito magricela.

— Ah, tá.

Era um trabalho incrível. Um homem careca de rosto fechado e tatuagens estava parado no topo de uma montanha que se curvava da lombar de Robbie até a sua barriga. O corpo do homem era esculpido, e vários machados e maças pendiam dos muitos cintos e faixas que ele usava.

— Por que eles sempre têm que desenhar índios com expressões tão sérias? Eles não sorriem?

— Ele é um taíno, Sierra.

— Como? Mas você é do Haiti. Pensei que taínos fossem do meu pessoal.

— Não, eles também existiam no Haiti. Existem. Enfim...

— Eu não sabia.

O guerreiro olhava para uma cidade fervilhante, que cruzava o abdome de Robbie e dava a volta até as costas. Sierra percebeu que era o Brooklyn ao identificar a torre de relógio do centro da cidade. A lua estava baixa sobre a cidade, logo abaixo do mamilo de Robbie, e parecia manchada por um ponto estranho.

— Qual é o problema dessa lua?

— É o Haiti — respondeu Robbie. — Está vendo como um lado é plano? É onde faz fronteira com a República Dominicana.

— Ah. É claro.

Oposto ao taíno, um zulu de aparência guerreira estava em posição de alerta, cercado pelas luzes do Brooklyn. Ele segurava um escudo enorme em uma das mãos e uma lança na outra. Parecia pronto para matar alguém.

— Estou vendo que você também tem um africano raivoso aqui — disse Sierra.

— Não sei de que tribo os meus ancestrais vieram, então ficou um pouco genérico.

— Ah, então... são os seus ancestrais?

Robbie assentiu.

— Para mim, eles são o tipo mais sagrado de mural. Minha fonte pessoal de poder: ancestralidade.

Sierra se lembrava de observar a arte que escapulia pelas mangas de Mauricio quando Vô Lázaro a levava para o Ferro-Velho.

— Vire-se.

Logo ao lado da axila de Robbie, um homenzinho de chapéu tricórnio e uma jaqueta da época colonial olhava para o lado com suspeita, uma das mãos segurando a espada embainhada.

— Tem um pouco de França em você também, é?

— *Oui* — respondeu Robbie — *Mê* só *un pouquinhê*.

Sierra revirou os olhos. A ponte do Brooklyn se destacava da paisagem da cidade e se estendia na direção do pescoço de Robbie. As estrelas se espalhavam pelos ombros dele. Algumas espirais sugeriam uma lufada de vento e algumas nuvens. Era um pedaço de arte corporal de tirar o fôlego.

— Nada mal — concluiu Sierra. — Vamos dançar.

— Tudo bem. — Robbie vestiu novamente a camisa, então pegou a mão dela de novo e colocou a outra na cintura. — Olhe para os meus pés.

Ele se afastou um pouco para que ela pudesse ver seus passos. Os movimentos vieram rapidamente, como no clube — um passo simples e belo, antigo, mas casual, como andar na rua. Sierra encontrou o ritmo, e então incrementou um pouco usando os quadris.

— Oh-oh — disse Robbie, abrindo um sorriso de novo. — Deixa eu me afastar para você dar o seu show.

Ele sentou na cama. Sierra continuou a dançar sua rumba delicada, imaginando congas se agitando sob uma voz doce e sussurrada, deixando os olhos de Robbie a tomarem por completo. Ela girou, sentindo o momento guiá-la, ditar seus passos e, então, se viu de relance no espelho de corpo inteiro que ficava na porta do armário. Pela primeira vez em algum tempo, Sierra ficou impressionada por quanto seu rosto se parecia com o de sua mãe: o queixo pontudo, os lábios grossos. De certo modo, o pensamento foi exaustivo e belo ao mesmo tempo. Ela fechou os olhos, balançando os quadris lentamente, e então as sombras vieram à vida, se estendendo dos cantos do quarto com garras vibrantes e rostos que gritavam.

— Ah! — gritou Sierra e girou, se jogando de costas no armário.

Robbie ficou de pé em um pulo.

— O que aconteceu?

Eles estavam sozinhos. Nenhuma garra sombria, nenhuma mortalha gritando. Sierra balançou a cabeça.

— Pesadelos despertos — respondeu.

— O que era? — perguntou Robbie. — A coisa que te atacou.

— Não sei. Era tipo... Como a sombra que vi no Kalfour, mas maior e com braços longos e terríveis e... tinha bocas em todos os lugares. Rostos que gritavam. — Sierra sacudiu a cabeça. — E quando falou, foi como se uma dezena de vozes falasse junto, mas todas desafinadas e horríveis. Ugh.

Robbie estava pálido.

— Uma aparição aglomerada.

— Uma o quê?

— É tipo uma... Quer dizer que... Uau.

— Construa frases, cara. Frases inteiras.

— Eu só ouvi falar delas em boatos e nas lendas e tal, mas uma aparição aglomerada é quando alguém, alguém poderoso, usa magia de vínculo para escravizar um grupo de espíritos e então os funde, formando uma sombra enorme. Pelo que parece, a que você viu hoje ainda era uma sombra, certo? Mas se ela adquire alguma forma, quero dizer... se alguém a manipula para lhe dar uma forma... Eu não consigo nem imaginar.

— O que você quer dizer com magia de vínculo?

— Então, nós, Manipuladores de Sombras, trabalhamos em conjunto com os espíritos. Unificamos nossos propósitos com os deles e é como uma troca, uma relação. Quando estamos criando, atraímos espíritos que são parecidos conosco. E então podemos manipular as sombras: elas se alinham conosco.

— Acho que entendi.

— Mas com a magia de vínculo, você basicamente escraviza um espírito. Sabe os corpúsculos? Alguém que usa magia de vínculo capturou um espírito, o manipulou para dentro do cadáver do velho Vernon e o soltou por aí para fazer o que ele mandasse. E a pessoa que cria o vínculo pode ver e falar através do espírito e de sua forma. Com uma aparição aglomerada é assim, só que dez vezes mais poderoso.

Sierra começou a andar pelo quarto.

— Então teria que ser alguém que consegue manipular sombras... e como alguém consegue essa magia de vínculo?

— Ela tem que ser dada por um manipulador de espíritos mais avançado... ou por um espírito.

Sierra olhou para Robbie.

— Já ouviu falar das Lamúrias?

Robbie inclinou a cabeça.

— Poucas vezes. Elas são um grupo antigo de fantasmas poderosos. Pelo que contam, parece que têm, tipo, um brilho dourado. Ninguém sabe muita coisa sobre elas. Por quê?

Sierra parou de andar.

— Brilho dourado?

— Sim, por quê?

— Havia outros três espíritos lá hoje quando a aparição aglomerada me atacou. Eles brilhavam... Faziam o mundo inteiro brilhar, na verdade. E disseram para a aparição aglomerada que ela tinha falhado. Que era tarde demais.

— Sierra, você *viu* as Lamúrias? E ainda está viva... Você pelo menos sabia que...

— Elas podem dar essa magia de vínculo para alguém?

— Pelo que eu sei, com certeza.

Wick. Ele queria salvar os Manipuladores de Sombras roubando os poderes de Lucera. Agora Sierra conseguia entender: alguns dias depois da última entrada no diário, Wick foi falar com Lázaro sobre encontrar Lucera. Mas algo havia dado errado e Lázaro nunca mais fora o mesmo, tornando-se inútil quando Wick tomou seu poder de contar histórias. Wick era um Manipulador de Sombras, mas os poderes que recebeu das Lamúrias deram a ele uma vantagem sobre os demais.

Aquele homem tinha chegado e destruído tudo. Tudo.

— Sierra — disse Robbie. — O que foi? Você só está andando em círculos e franzindo o rosto para o nada. Você está bem?

Ela parou na frente de Robbie e o encarou.

— Você lembra que eu disse que estava pesquisando sobre um tal de Wick?

— Lembro. Como eu disse, só o vi algumas vezes. Parecia um cara até legal. Fazia um monte de perguntas sobre manipulação de sombras.

— Aposto que fazia mesmo — resmungou Sierra.

— Você acha que ele está metido nisso?

Um estranho tinha aparecido do nada e sido introduzido no legado familiar do qual a própria Sierra fora excluída a vida inteira. E agora ele queria destruí-lo, e tinha quase matado o *abuelo* no processo. Joe Raconteur, Vernon Chandler... Sabe-se lá quem mais. Todos destruídos por um impulso desse homem.

— Robbie?

— Diga.

— Eu quero que você me transforme em uma Manipuladora de Sombras.

Robbie balançou a cabeça.

— Não sei como.

— O quê? — Sierra se afastou e cruzou os braços. — Mas eu pensei...

— Quero dizer, eu consigo fazer um monte de coisas. Mas iniciar alguém como um Manipulador de Sombras, isso é tipo... isso é trabalho pesado pro pessoal das antigas. Não estou nesse nível ainda.

Os ombros de Sierra caíram de desânimo.

— Ai, que dr...

— Mas...

— Mas o quê?

— Estou pensando. Tem uma chance de... Sabe de uma coisa? Deixa eu ver a sua mão — pediu ele. — A esquerda.

Ela ergueu a mão, ele a colocou sobre a dele e fechou os olhos. Sorriu.

— O quê? O que você fez?

— Consigo sentir — sussurrou ele. — Está vivo dentro de você. A magia dos Manipuladores de Sombras. Você já... Alguém já a passou para você.

— Mas... como?

Sierra olhou para a própria mão. Não estava brilhando nem nada do tipo.

— E isso importa? — Robbie pegou a mão dela e a puxou para o seu lado. — Vamos lá.

— Espera...

Sierra lembrou-se da imensidão impossivelmente vazia da aparição aglomerada se aproximando, bloqueando a visão das ruas suburbanas de Flatbush, todas aquelas bocas gritando e a sensação de congelamento que atravessou seu braço esquerdo.

— O que você acabou de fazer... Aquela coisa também fez isso.

— O quê?

— A aparição aglomerada. Ela sentiu o meu interior, sentiu o meu braço esquerdo. — Sierra tremeu. — Estava conferindo. Queria saber... *Wick* queria saber... se eu posso manipular sombras.

Robbie assentiu.

— Faz sentido, de um jeito horrível.

— Wick sabia sobre meus poderes antes que eu soubesse.

Ela sacudiu a cabeça.

— Sierra. Venha comigo. — Ele ajeitou a camisa e calçou os sapatos.

— Aonde nós vamos?

— Você é uma Manipuladora de Sombras, Sierra! Vamos testar isso aí!

VINTE

— Ok — disse Robbie. — Tente relaxar e respire fundo.

Sierra fechou os olhos. Eles estavam em uma curva da rua que seguia ao redor do Prospect Park, exatamente embaixo de um poste de luz. À sua volta, a selvageria urbana se agitava, com cantos de grilo e o farfalhar gentil das árvores. Em algum lugar por ali, um rio corria. O parque era como uma cidade de madeira em um mundo de concreto muito maior. O sol ainda não nasceria por algumas horas.

— Tudo bem?

Sierra abriu os olhos e assentiu.

— Estou pronta.

— Olha só — começou Robbie. — Tudo começa com um ato de criação.

Ele puxou do bolso um pedaço de giz vermelho, agachou e começou a rabiscar algo no chão.

— Você sempre anda com giz no bolso?

— É claro. Quero dizer, pensa um pouco.

— Espera... É por isso que o sr. Aldridge fica sempre reclamando de que não tem giz na sala de aula?

Robbie parou de desenhar e deu um sorriso malicioso para Sierra.

— Só me pronuncio perante os meus advogados. Agora, observe. — Ele voltou para o desenho, um rascunho simples de um cara emburrado segurando um cano de metal. — Não precisa ser perfeito, tá? Você só quer que pareça com aquilo em que está pensando.

— Eu que tenho que desenhar? Eu posso... manipular o que você desenhou?

— A magia é mais forte se você desenhar. Porque você está, tipo, mais conectado com o seu próprio desenho, e os espíritos ficam mais fortes com essa conexão.

— Acho que entendi. Mais ou menos.

— Na manipulação de sombras, duas coisas são mais relevantes: material e intenção.

— Parece que eu deveria estar anotando isso — disse Sierra.

Robbie riu.

— Vou tentar simplificar as coisas. — Ele puxou um pedaço de giz azul e sombreou algumas áreas do desenho. — Um mural pintado vai ser um veículo muito mais poderoso do que esse rascunho de giz.

— Entendi.

— Porque o material em si é mais forte. O giz é só pó, certo? — Ele soprou um pedaço do cano para demonstrar. — E porque um mural geralmente vai ser um trabalho de mais qualidade. Dá mais espaço para o espírito brincar. — Ele desenhou novamente a parte que tinha soprado. — Tipo, se você vai para uma briga de facas, quer aparecer com um bisturi ou um facão?

Ele preencheu a última parte do homem com o cano, então acrescentou asas e dentes afiados.

— Intenção importa porque é com o que o espírito se conecta, o que os atrai. Estou desenhando isso aqui para que você possa manipular. Se não estivesse desenhando para você, ainda daria para você usar, mas não seria forte do mesmo jeito. Os espíritos reagem à emoção. Já que somos amigos, eles reagirão a isso quando entrarem no desenho. Se eu tivesse medo de você e estivesse desenhando para você, também seria algo poderoso, mas de um tipo diferente de poder. O mais forte é quando eu desenho a imagem do espírito que vai entrar nela, como o mural do Papa Acevedo. Mas você normalmente não pode fazer isso. É difícil se não conhecia a pessoa antes. Então temos que ser criativos.

— Como as sereias e as demais pinturas no Kalfour.

— Isso!

— Então não têm que ser, tipo... os *meus* parentes mortos a irem para os desenhos, certo?

— Nada, pode ser qualquer espírito. Como eu disse, você vai atrair espíritos parecidos com a sua intenção. De qualquer forma, isso aqui é só um treino, os detalhes não importam muito. Você tem que entender o sentimento. Vê algum espírito por aqui?

Sierra olhou para os lados na rua de mão dupla. A floresta se estendia de cada lado. Mais um pouco à frente, a rua se unia à escuridão. Se não fosse pelos sons de trânsito vindos de Flatbush, dava quase para fingir que estavam no meio da floresta.

— Tinha um monte no clube mais cedo — respondeu Sierra. — Cara, não me diga que espíritos são que nem policiais...

— Procure de novo. Às vezes você tem que fazer o negócio dos olhos relaxados para vê-los, mesmo que já os tenha visto antes.

Ela deixou a visão se embaçar e viu uma figura alta andando devagar na direção deles quase que imediatamente.

— Uau... É, esse aí está vindo para cá.

O corpo de Sierra se enrijeceu. Não se parecia com a aparição aglomerada, mas ainda assim...

— Está tudo bem — disse Robbie. — Ele não vai nos machucar.

— É você quem está dizendo — respondeu Sierra. Ela se concentrou em relaxar e a sombra se aproximou mais.

— Agora preste atenção.

Robbie ergueu a mão esquerda.

— Aí está a sua mão.

— Obrigado, Sierra. Eu sei disso. Agora é a sua vez.

— Ah. Espera, você quer que eu... Mas...

— Sierra.

Sierra trocou o peso dos pés e olhou para a expressão determinada de Robbie.

— Tudo bem, tudo bem.

Ela ergueu a mão esquerda. O ar tremeu onde o espírito estava e ela estreitou o olhar. A sombra saiu em disparada na direção deles.

— Ela... Robbie, ela está correndo.

— Eu sei. Toque no desenho.

— Mas eu não sei como...

— Toque, Sierra. Agora.

Sierra se ajoelhou e tocou o desenho de Robbie com a mão direita. Fechou os olhos, se preparando para o espírito pular dentro dela.

— Não se mexa — sussurrou Robbie.

Uma onda de frio a percorreu. Ela passou pelo braço esquerdo erguido, atravessou o peito e seguiu para a mão direita. Os olhos de Sierra se abriram no momento em que o homem de giz tremeu contra o asfalto e se desfez.

— Uau! — Sierra se pôs de pé. — Isso não era para acontecer, era?

Robbie estava sorrindo.

— Tudo bem, você está só começando. — Ele deu um passo para a frente, diminuindo a distância entre os dois. — Você vai conseguir. Tente de novo.

— O que aconteceu com o espírito que tentou entrar ali? — perguntou Sierra, olhando para a floresta.

— Provavelmente foi embora — respondeu Robbie. — Você vai ver, espíritos diferentes aparecem, e a maioria apoia muito a causa, porque é para isso que estão aqui, entende?

— Não muito.

— Quero dizer, é uma troca. Você dá forma a eles, eles trabalham para você, *com* você, idealmente, em busca do seu objetivo. E eles sabem disso, então aparecem prontos para trabalhar. Mas, às vezes, pode encontrar um que só queira atrapalhar, que queira pular em qualquer forma que você desenhe para eles e fazer o que der na telha. Só os ignore e continue a trabalhar.

Sierra tentou não ficar de queixo caído.

— Tudo bem, cara.

Ela pegou um pedaço de giz verde com Robbie, agachou e desenhou uma garota vestida de ninja.

— Maneiro — comentou ele, olhando por cima do ombro dela.

Sierra conteve a onda de orgulho que o elogio de Robbie lhe causou, fechou os olhos e os abriu apenas pela metade. Uma sombra pequena corria pela calçada em sua direção. Ergueu a mão esquerda, esperou e, justamente quando a sombra a alcançou, ela tocou o desenho com a mão direita, com força. O frio passou por ela mais rápido do que antes, uma corrente que explodiu pelas pontas dos dedos. Então a garota ninja estremeceu e se alongou.

— Eu consegui! — gritou Sierra. O desenho girou no asfalto, se curvou para Sierra, apoiou uma mão enluvada no pé da garota e saiu dançando. — Robbie, você viu isso?

Robbie sorriu.

— Ela estava saudando você.

— Vamos, cara! Eu quero ver para onde ela vai!

Sierra correu ao longo da calçada, observando o brilho dos traços verdes aparecer e sumir de vista.

— Para onde você quer que vá? — perguntou Robbie atrás dela.

— Para cima de uma árvore! — respondeu Sierra.

A ninja verde saiu correndo da rua e desapareceu na grama verde. No instante seguinte, ela brilhou em um tronco de carvalho.

— Robbie, isso é incrível!

Robbie estava rindo.

— Isso foi ótimo, Sierra. Mas não precisa dizer o que quer que eles façam em voz alta. Vocês estão conectados. Eles vão responder aos seus pensamentos.

Sierra virou e encontrou Robbie a apenas alguns passos dela. O sorriso da garota parecia prestes a explodir de seu rosto e sair voando por aí.

— Eles sempre ficam colados no chão desse jeito, achatados? Ou podem se levantar e ficar tridimensionais como a gente?

— Eles podem — explicou Robbie. — Mas demora um pouco pra gente chegar nesse estágio. E tem que ser um Manipulador de Sombras poderoso. Os espíritos só têm uma quantidade limitada de energia, então você quer usá-la de forma inteligente. Ficar tridimensional desse jeito os drena.

Ele deu um passo na direção dela.

— Outras pessoas conseguem vê-los? — perguntou Sierra. — Tipo... gente normal?

— Se elas procurarem.

Ela deu um passo na direção dele.

— Elas normalmente não estão procurando, né?

— Não.

O parque pareceu muito silencioso de repente. Sierra não tinha certeza se todos os carros tinham simplesmente desaparecido das ruas, e todos os animais noturnos tinham combinado de ficarem quietos ao mesmo tempo, ou se isso era coisa da sua cabeça. O rosto de Robbie estava muito próximo do dela. Ela sentia a respiração dele em sua testa. Robbie não sorria mais. Sua expressão estava séria, quase triste. Sentia que se colocasse a mão no peito dele, seu coração estaria batendo a mil por minuto, e o dela também, e talvez os dois explodissem.

Ela abriu a boca para falar, e então algo se mexeu nos galhos acima deles. Os dois olharam para cima. Algumas estrelas brilhavam além das folhas. Uma forma verde brilhante passou correndo, então o galho balançou mais uma vez e uma enxurrada de folhas caiu em uma chuva lenta e circular ao redor dos dois.

Sierra olhou de volta para Robbie. Ela absorveu todos os pequenos detalhes do garoto: o princípio de barba acompanhando a forma do seu maxilar, o nariz largo e os cílios longos. Por alguns segundos, não havia Wick, não havia fantasmas, nenhuma história familiar estranha, nenhum mural. Só o rosto calmo de Robbie e as folhas naquela noite gentil, acompanhada de uma brisa de verão. Ela abriu a boca novamente, mas seja lá o que fosse dizer ficou preso na garganta.

— O que foi? — perguntou Robbie.

— O que acontece agora?

Ele fechou os olhos e os abriu de novo lentamente, sorrindo.

— Nós treinamos.

— Treinamos manipulação de sombras?

— Manipulação de combate — respondeu Robbie. Ele passou por Sierra e começou a correr pela rua. — Venha me pegar.

— Robbie, o quê? Espere!

Mas ele já tinha desaparecido.

VINTE E UM

Sierra engoliu uma onda de pânico e estreitou os olhos para as árvores escuras ao redor.

— Esse cara *ama* desaparecer — resmungou, se agachando.

Pressionou o giz verde no asfalto, respirou fundo e desenhou três conjuntos de olhos. Ela ergueu o olhar. A rua estava vazia.

— Vamos lá, espíritos. Eu sei que vocês estão por aí.

Sierra estreitou novamente os olhos e, por alguns segundos, tudo o que viu foi o brilho abafado dos postes. Então três sombras pequenas e roliças surgiram da escuridão e seguiram na direção dela.

— Aí estão vocês.

Ela estabilizou a mão trêmula, ergueu-a no ar e engoliu em seco quando as sombras começaram a correr. A onda fria passou pelo seu corpo; Sierra bateu com a mão direita sobre os olhos e eles ganharam vida, cada par se movendo em uma direção no asfalto. Sierra sorriu.

— Encontrem Robbie — sussurrou ela.

Todos os três pares se jogaram para o caminho da floresta. Ela revirou os olhos.

— Sério, cara? Você tinha que entrar logo na floresta medonha, né? Ugh.

Ela se preparou e adentrou a floresta.

Sierra nunca havia visto uma escuridão tão intensa. Colocou as mãos para frente e se moveu com rapidez entre as árvores, tentando ignorar seu coração, que batia tanto que parecia que ia explodir. Um brilho verde passou por uma tora de árvore alguns passos à frente e ela seguiu naquela direção.

— Eu realmente vou ter uma conversa séria com Robbie quando o encontrar — resmungou. — De verdade.

Quando Sierra ouviu o murmúrio pela primeira vez, não foi porque tinha acabado de começar; parecia que estava por ali havia um tempo. Era como se ela estivesse sentada na aula por quarenta e cinco minutos e finalmente tivesse ficado tão entediada que percebeu que o maldito aquecedor estivera estalando e chacoalhando desde o início. As vozes cresceram à sua volta como uma nuvem de sons.

Uuuuuuuuuuuuuuuuuuuuuuuuuuuuuuuuuuuuuuuuuuuuh...

Parecia o coral da igreja de Bennie: belo e assombroso ao mesmo tempo. As vozes iam de graves e melancólicas até agudas e radiantes; se misturavam em harmonias que cresciam, diminuíam e preenchiam a noite. Sierra parou de andar e olhou para os lados, mas a escuridão da floresta era impenetrável. Queria gritar "quem está aí?", mas ficaria parecido demais com o que as garotas fazem nos filmes de terror logo antes de serem devoradas, então ela continuou em silêncio e completamente imóvel enquanto o murmúrio se elevava e diminuía em ondas harmoniosas.

Era tarde demais para voltar. O barulho estava ao seu redor, parecia crescer de dentro dela.

— Ótimo — disse Sierra. — Me deixei ser atraída para essa floresta estúpida.

Ela deu um passo para trás, na direção de onde esperava que a rua estivesse.

— Para o meio dessa situação incrivelmente estúpida.

Outro passo. O murmúrio aumentava cada vez mais.

— Depois dessa semana estúpida, cheia de coisas bizarras e estúpidas acontecendo.

Ela não conseguia mais aguentar. O zumbido parecia cobri-la, atravessá-la.

Raaaaaaaaaaaaaaaaaaaaaaaaaaaaaaaaaaaaaaaaaaaaaah!

Sierra correu. Não se importou em que pudesse esbarrar, nem em que direção estava seguindo: tudo o que queria era fugir daquele barulho. Mas o som se manteve junto a ela, queimando através de suas orelhas de forma incessante, a seguindo como um perseguidor a cada curva que fazia. Galhos batiam em seu rosto e ombros, marcando a pele. Ela viu um tronco à frente, apoiou um pé firme no chão e jogou o corpo pelo ar.

Foi só depois que passou pelo tronco e aterrissou vários metros à frente que percebeu que algo estava diferente. Para começar, ela tinha *visto* o tronco parado ali, no meio do caminho. Não estava ajustando os olhos à escuridão: podia ver tudo à sua volta em detalhes nítidos. E ainda havia a questão do pulo. Ela ficara no ar por, pelo menos, cinco ou seis segundos. Tinha basicamente pairado no ar até se sentir pronta para aterrissar.

Por um momento, Sierra se viu de cima, seguindo pela floresta em passadas longas, acertando cada pulo. Era incrível e aterrorizante ao mesmo tempo: como se ela fosse um tipo de super-herói. E então estava de volta ao seu corpo, sem sequer ter tropeçado.

Ela não havia escapado das vozes. Na verdade, elas estavam mais altas, e agora Sierra conseguia identificar as formas escuras que se moviam às margens da sua visão. Ela se virou, sua vista repentinamente fantástica capturando cada protuberância e vinco das árvores, e percebeu que realmente havia sombras altas correndo de cada lado dela. Elas emitiam um brilho leve e pulsante, um coração único e iluminado batia dentro de cada uma. Uma onda de terror a percorreu da garganta ao estômago e enviou tremores para os braços e as pernas.

O murmúrio, que antes parecia um barítono profundo, estava se tornando mais agudo.

UUUUUUUUUUUUUUUUUUUUUUUUUUUUUUUUH!

Ela pulou de pedra em pedra na subida de uma colina íngreme, segurou em um galho e se jogou para o topo. Tudo pareceu diminuir de velocidade quando ela se lançou no ar noturno. As sombras giraram e se agruparam em volta dela, se estendendo para tocá-la.

Sierra viu uma pista de caminhada de cimento logo à frente, se virou e foi em disparada em sua direção. Algo sobre aqueles espíritos a amortecia, a mantinha flutuando. Ela estava protegida. Podia sentir no corpo inteiro, como se o pequeno brilho que os espíritos emitissem também irradiasse dela.

Disparou à frente, mal percebendo os pés se moverem. O caminho levou a uma clareira, e mais distante estavam Long Meadow, e, depois, a Grand Army Plaza. Ela se esforçou mais; as árvores viraram um borrão de cada lado.

Onde está Robbie?

Como se respondendo à pergunta silenciosa, um par de olhos verdes brilhou sobre os troncos de árvore, acompanhando-a, e saiu disparado na direção do campo de Long Meadow. Sierra manteve seu caminho pela margem da floresta, as sombras girando e dançando ao seu redor. Ele havia dito "manipulação de combate", e estaria pronto para ela, onde quer que estivesse. Não podia chegar de mãos vazias ou com um monte de sombras sem forma. Sem perder o ritmo, Sierra pegou o giz, que agora era apenas um toco, e o arrastou nas árvores pelas quais passou. Quando havia marcado mais de uma dúzia de troncos, ela se virou, com os espíritos ainda em seu encalço a passos longos. Levantou um braço e, então, refez seus passos, tocando em cada marca de giz enquanto passava. Os fragmentos verdes criaram vida enquanto os espíritos dançavam ao redor.

Agora, pensou Sierra, e sentiu o pequeno batalhão de projéteis verdes entrar em formação ao seu redor. Mais uma vez, a noite pareceu prender a respiração: um momento abençoado de silêncio. Então Sierra girou em uma pedra e saiu correndo da floresta. Sombras e fragmentos verdes se desdobravam ao redor como uma onda quebrando. Ela parou em um campo aberto e ergueu a cabeça a tempo de ver um respingo vermelho vivo disparar pela grama verde à sua frente. Sierra pulou para a árvore mais próxima, segurou em um galho e se impulsionou para cima no momento em que a onda vermelha de Robbie passava.

Onde ele está?

Os três pares de olhos verdes dispararam pelo gramado e se reuniram em uma área de sombras na extremidade do parque. *Vão*, ordenou Sierra a seus fragmentos. Ela pulou da árvore e já aterrissou em uma corrida, brilhos verdes a acompanhando. *Vão!* Eles passaram à frente, disparando pelo campo. A onda vermelha de Robbie passou por ela de novo, mas, daquela vez, Sierra estava preparada. Pulou na direção do céu noturno, rodeada pelas luzes pulsantes das sombras, e aterrissou bem longe do alcance da onda.

— Uau! — gritou Robbie de seu esconderijo.

Sierra sorriu e saiu em disparada para uma aglomeração de árvores enquanto outra onda vermelha passava. Ela se esgueirou pela vegetação rasteira, terminou seu desenho a giz em um tronco próximo e deu uma forma pontiaguda a mais quatro espíritos. *Olhos*, chamou ela em silêncio. Os seis olhos apareceram no chão à sua frente. *Mostrem o caminho*. Eles saíram em disparada.

Fragmentos, quando os olhos o encontrarem, ataquem. Ela andou rapidamente pela floresta quando os fragmentos se jogaram adiante. *Mas sejam gentis*.

Sierra marchou pelo campo em direção à escuridão, observando as explosões de luz, enquanto seus soldados espirituais caíam sobre Robbie. Algo vermelho piscou, mas logo sumiu.

— Ai! — gritou Robbie.

— O que houve? — perguntou Sierra.

— Ai! Faça eles pararem! Droga, Sierra, você ganhou! Já entendi!

Recuem!, pensou Sierra. *Recuem agora*.

— Desculpa, eu ainda estou pegando o jeito disso! Você desiste?

— Desisto! Nossa Senhora! — Robbie tropeçou para fora da escuridão, o rosto marcado por linhas verdes. — Onde você aprendeu a fazer isso tudo?

Apesar das palavras, ele sorria. Sierra percebeu que era um daqueles sorrisos que não podiam ser contidos ou controlados. Ela deu de ombros.

— Só... acho que pareceu natural.

Ela não tinha muita certeza do que havia acontecido. Será que todo aquele negócio de voar tinha sido só sua empolgação em fazer parte daquele novo mundo mágico? Ou havia algo a mais em jogo? De qualquer forma, ela se sentia incrível.

— Vamos fazer de novo!

VINTE E DOIS

Debaixo d'água outra vez. As centenas de milhares de almas esticavam seus longos dedos sombrios das profundezas do mar. Era um esticar que durava séculos. Um tipo de movimento calmante, inspirador, aterrorizante e triste, gentil e mortal como a maré. Sierra flutuava em algum lugar no centro de todas aquelas almas: um clarão de vida em meio a tanta morte. Elas a envolviam, entravam pelo seu nariz e se tornavam seu sangue, santificavam seu espírito com os anseios delas. Ela inspirou e o mundo prendeu a respiração; expirou e uma onda forte de espaço se esvaziava à sua volta.

Centenas de mãos a seguravam, a soltavam, a aproximavam e a mandavam para longe.

Sierra.

As almas sussurravam canções sobre suas vidas e mortes, um redemoinho de amores perdidos e lembranças, hinos e baladas assassinas.

Sierra. Acorde.

Elas pareciam tão cheias de vida que era fácil esquecer que estavam mortas. Pulsavam com o amor por todas as coisas vivas, um desejo poderoso que Sierra podia sentir.

Sierra!

Sierra abriu os olhos com relutância, abandonando o fluxo e a corrente tranquilizantes do mundo dos espíritos.

M'ija, você precisa se concentrar.

Era um eco distante, aquela voz. Mal estava ali. O sol do início da tarde pintava formas geométricas pelo quarto de Sierra. Ela havia chegado em casa ao alvorecer e dormira por toda a manhã. Será que toda aquela noite tinha sido um sonho? Não. Ecos dela correram pela mente da garota: o ataque da aparição, as tatuagens de Robbie, o formigamento que os espíritos causavam ao passar por ela e para o giz.

Ela sentou e esfregou os olhos. Wick estava em algum lugar, planejando, enviando aquelas coisas mortas para acabar com a vida de Sierra. Ela tremeu, se lançou para fora da cama e se vestiu de qualquer jeito. O caderno estava aberto na mesa; as frases que tinha anotado do diário de Wick percorriam as páginas. Ela o enfiou na bolsa carteiro que usava. Hoje ela resolveria o enigma.

Quando abriu a porta do quarto, a gargalhada de Tía Rosa ecoava pela casa.

— O que é esse barulho? — O rosto de Timothy apareceu sobre o corrimão um andar acima.

Sierra sorriu.

— É a minha *tía* idiota. Me desculpe. Eu suspeito que ela seja a prova de que minha família tem sangue de hiena.

— Ah, haha! — Timothy corou. — Entendi. Tudo bem, só queria garantir que tudo estava legal.

"Legal" não era a palavra que ela usaria, mas Sierra manteve o sorriso e acenou para ele enquanto descia as escadas.

— Tão legal quanto de costume!

María Santiago parecia exausta. As rugas que se espalhavam por seu rosto tinham ficado mais aparentes e profundas.

— *Pa' dónde vas, m'ija?*

Sierra parou na altura da porta e revirou os olhos.

— Sair.

A cafeteira soltou um gargarejo.

— Quer um *cafecito*, querida?

Sierra se virou.

— Não, *mami*, eu quero falar sobre o que está acontecendo por aqui.

— O que você quer dizer? — perguntou Rosa.

Sierra não tirou os olhos da mãe.

— Tenho certeza de que não estava falando com você, Rosa.

Rosa arfou.

— Sierra — ralhou María. — Não fale com a sua tia desse jeito.

— Eu quero falar sobre algo que tem acontecido por aqui há anos — repetiu Sierra. — Quero saber a verdade sobre o *abuelo* e os Manipuladores de Sombras.

As palavras de Sierra ficaram suspensas no ar por um momento.

— A verdade — começou Rosa — é que seu avô é doido. Ele era doido antes do AVC, agora só é mais. Está me ouvindo? Ele ficou maluco. Ficou maluco há um tempão. Não lembro de uma época em que *papi* fazia algum sentido, você lembra, María? Ficava resmungando sobre espíritos desde que eu me entendo por gente. É a vergonha da família, quase foi morto porque não parava de falar sobre isso, e…

María bateu com a cafeteira na mesa.

— *Ya*. Chega, Rosa.

Rosa suspirou e mexeu nas longas unhas pintadas.

— Ela pediu a verdade.

— Eu disse que já chega. Não falamos sobre isso. Sierra, está feliz agora? Era isso o que queria ouvir?

Sierra lançou um olhar duro para a tia.

— Não é à toa que você é tão infeliz.

— Sierra! — arfou María.

— Sobre o que você está falando, garota? — perguntou Rosa, encarando Sierra do outro lado da cozinha. — Ah, ainda está chateada por causa daquele seu piti sobre o *negrito* com quem está saindo?

— *Negrito?* Ele é maior do que você. E não estamos saindo! Mãe, sério, você vai deixar ela falar desse jeito?

— Só estou dizendo... — começou Rosa. María continuava sentada com os olhos arregalados.

— Não quero ouvir o que você está dizendo. Não me importo com as suas fofoquinhas estúpidas ou suas malditas opiniões sobre todo mundo à sua volta e quão escuros eles são ou quão crespo é o cabelo deles. Você já se olhou no espelho, *tía*?

Rosa ficou de um vermelho vivo enquanto seu rosto se tornava uma careta.

— Você já viu os velhos álbuns de família que minha mãe tem por aqui? — continuou Sierra. — Nós não somos brancas. E você sair por aí, constrangendo todo mundo e torcendo o nariz porque não consegue nem se olhar no espelho, não vai mudar nada. Nem eu me casar com alguém mais claro do que eu. E eu fico feliz por isso! Amo meu cabelo. Amo minha pele. Não pedi a sua opinião sobre a minha vida e não quero ouvi-la. Nem agora, nem nunca.

— B-bem... — gagejou Rosa, com a expressão embasbacada.

A voz de Sierra se acalmou.

— Do que você está fugindo?

— Eu...

— Do que você tem medo? — Ela se virou para María, que ainda estava boquiaberta. — Do que *você* está fugindo?

— Não sei o que isso tem a ver com o seu avô doido — disse María em voz baixa.

Sierra deu meia-volta e saiu de casa, furiosa.

VINTE E TRÊS

Sierra desceu a rua Lafayette rapidamente, pegando o telefone enquanto andava. Se não podia adquirir sabedoria das mulheres da família, a obteria em outro lugar.

— Alô? — Nydia, a bibliotecária de Columbia, soava estressada.

— Oi, é a Sierra. Sierra Santiago, do Brooklyn? Liguei numa hora ruim?

— Ah! Oi, Sierra! De jeito nenhum, novidades? — Parecia uma transformação total.

Sierra deixou os ombros relaxarem e expirou. Estava em frente à Loja de Esquina do Carlos, a alguns quarteirões do Ferro-Velho. Gritar com Rosa tinha sido incrível, como se libertasse milhares de anos de energia reprimida, mas seu corpo ainda estava tremendo.

— Bem… um monte. — Sierra não sabia por onde começar. — Eu tive… Alguma coisa me perseguiu? Não sei muito bem como…

— O quê?

Sierra começou a caminhar de novo. Os pensamentos não queriam se moldar em frases coerentes.

— Eu não sei, Nydia. É muito difícil de explicar.

— Você está em perigo?

— Agora não. — Ela olhou em volta. — Acho que não.

— Isso não parece nada bom, Sierra. Você tem alguém que possa te ajudar?

— Acho que tenho, sim.

Uma SUV diminuiu a velocidade, se aproximou e baixou a janela.

— *Ay*, garota, vem cá! Me deixa falar com você um pouquinho!

Sierra revirou os olhos e continuou andando.

— Quero dizer, meu amigo Robbie está me ajudando. E meu irmão, Juan.

— Por que você está se fazendo de surda, garota? — gritou outra voz. — Volta aqui.

Sierra ergueu o dedo do meio na direção da SUV e virou em uma esquina, fazendo questão de entrar em uma rua de mão única para que o carro não pudesse segui-la.

— Caramba, saquei qual é a tua! — gritou o cara da SUV para ela. — Ninguém quer saber da sua cara feia mesmo.

O motor rugiu e a SUV saiu fazendo barulho.

— Sierra — disse Nydia. — O que está acontecendo aí?

Ela balançou a cabeça.

— A mesma droga de sempre, não se preocupe. Olha, você já ouviu falar das Lamúrias?

Alguns segundos de silêncio. Sierra olhou para o telefone.

— Alô?

— Acho que Wick as menciona nas anotações — respondeu Nydia. — Certo?

— Isso. Ele conta que elas lhe deram uns poderes a mais.

— Não há muita informação sobre as Lamúrias por aí — continuou Nydia. — São só rumores e mitos. Supostamente, elas assombram uma igreja velha no norte da cidade, perto do rio. A história conta que eram devotas de algum santuário ali perto, de algum tipo de magia ancestral. É tudo bem assustador, para ser sincera. E, é claro, são só histórias.

— É claro.

Houve outro silêncio na linha.

— Eu posso tentar descobrir mais — disse Nydia lentamente. — Se você quiser.

As mãos de Sierra estavam tremendo de novo.

— Obrigada, Nydia.

— Me mantenha atualizada, Sierra. E... tome cuidado.

O Ferro-Velho estava todo trancado, o que era praticamente inédito. Sierra olhou à sua volta para garantir que ninguém a estava seguindo, destrancou o portão com a chave que Manny tinha lhe dado, e se esgueirou para dentro.

— Manny? — chamou Sierra.

Não havia ninguém por perto, nem mesmo Cojones, o cachorro amigável até demais do Ferro-Velho. Ela caminhou pelos montes de lixo e perdeu o fôlego quando chegou na parede da Torre. Robbie devia ter passado lá mais cedo para trabalhar: uma cidade inteira nasceu da música que saía da guitarra da mulher esqueleto.

O dragão de Sierra estava quase terminado e parecia feroz. Ela pegou os materiais de pintura e começou a trabalhar. Agora que sabia que era uma Manipuladora de Sombras, o desenho ganhou toda uma nova vida. Ela era parte da imagem, de alguma forma, e sabia que, quando estivesse terminada, a ligação entre ela e a pintura enorme e colorida seria literalmente selada espiritualmente. Seria parte desse legado familiar maluco que ela estava apenas começando a entender. A coisa toda ainda parecia mitologia ou uma história de fantasmas, mas quanto mais ela pensava naquilo, mais real se tornava. Alguém a tinha iniciado havia muito tempo; algum Manipulador de Sombras misterioso a havia introduzido àquele mundo, mesmo contra os desejos do avô. Ela sorriu em meio à confusão de emoções.

Sierra era uma Manipuladora de Sombras. Assim como Robbie. Aquele sorriso apareceu em sua mente, aquele sorriso tímido que ficou estampado no rosto dele quando saiu com a cara toda suja de giz das sombras do Prospect Park. Ele a admirava. Sierra podia enxergar isso. Era pela força de sua manipulação de sombras, é claro, mas também por algo a mais. Ele respeitava sua força, sua mente, seu poder. Ela nunca tinha sentido aquilo vindo de um garoto.

— Sierra!

A garota tirou os fones de ouvido e olhou para baixo, para o Ferro-Velho. Tee a encarava com as mãos na cintura.

— Você está realmente envolvida nesse negócio, né? Estamos tentando chamar a sua atenção há uns dez minutos.

Izzy estava na dela, a boca abrindo e fechando em silêncio enquanto simulava alguma nova rima em que estava trabalhando.

— É, desculpa.

— Desce aqui! Trouxemos alguns geladinhos e estamos indo para uma daquelas cafeterias que a Izzy tanto ama. Bennie e Jerome vão nos encontrar lá mais tarde.

— Tudo bem, já vou descer!

— O que vocês vão fazer hoje à noite? — perguntou Tee enquanto andavam na direção da avenida Bedford, sugando gelo saborizado dos pacotes de plástico.

— A banda do meu irmão vai tocar — respondeu Sierra. — Vocês deviam aparecer por lá.

— Aquele negócio de salsa-trash, né? — perguntou Izzy.

— Isso — respondeu Sierra. — Culebra. Mas eles vão tocar um repertório mais tranquilo e acústico nesse restaurante dominicano em que o Gordo costuma ir.

Izzy riu com gosto.

— Gordo, aquele espanhol enorme que ensinou música pra gente no quinto ano?

— O próprio — respondeu Sierra. — Mas ele é cubano.

— Ah, eu vou com certeza — disse Izzy. — Eu amava aquele cara. Quando você não fazia o dever de casa, só precisava mandar um "Ah, Señor Gordo, fala pra gente sobre quando você conheceu a Beyoncé" ou algo assim.

Agora todas estavam rindo.

— É verdade — concordou Sierra.

— E ele ficava todo "*bien*, estávamos tocando *un concierto* no *palacio con* Esteban e Julio, e então paramos quando a moça boníta entrô".

— Mas ele não deixava vocês o chamarem de "Señor Gordo" de verdade, né? — perguntou Tee.

— Juro por Deus! — disse Izzy, rindo.

— Sim, ele insistia — comentou Sierra.

— Chegamos, é aqui — disse Tee.

Elas haviam parado na frente de uma loja que Sierra podia jurar que estava vazia e destruída na semana anterior. Agora, grãos de café recém-pintados emolduravam uma janela de vitral elegante. Plantas em jarros e livros antigos estavam ajeitados na vitrine sobre um saco de aniagem cheio de café.

Sierra franziu o rosto.

— Vocês têm certeza disso, gente?

Tee lhe deu um cutucão.

— Vamos lá, bobinha. Vai ser... divertido!

VINTE E QUATRO

Tee tomou um gole de uma xícara de café com sabor artificial.

— Uma coisa eu tenho que admitir sobre esses yuppies... — comentou com um sorriso.

— Meu Deus, amor! — Izzy botou a mão na testa. — Você precisa falar tão alto? Estamos cercadas aqui. Além disso, estes não são yuppies, eles são *hipsters*.

Sierra ergueu o olhar de seu chá gelado.

— Qual é mesmo a diferença?

— Pelo que eu sei — respondeu Tee —, *hipsters* são basicamente yuppies com calças mais apertadas e óculos maiores. Seja lá o que forem, eles fazem um *mocaccino* maravilhoso.

— Que raios é um *mocaccino*? — perguntou Sierra.

— É chocolate com café expresso, eu acho. Quer provar?

— Meu Deus, ela está passando para o outro lado! — disse Izzy com um gritinho.

Sierra apenas balançou a cabeça.

— Vou continuar indo ao Bustelo. Esse chá gelado é só água suja. Blergh.

— É uma água suja que custa três dólares e 25 centavos — lembrou Tee. — Então é melhor que você goste.

— Vocês são ridículas! — exclamou Izzy, olhando em volta. — Completamente ridículas!

Todas as outras pessoas na cafeteria estudavam em silêncio ou sussurravam nos celulares. Pinturas com manchas marrom e cinza cobriam as paredes, e um quadro-negro atrás do balcão listava uma nova leva de bebidas de nomes floreados e superfaturados.

Onde mulheres solitárias vão dançar... Fora as divagações incoerentes de Wick sobre "encruzilhadas", a frase ainda era a melhor pista para levá-la até Lucera, e ainda assim não significava nada. Ela havia rabiscado as palavras no caderno pelo menos umas dez vezes em tipos de letra diferentes, desde arredondadas até elegantes. Não tinha ajudado. Mulheres solitárias. Elas iam para clubes noturnos. Festas. Casamentos.

— Casamentos? — disse ela em voz alta. — Não, certo? Não.

Tee e Izzy reviraram os olhos.

— Não — disseram ao mesmo tempo.

Sierra tinha explicado tudo da melhor maneira possível para suas amigas, deixando de fora as coisas realmente sobrenaturais que havia visto. Ela podia notar que não estavam convencidas, mas a acompanhavam de qualquer forma.

Funerais. Ninguém dançava em funerais. Ou dançava? Sierra tinha uma vaga lembrança de Gordo na aula de música explicando que, em algumas partes da África, costumava-se dar festas enormes e desfilar pelas ruas quando alguém morria. A tradição tinha sido levada até o Caribe: os haitianos marchavam em círculos desgovernados com o caixão para que o espírito não pudesse encontrar o caminho de volta para incomodar todo mundo. E Nova Orleans... Havia algo sobre Nova Orleans...

— Vou escrever um livro — anunciou Tee. — Vai ser sobre gente branca.

Izzy fez uma careta.

— É sério, Tee: cale a boca. Todo mundo pode ouvir você.

— Estou falando sério — disse Tee. — Se esse tal de Wick pode pesquisar sobre o avô da Sierra e todos esses espíritos porto-riquenhos, não sei por que não posso escrever um livro sobre o povo dele. Vou chamar de "*Hipster* vs. Yuppie: Um estudo antropoltural".

— Mas existem hipsters negros e latinos — disse Sierra. — É só olhar pro Juan, meu irmão.

— E meu tio definitivamente é meio aéreo — comentou Izzy.

Tee revirou os olhos.

— Vai ter um apêndice, gente. Shh.

— E o que diabos é antropoltural? — perguntou Izzy.

— É um novo termo irado para antropologia cultural.

— Você está inventando!

— E daí? Estou na vanguarda. Se eu digo que é irado e novo, então ele é irado e novo.

Sierra começou a rir.

— Vocês duas têm que parar de me distrair!

Os sinos de vento bateram contra a porta de vidro quando ela se abriu. Jeromão entrou, ainda vestindo terno de igreja e parecendo muito estiloso.

— E aí, garotas? — perguntou ele, se curvando para dar beijos nas bochechas das três.

— Olha só para você, todo arrumado! — exclamou Izzy. — E tá tudo na mesma: Tee está sendo ridícula como sempre, e Sierra está bancando a nerd, tentando resolver um enigma.

— Tudo nos conformes — disse Jerome. — Vou pedir um café.

— Não esqueça de levar a poupança! — gritou Tee na direção dele. Izzy se contraiu de vergonha.

Onde mulheres solitárias vão dançar... Bailes à fantasia. Boates. Igrejas. Não. A mente de Sierra voltou para a imagem da ninja de giz subindo na árvore. Ela se perguntou quais outros espíritos a protegiam.

— Gente, vocês sabem de onde as famílias de vocês vieram?

— É claro — respondeu Tee, erguendo o olhar de uma revista em quadrinhos.

Jerome colocou o copo de café na mesa e puxou uma poltrona.

— Você é do Haiti que nem o Robbie, né, Tee?

— Na verdade...

Izzy suspirou audivelmente.

— Todo mundo pensa que, só porque o nome dela é Trejean e ela é negra, a Tee tem que ser haitiana. Existem outras ilhas que falam francês no Caribe, sabia?

— Izzy... — disse Tee.

— Ela, na verdade, é da Martinica... é martinicana. Que seja, ela é da Martinica.

— Mas Izzy, você disse a mesma coisa quando me conheceu.

Jerome deu uma risada.

— Bem, esse não é o ponto — insistiu Izzy.

— Mas sim, Sierra, respondendo à sua pergunta... — continuou Tee. — Eu nasci na Martinica, e meus pais também. Os pais da minha mãe eram de lá, meu pai era metade francês e metade nigeriano, do povo Igbo.

— Eita! — exclamou Sierra. — Você não estava brincando quando disse que sabia de onde veio.

— E você, Sierra? — perguntou Jerome. — Você é só espanhola, né?

— Se ela é espanhola, eu sou francesa — comentou Tee.

— Tudo bem, mas você me entendeu.

— Você é porto-riquenha, né, Sierra? — perguntou Tee.

Sierra estava começando a se arrepender de ter puxado o assunto.

— Fala sério, Jerome, você sabe que me chamar de "espanhola" é bem reducionista, né? — falou.

— Sim, mas nós *dizemos* "espanhol". Tipo comida espanhola. Tanto faz, é só uma coisa que a gente fala.

As pessoas começaram a erguer o olhar dos livros e tirar os fones de ouvido. Sierra sentiu as orelhas ficarem vermelhas.

— Duvido que os ancestrais africanos e tainos dela achem que "tanto faz" — disse Tee.

Sierra estava chocada.

— Tee, desde quando você começou a falar sobre ancestrais?

— Você acha que os porto-riquenhos são os únicos que têm histórias de fantasma? Por favor. Meu tio Ed me conta histórias dos fantasmas dele desde que eu era pequena. Mas disse que eles não queriam vir para Nova York, porque era frio demais ou qualquer coisa assim. E agora meu tio está todo deprimido e não sai do quarto. Metade da minha família tem seus fantasmas.

— E aí, gente! — gritou Bennie ao chegar. — Quem vai me pagar um café?

Todas olharam para Jerome.

— Que foi? — Ele fez uma careta para as meninas.

— Deixa pra lá, eu pago. — Bennie foi até o balcão e voltou colocando leite em um copo de papel. — Sobre o que a gente está falando?

— Sobre o tio maluco da Tee — respondeu Jerome.

— Cala a boca — disse Tee.

— Sierra estava perguntando sobre os nossos ancestrais — explicou Izzy. — E tentando resolver um enigma idiota. E Tee está dando um show e nos fazendo passar vergonha, conforme os procedimentos habituais.

— Não gosto mais de nenhum de vocês — anunciou Tee.

Bennie sorriu e bebeu um gole de café.

— Parece que está tudo certo.

— Ei — disse Jerome. — Alguém mais reparou que o *Searchlight* não chegou hoje?

— Ah, é — concordou Izzy. — Minha mãe estava surtando sobre isso, disse que o Manny nunca perdeu um dia desde 1973.

O estômago de Sierra se embrulhou. Nada do *Searchlight*? E Manny não tinha aparecido no Ferro-Velho. E ele estava na foto dos Manipuladores de Sombras de seu avô... Sierra se levantou e foi para uma das cadeiras mais afastadas.

— Vem aqui rapidinho, Bee.

— Aonde vocês estão indo? — perguntou Izzy.

— Conversa particular — respondeu Bennie.

— Alguma coisa não parece certa — sussurrou Sierra quando estavam um pouco afastadas. — Manny também não estava no Ferro-Velho.

Bennie franziu a testa.

— E agora o jornal não chegou? Não gosto nada disso. Você acha que algo pode ter acontecido com ele?

Eram os exatos pensamentos de Sierra, mas ela estava tentando não dizer aquilo em voz alta. Ela esfregou os olhos.

— Não sei. Mas só existe uma maneira de descobrir.

VINTE E CINCO

O ônibus B52 estava demorando uma eternidade, mas ainda não havia outras maneiras mais rápidas de chegar a certas partes de Bed-Stuy.

— Espera só até ter mais algumas padarias e butiques enfiadas por aqui — disse Bennie, enquanto o ônibus começava a andar e parava pela milésima vez. — Novas estações de trem vão surgir do nada, rapidinho.

— Verdade — respondeu Izzy.

— Do que você está falando, Izzy? — perguntou Tee. — Tudo o que você faz é sentar nessas padarias e escrever poesia.

Izzy pareceu realmente ofendida.

— Não é a questão, babaca!

Jeromão revirou os olhos.

— Lá vamos nós. Elas estão assim desde que saíram da escola.

— Não estamos, não! — disseram Izzy e Tee em uníssono.

Sierra não estava com humor para aguentar a briga. Ela observou o Brooklyn passar por eles enquanto o ônibus seguia em uma velocidade sofrível. Os últimos três dias passavam em repetição na cabeça dela, mas nada fazia mais sentido do que antes. Ela não podia se livrar da sensação de que Manny estava correndo muito perigo e que aquilo era sua culpa, de alguma forma.

— Você está bem, Sierra? — perguntou Bennie em voz baixa.

Sierra assentiu, mas a expressão da amiga, de repente, não estava mais ali. Foi quando ela percebeu: eles estavam passando pelo mural de Vincent.

Bennie parecia ter acabado de tomar um soco no estômago.

— Quase não dá mais para ver — sussurrou ela.

Sierra pegou uma das mãos de Bennie e a apertou.

— É aqui atrás, né? — gritou Jerome.

Eles estavam parados na frente de uma igreja destruída. Parecia que tinha sido atingida por alguns furacões e, depois, abandonada. Ervas daninhas se agrupavam de forma grotesca no jardim lateral. Jerome tinha atravessado a cerca e estava observando a parte de trás do terreno, mas o resto do grupo esperava pacientemente na calçada.

Jerome voltou para as amigas.

— A casa do Manny é do outro lado, descendo umas escadas até o porão, se estou lembrando direito.

— Quando foi que você veio aqui? — perguntou Tee.

— O sr. Draley nos trouxe para ver o escritório do *Searchlight* em um desses passeios de "conheça seu bairro", no sexto ano. Mas eles combinaram errado e Manny estava fora fazendo uma entrega, então a gente nunca conseguiu ver as máquinas de impressão, nem nada.

— Legal.

— Conseguiu ver a entrada lá atrás? — perguntou Sierra.

— Acho que sim. Vamos.

As quatro garotas seguiram Jerome timidamente até o jardim lateral. Não tinha como andar sem as ervas daninhas se esfregarem em você como velhos nojentos na rua, então Sierra só rangeu os dentes e continuou a caminhar.

— Meu Deus — disse Izzy. — Imagina só os ratos que devem andar por aqui.

— Você é sempre tão sombria — disse Tee.

— Eles provavelmente também jogam dominó e tal.

Sierra estava prestes a mandar que elas ficassem quietas, mas eles fizeram uma curva e todo mundo ficou quieto e sério de repente.

— Isso não parece bom — disse Bennie.

O alçapão que servia de entrada para o porão estava escancarado. Escadas de cimento levavam à escuridão.

— Eu acho que não é coisa dele deixar aberto assim — comentou Sierra.

— Talvez ele tenha ido comprar café e se esquecido de fechar — arriscou Jerome.

Sierra se preparou e deu um passo à frente.

— Eu vou entrar.

— Você é doida — disse Izzy.

— Eu também vou entrar — declarou Bennie.

— Vocês duas são loucas.

Tee franziu o rosto.

— Ugh. Eu também vou. Odeio vocês.

Izzy suspirou audivelmente.

— Tudo bem — disse ela, pegando a mão bronzeada de Jerome com sua mãozinha morena. — Mas eu vou levar o cara grandão comigo. Vamos lá, Jerome.

Quando Sierra desceu os primeiros degraus, a escuridão a envolveu por completo. Ela estendeu os braços para a parede às cegas, mas não encontrou interruptores.

— Peguem os celulares, galera — disse, abrindo o próprio aparelho. O fraco brilho azul não ajudou muito, mas pelo menos ela sabia que não havia nenhuma parede à frente enquanto se embrenhava naquele lugar. Izzy xingou enquanto tropeçava em alguns escombros no fim da escada.

— Você consegue enxergar alguma coisa? — perguntou Bennie ao lado dela.

Sierra podia ver o celular da amiga dançando pela escuridão.

— Não.

Sierra estendeu a mão e tocou em uma coluna de tijolos. Manchas coloridas como lâmpadas de lava giravam na escuridão ao redor e sumiam lentamente à medida que seus olhos se acostumavam a ela. Cada batida e tremor era uma aparição aglomerada à espreita. Até onde sabia, estavam rodeados por aquelas coisas.

Sierra achou que tivesse ouvido algo raspando o teto e parou de andar. No começo, não ouviu nada. Mas logo se repetiu: uma expiração grosseira. Depois de uma pausa, ela ouviu outra respiração. "Tem algo aqui embaixo." A respiração continuou, doentia e irregular, mas Sierra não conseguia descobrir de onde vinha. Ela girou o telefone para a frente dela, mas só encontrou a escuridão.

— Vocês estão ouvindo isso?

— Ah, Sierra, por favor! — choramingou Izzy. — Não seja esse tipo de babaca.

— Não estou sendo! — Sierra tentou evitar que a voz ficasse aguda demais. — Eu só... Vocês realmente não estão escutando nada?

Será que ela estava inventando tudo aquilo? Por um instante, não ouviu nenhum barulho. Então veio novamente: uma respiração horrível e trêmula. A mesma que tinha ouvido na noite anterior, em Flatbush. Estava ao redor dela.

— Ahhh! — gritou Bennie.

— O que houve?! — gritou Jerome, dos fundos.

— Estou bem — disse Bennie. — Só chutei alguma coisa.

Sierra andou com cuidado na direção de Bennie, e viu o celular da amiga iluminar os mecanismos antigos e enferrujados da máquina de impressão de Manny.

— O cara faz à moda antiga só para se mostrar — disse Bennie.

Os braços de metal se estendiam para a escuridão, e a manivela de prata brilhava com os reflexos fantasmagóricos da luz do telefone.

— Gente — choramingou Izzy. — Eu não gosto nem um pouco disso.

— Nem a gente, *dodo* — respondeu Tee. — Mas temos que descobrir o que está acontecendo. Alguma coisa não está certa por aqui.

Sierra não conseguia mais ouvir a respiração. Passou pela impressora, mantendo uma das mãos na máquina para se equilibrar. O pé esquerdo bateu em algo no momento em que o telefone decidiu apagar. Apertou um dos botões e virou o brilho azul para o chão, para descobrir no que tinha batido. Era uma bota. Ela tropeçou, surpresa, deixando o telefone cair, e aterrissou em algo que estava alguns centímetros acima do chão. Parecia a barriga carnuda de um homem.

— Ai, meu Deus! — gritou Sierra, se afastando desesperadamente da carne fria horrenda. Passos se dirigiram até ela, vindo de todos os lugares.

— O que aconteceu?! — gritou Bennie.

— Onde vocês estão? — perguntou Izzy. — O que está acontecendo?

Sierra apalpou o chão até encontrar o celular.

— Eu estou bem, mas tem alguém aqui. Acho que é o Manny.

Tudo o que ela queria era fugir o mais rápido possível daquele porão, e para bem longe, mas precisava saber o que estava acontecendo. Ergueu o celular para enxergar à frente.

Era Manny, sentado em uma cadeira com a expressão aterrorizada e a boca aberta, os olhos vazios encarando a escuridão. Sierra arfou. Então Bennie estava ao lado dela, segurando seu braço e chorando baixinho.

— Gente! — gritou Jerome do outro lado do porão. — Acho que encontrei o... — Luzes fluorescentes piscaram pelo teto, fazendo todos fecharem os olhos. — ... interruptor.

Izzy gritou ao ver Manny. Então Tee se virou e também começou a gritar. Jerome passou por elas correndo na direção de Sierra e Bennie.

— Ai, meu Deus — disse ele, olhando para o corpo inchado e esparramado.

Manny estava em uma cadeira de barbearia antiquada, na qual o pessoal dizia que ele gostava de matutar o próximo volume de seu jornal. Sua guayabera estava aberta, esticada nas laterais de sua barriga enorme. Os braços estavam caídos ao lado do corpo. Sierra já havia visto cadáveres, já tinha ido à sua cota de funerais de caixão aberto, mas aquilo era algo completamente diferente. O corpo parecia tão sem vida quanto a cadeira em que ele estava sentado: um recipiente vazio.

Mas foi o rosto pálido de Manny que incomodou Sierra. Sua boca parecia gigantesca de uma forma inumana, como se o maxilar tivesse se deslocado para permitir uma expressão de medo mais enfática.

Izzy chorava. Tee abraçou a namorada e fungou baixinho. Jerome estava imóvel, como se qualquer movimento pudesse piorar as coisas.

— Temos que sair daqui — disse Bennie, com a voz trêmula. — Seja lá o que fez isso ainda pode estar por perto.

Sierra assentiu, mas não parecia certo deixar Manny daquele jeito. Ela o conhecia praticamente a vida inteira — todos eles conheciam —, e agora ele era só um amontoado morto de carne e ossos jogado em uma cadeira de barbeiro. Ao redor dos garotos, o rosto do Rei do Dominó sorria em fotografias rabiscadas com várias celebridades e líderes do movimento civil de antigamente. Pilhas e pilhas de cópias antigas do *Searchlight* estavam espalhadas de forma caótica em volta da impressora gigante de metal.

— Sierra — chamou Bennie, parecendo estar a quilômetros de distância.

Eram os olhos, aqueles olhos tomados pelo terror, que nada viam, mas estavam fixados no teto. Sem pensar, Sierra esticou a mão e fechou seus olhos.

Manny gemeu.

Sierra recuou, tropeçando, enquanto todos os cinco adolescentes gritavam ao mesmo tempo. Ele mal se moveu — só um espasmo mínimo passou pelo rosto atormentado —, mas o som, sem dúvidas, tinha vindo dele.

— Ele não está... morto? — perguntou Sierra, sem ar. Não tinha certeza se saía correndo ou tentava ajudá-lo. Ela deu um passo na direção de Manny.

— Sierra, o que você está fazendo? — perguntou Izzy. — Vamos sair daqui!

— Mas...

— *SIERRA!* — sussurrou Manny. Só que não era a voz dele, mas sim a cacofonia terrível das vozes da aparição aglomerada.

O grupo entrou em pânico. Eles correram pelas escadas de cimento, saíram para a luz fraca da tarde e seguiram para o outro lado da rua.

— O que... foi isso? Que diabos foi isso? — Izzy soluçava sem parar.

— Eu não sei, eu não sei — gemeu Tee em resposta. — O que está acontecendo, Sierra?

— Eu não sei, mas não podemos deixar o Manny ali, gente. Ele ainda está vivo! Mesmo se ele for... seja lá o que ele for.

— Você quer voltar para lá?! — exclamou Bennie.

Sierra olhou cuidadosamente para o terreno vazio e a igreja destruída.

— Não. Vamos arranjar outra pessoa para fazer isso.

VINTE E SEIS

Quinze minutos depois, Sierra e Bennie voltavam pela esquina, tentando parecer tão casuais quanto possível. Carros de polícia e ambulâncias lotavam a rua, suas luzes vermelhas raivosas pulsando contra os prédios de tijolos.

— O que aconteceu? — perguntou Bennie a um paramédico de aparência irritadiça com barriga protuberante e bigode grisalho.

— Nada — grunhiu ele, jogando o equipamento na parte de trás do carro. — Outro trote. Crianças estúpidas.

— Como assim, *nada*?! — exclamou Sierra.

— O que eu quero dizer é que — começou o médico, acendendo um cigarro e a fuzilando com o olhar — uns moleques ligaram e disseram que tinha um cara morto no porão. Mas não tem. Então nada aconteceu. *Nada*.

— Tem certeza? Vocês vasculharam o lugar todo?

— Quem você pensa que é, garota? — grunhiu o médico. — Foi você quem ligou, foi? Sabia que é ilegal passar trotes para os serviços de emergência? Deixa eu ver se consigo trazer um dos policiais para dar uma palavrinha com você.

Como se estivesse tudo combinado, um policial saiu do porão. Ele era jovem, tinha olhos azuis brilhantes e a cara fechada.

— O que houve?

Bennie agarrou o pulso de Sierra.

— Sierra, vamos!

Elas andaram rápido até virarem a esquina. Quando saíram do campo de visão, Sierra jogou as mãos para o ar em frustração.

— Não faz sentido! Você acha que Manny conseguiria andar no estado em que estava?

— Não sei — respondeu Bennie, olhando de volta para as luzes da polícia.

Elas se uniram ao resto do grupo em um parquinho e contaram o que aconteceu. A tarde avançada se tornou um anoitecer cinzento à volta deles, enquanto o Brooklyn se preparava para mais uma noite de verão.

— Como assim, ele não estava lá?! — exclamou Izzy. Tee colocou uma mão tranquilizadora sobre o ombro da namorada.

— Pela décima vez — repetiu Sierra —, foi o que o paramédico mal-humorado me disse. Então um policial novinho começou a parecer interessado demais na gente, e demos no pé. O que mais eu posso contar?

Izzy se levantou e começou a andar em círculo ao redor deles.

— Não é como se ele pudesse simplesmente sair andando! Ele estava, tipo, noventa e oito por cento morto!

— Verdade — disse Sierra.

As árvores ao redor farfalharam e Sierra teve que estreitar os olhos para ter certeza de que nenhuma sombra corria na direção deles. Olhou para os rostos preocupados dos amigos. Os rostos manchados na foto. Os Manipuladores de Sombras. Sierra olhou para a própria mão. Wick tinha percebido que ela era uma Manipuladora de Sombras antes mesmo de ela saber.

— O que vamos fazer? — murmurou Izzy.

Wick tinha enviado corpúsculos atrás de Sierra e Robbie, e eles haviam falhado. Ele provavelmente tentaria pegar alguém mais fácil da próxima vez, alguém que não soubesse do perigo... Wick tinha escrito: "Talvez uma nova geração de Manipuladores de Sombras que deva ser estudada..."

Sierra se ergueu de súbito.

— O que foi? — perguntou Bennie.

— Juan! — Sierra jogou a bolsa sobre o ombro e começou a correr na direção da parada de ônibus. — Tenho que avisá-lo. Vocês vêm?

VINTE E SETE

Em uma noite normal no El Mar, alguns casais gordinhos estariam dançando pela pista ao som da batida de um grupo local de bachata ou de um cara bêbado, vestido formalmente demais para a ocasião, com um teclado e uma bateria eletrônica. Os mais velhos se recostariam no recife brega de corais de papel machê, beberiam seus drinques e reclamariam sobre os *jóvenes*. Um ou outro policial e paramédico passariam por lá para conseguir seus *cafecitos* fortes e flertar com as garçonetes decadentes. A noite correria naquele ritmo suave e lento que permitiria que as pessoas acreditassem, pelo menos por algumas horas, que estavam de volta ao abraço quente de uma ilha caribenha.

Mas a Culebra já estava a toda quando Sierra chegou, e em vez da paisagem tranquila do El Mar, uma massa suada de punks, seguidores de modinhas e hipsters pulsavam e se debatiam no ritmo da música. As mesas e cadeiras tinham sido retiradas, e a multidão estava pulsando contra os recifes de corais, pendurados no timão de mentira, dançando até nos corredores dos banheiros. Sierra tentou espiar por cima da multidão e ver se encontrava algum corpúsculo à espreita, mas estava escuro demais para identificar qualquer coisa.

Ela olhou em volta, tentando manter-se atenta enquanto o som exuberante da Culebra a tomava por completo. Tocar em modo acústico sempre aterrorizava Juan; ele ficava insuportavelmente falante e agitado, e apagava por uma hora antes do show. Mas os resultados eram impressionantes, e aquela noite não era uma exceção. Sua velha guitarra espanhola cuspia uma série de frases quentes e labirínticas, que envolviam perfeitamente as notas melódicas extraídas com força do piano de Gordo. Enquanto os dois instrumentos davam voltas intricadas, Pulpo, o baixista e vocalista alto e negro, liberava uma torrente de notas ferventes e violentas de seu suporte, jogando a cabeça para a frente em uma avalanche de tranças a cada tempo forte.

A música crescia como uma névoa sobre a multidão, e então, com um mero retinir de pratos para dar o aviso, os tambores entraram a toda. Ruben, um dominicano magricela de pele clara com cavanhaque bem aparado, fez chover explosões tempestuosas com os instrumentos, enquanto seu irmão Kaz entrava na música com o tuk-tuk-tuk suave dos atabaques. A multidão explodiu. Sierra se deixou ser levada por ela, abandonou todo o medo e tristeza que a vinham assombrando desde a visita à gráfica, e dançou. A batida de Ruben se movia dentro dela, fazendo-a se mexer com carinho.

Sierra fechou os olhos e os abriu de leve. Não havia dúvidas daquela vez: sombras altas de braços longos se moviam em um círculo fluido dentro do clube. Quando seus olhos se abriram por completo, tudo voltou ao normal. Ela se obrigou a ficar calma, sentiu a empolgação da plateia, o trash selvagem da música de seu irmão. Fechou os olhos de novo. Para sua própria surpresa, ela se sentiu segura. O ambiente inteiro estava tão cheio de vida, e aquelas sombras — ela abriu os olhos de leve mais uma vez, observando o mundo através dos cílios — também dançavam.

A banda inteira se movia como uma. Todas as cinco cabeças se jogavam para a frente e para trás conforme a música continuava a crescer até alturas absurdas. As sombras giravam mais rápido, suas passadas longas se estendendo até as cabeças da multidão agitada. Sierra percebeu que os espíritos protegiam Juan. Ele não precisava ser avisado sobre Wick; estava seguro. Ela expirou e se deixou levar pelo momento. Era como estar no meio do acidente de carro mais bonito do mundo, com todos os seus melhores amigos e um monte de gente desconhecida, e saber que você não pode se machucar.

E então, do nada, tudo acabou. O lugar soltou um suspiro coletivo de satisfação e irrompeu em aplausos. Juan ergueu o olhar da guitarra com aquele sorriso travesso, acenou para Gordo e a banda começou mais um número.

— Nós vamos diminuir um pouco o ritmo para vocês, agora — disse a voz de Gordo pelo microfone.

— Graças a Deus! — exclamou Bennie, se jogando sobre Sierra. — Ei, tudo bem com você?

As sombras tinham se afastado um pouco. Continuavam a dançar nos cantos do salão enquanto a música criava vida. O rosto de Manny ainda estava na mente de Sierra.

— Nada. — Ela piscou para abrir os olhos completamente. — Só... Manny.

— Vamos encontrá-lo.

— Eu sei. Eu estou bem.

— Que bom para você. Eu estou um desastre suado e fedido no meio dessa bagunça.

— Você está bem, B — comentou Jerome.

— Na verdade — disse Sierra —, Desastre Suado e Fedido foi o primeiro nome da banda.

— Cala a boca — arfou Bennie. — Ofegante demais... para rir.

A música começou gentil, como um passeio no parque, mas batidas ocasionais dos tambores e agudos aleatórios da guitarra de Juan davam um ar sinistro a ela.

— *Cuando la luna llena* — cantou Pulpo em voz baixa, com um vibrato rico e aterrorizante.

— Sempre tive uma queda pelo Pulpo — admitiu Sierra.

Bennie concordou.

— Com uma voz dessas, quem não teria?

— *Mata al sol anciano...*

— Nem me fale — comentou Tee, que tinha se aproximado delas por trás com Izzy quando a música ficou mais lenta. — Eu nem gosto de caras, mas esse é uma beleza.

Izzy olhou ofendida para Tee.

— Que tipo de lésbica você é?

Tee só deu de ombros.

— O tipo que consegue apreciar um homem bonito com uma bela voz.

— *... Ven a los cuatro caminos, a los quatro caminos ven...*

— Cantando uma baita música bonita — continuou Tee. — Eu nem sei o que ele está dizendo, mas sei que é maravilhoso. Quem escreveu isso, Sierra?

— Acho que o Juan. Ele escreve tudo da banda.

— *... Mujeres solitarias...*

— Acho que é do último CD — continuou ela, falando devagar. — Parece meio...

— ... *Van a bailar...*

— Espera um minuto! — Quatro pares de olhos se voltaram para Sierra. — Ele acabou de dizer *"mujeres solitarias van a bailar"*?

— Eu entendi algo do tipo "banha vai lá" — respondeu Izzy. — Então provavelmente é isso mesmo.

— Banha vai lá, amor? É sério? — Tee deu uma risada.

— E o que tem isso?

— É o poema! — arfou Sierra. — A música! *"Mujeres solitarias"*: mulheres solitárias. *"Van a bailar"* é vão dançar!

— Você está falando do poema que estava tentando decifrar na cafeteria? — perguntou Tee.

— Isso! — gritou ela. — O que diz onde Lucera está!

— *Soy el susurro* — cantou Pulpo — *que oyes...*

— Não consigo acreditar — disse Sierra. — Estava nos meus ouvidos esse tempo todo. Eu estava ouvindo nos fones enquanto pintava ontem. Só não consegui escutar a letra porque a versão de estúdio é muito...

Antes que ela pudesse terminar a frase, a banda explodiu em mais uma trovoada de bateria de metal e guitarras rápidas. A multidão irrompeu em movimento novamente. Pulpo ainda cantava, mas suas palavras se perdiam sob as camadas conflitantes de música. Tee e Izzy já tinham desaparecido em meio à multidão agitada.

— Algo assim?! — gritou Bennie no ouvido de Sierra. — Dá para entender por que você não fazia ideia do que ele estava cantando. Podemos perguntar para Juan depois do show.

Aquilo era verdade, é claro, mas aquelas poucas palavras, aquele gostinho da resposta estavam provocando Sierra. Ela continuava a tentar ouvir com mais atenção, captando pequenos pedaços de frases aqui e ali, e repassando-os na cabeça. "... *mata al sol anciano... cuando las sombras...*" Um corpo se contorcia enquanto surfava sobre a multidão à frente. As pessoas se empurravam e batiam umas nas outras. "... *como la bala de una pistola...*" Como a bala de uma arma.

Não é mais apenas uma brincadeira, pensou Sierra, com raiva, enquanto os membros e corpos dançantes batiam contra ela e se largavam novamente. Manny tinha sumido. Corpúsculos e aparições aglomeradas estavam brotando das sombras. Sierra tinha que encontrar Lucera se quisesse continuar viva e resolver aquilo. E para encontrá-la, ela teria que entender o que Pulpo estava gritando lá em cima...

Alguma coisa estava errada. As pessoas corriam ao redor, não no caos rítmico de uma roda punk, mas em um desespero completo.

Bennie agarrou a mão de Sierra.

— Vamos logo, cadete lunar, vamos dar o fora daqui.

— O que aconteceu?

— Briga — disse Tee, correndo por elas com um sorriso imenso no rosto. Izzy veio logo depois, se agarrando à mão de Tee e xingando alguém atrás delas.

— Ei, você precisa que a gente bata em alguém para você? — perguntou Sierra, alcançando a Tee.

— Nah, a gente já resolveu isso — respondeu ela. — Vamos só, hum, pegar um pouco de ar.

VINTE E OITO

O nome da Culebra estava rabiscado em letras enormes e coloridas nas janelas tingidas do El Mar. O clube ficava apertado entre uma barbearia e uma daquelas lojas de variedades que vendem de tudo, desde imagens tridimensionais de Jesus, até pornô e cordas de pula-pula. Um trem estremeceu sobre os trilhos metálicos que se estendiam sobre a rua Fulton e jogou uma cascata de água da chuva sobre a multidão que saía do clube.

— O que vocês fizeram? — perguntou Bennie quando eles se reagruparam do lado de fora da porta de entrada.

— Um babaca suado e de calças apertadas tentou dar uma de espertinho pra cima da gente — disse Izzy. — Perguntou quem era a garota da relação.

Sierra colocou a mão sobre os olhos.

— Ai, meu Deus...

— A Tee respondeu: "É você", e quebrou o nariz dele.

— Eita! — exclamou Jeromão.

Todos cumprimentaram e deram tapinhas calorosos nas costas de Tee. Ela corou e os dispensou, mas dava para ver que estava lisonjeada.

— Essa é a minha menina — disse Izzy, enfiando a cabeça sob o braço de Tee.

— Você conseguiu entender a música, Sierra? — perguntou Tee.

Sierra sacudiu a cabeça.

— Eu não conseguia ouvir nada quando a confusão começou. Acho que vou ter que perguntar ao... Juan!

Como se combinado, o irmão de Sierra saiu pelas portas do El Mar com um sorriso imenso e cansado no rosto. Ele parecia ainda menor do que o normal ao lado do corpo enorme de Gordo. Sierra correu para Juan e o abraçou o mais forte que pôde.

— Foi incrível! Estou tão orgulhosa de você!

— Uh... Valeu, maninha.

Ela o segurou pelos braços e o encarou.

— Agora, onde você conseguiu a letra daquela última música?

— É um poema que o *abuelo* costumava sempre...

— Eu sabia!

— O que está rolando, Sierra?

— O enigma! Eu não falei para você sobre o enigma que conta onde Lucera está?

— Uh... não.

— Eu devo ter esquecido, com tudo o que está acontecendo. Não importa. O texto do enigma está nessa letra! Você sabe ela de cor?

— Sei, mas você pode me largar agora? As pessoas estão olhando.

Sierra não largou o irmão.

— Me diz logo, cara!

Gordo estava fazendo o de sempre: fumando os cigarros Malagueña fortes e com cheiro de mofo que Vô Lázaro gostava e gargalhando como um grande Papai Noel cubano.

— *Donde las mujeres solitarias van a bailar* — cantou ele em voz baixa.

— Isso! — exclamou Sierra, largando Juan. — É essa. Você é o melhor professor de música do quarto ano do mundo!

— Na verdade, agora também dou aula para o quinto ano.

Sierra puxou uma folha de papel da bolsa.

— Você pode escrever a letra?

Juan fez uma careta.

— Agora, irmãzinha?

Ela encarou o irmão e o forçou a se afastar dos demais.

— Olha só — grunhiu ela. — O Manny está desaparecido, ou morto, ou sei lá o que...

Os olhos do garoto se arregalaram.

— Como é?

— Fui perseguida por um fantasma sugador de almas na outra noite, caso você não tenha percebido, sabe-se lá qual outra loucura está prestes a acontecer. Não tenho ideia de onde Lucera está, e ela é a única que vai poder nos tirar dessa bagunça. Então se você realmente voltou para o Brooklyn para ajudar a sua irmãzinha, por favor, Juan, limite-se a escrever a porcaria da letra dessa música e pare de bancar o Rei Babaca Coroado.

— O que aconteceu com o Manny?

— Ele estava em coma ou algo do tipo — disse Sierra. — Nós o encontramos na gráfica e chamamos a polícia, mas quando ela chegou, ele não estava mais lá. Acho... — Como podia explicar? Só balançou a cabeça. — Eu não sei.

Juan estava pálido.

— Droga...

— Por favor, Juan...

Ele assentiu.

— Pode deixar. Você está bem?

— Eu não sei — respondeu Sierra enquanto eles se juntavam ao grupo. — Estou preocupada. Esse tal de Wick... Tenho quase certeza de que ele está tentando apagar os Manipuladores de Sombras.

— Apagar, tipo *matar*?

— Isso aí — disse ela. — Ele já transformou pelo menos dois em corpúsculos. Era sobre isso que o *abuelo* estava tentando me avisar no outro dia, e o motivo de as sombras mandarem você para ficar de olho em mim. Estamos em perigo, Juan. Todos nós.

Juan franziu a testa.

— Uau... Tudo bem. Me dá aqui o papel, Sierra.

Ele foi conversar com Gordo. Eles trabalharam em voz baixa por algum tempo, escrevendo pequenas anotações. Tee, Izzy e Jerome ainda estavam dando risada do idiota suado com a nova plástica no nariz.

— Ah! — Gordo exclamou de repente. — Eu amo essa parte: "*Por el carnaval rodeado de agua del destino y chance.*" Significa "No carnaval cercado de água do destino e da chance". *¿Sí?*

— No carnaval cercado de água do destino e da chance? — repetiu Bennie. — O que diabos isso significa?

— Não faço ideia — respondeu Juan.

— É a sua música! — exclamou Sierra.

— Não, é a música do *abuelo*. Nós só a transformamos em uma balada de salsa death metal e jogamos algumas frases no final sobre um cara que mata os pais e *bum!*. Sucesso underground imediato, número um em Wisconsin!

— Você é doido.

— Não — respondeu Juan. — Sou um astro do rock.

Ele devolveu o papel para Sierra. Ela olhou para o poema inteiro traduzido:

Quando a lua cheia mata o sol ancião
Enquanto um atrai o outro, que por sua vez atrai o irmão
Quando as sombras se juntarem
De sua forma posse tomarem
E atravessarem o bairro como a bala de uma arma

Venham para a encruzilhada, para a encruzilhada venham
Onde os poderes convergem e como um só se detenham
Veja meus inimigos na lama
Enquanto minha voz de espírito clama
E a energia avança como mil sóis

No carnaval cercado de água do destino e da chance
Sou o sussurro que você ouve enquanto entra em transe
Quando se apagarem as lanternas
Eu adiante iluminarei as veredas
De onde mulheres solitárias vão dançar.

— O que isso significa? — perguntou ela.
Gordo e Juan deram de ombros ao mesmo tempo.
— Mas é irado, não é? — perguntou Juan.
— Quero dizer, "o sussurro que você ouve enquanto entra em transe" — disse Tee. — Talvez ela esteja no clube dançando e uma garota gostosa sussurra algo no ouvido dela? Logo antes de ela entrar no clube?
— O leão de chácara! — gritou Bennie.

Tee começou a gargalhar.

— Ai, meu Deus, sim! Lucera é a linda leoa de chácara de uma boate. Ei, Sierra, por que você não avisou antes? Vamos encontrá-la!

Sierra riu com o resto do pessoal, mas estava tremendo por dentro. Os becos sombrios pareciam estar se afunilando ao redor, as garras longas se esticando da escuridão, aquela respiração horrorosa. O rosto torturado de Manny, a boca se abrindo cada vez mais, até tomar o mundo inteiro.

— E de qual encruzilhada ela está falando, então? — perguntou Izzy. — Só estou dizendo que tem, tipo, umas quinhentas mil encruzilhadas só no Brooklyn, né?

— Verdade.

A resposta pendia no ar, bem em frente de Sierra. Ela conseguia quase senti-la. *Venham para a encruzilhada, para a encruzilhada venham / Onde os poderes convergem e como um só se detenham.* Mas Izzy estava certa, a encruzilhada poderia ser em qualquer lugar. Poderia até não ser uma encruzilhada de verdade.

— Mas ela provavelmente está falando da encruzilhada entre a Eastern Parkway e a avenida Atlantic — disse Jerome, como se fosse a coisa mais óbvia do mundo.

Tee olhou para ele, boquiaberta.

— É sério, mano? Quer explicar esse maravilhoso feito de análise poética para a gente?

— Uhum, é que a Atlantic e a Parkway são, tipo, as maiores, maiores *mesmo*, ruas do Brooklyn. E além disso, é logo antes da Atlantic virar tipo uma ponte e passar por aquele hotel.

Uma disputa de gritos vigorosa começou. Sierra achava que, se ficasse sozinha por alguns segundos para clarear a mente, talvez pudesse entender o poema. Ela murmurou algo sobre precisar ir ao banheiro e voltou para dentro do El Mar. Os garçons estavam todos ocupados, limpando o lugar e recolocando as mesas em ordem. Sierra passou por eles e seguiu para o banheiro feminino encardido.

A última e frenética entrada no diário de Wick ecoava em Sierra. Ele queria os poderes espirituais que tinha mantido em segredo de Lázaro — seja lá qual fosse a coisa sinistra que as Lamúrias tivessem ensinado para ele. E achava que precisava tomar o papel de Lucera para si. Sierra olhou para o espelho manchado sobre a pia, ignorando todos os corações e nomes rabiscados no vidro. Como algo tão sagrado e belo como a manipulação de sombras podia ser tão distorcido para criar corpúsculos e aparições? A empolgação de ver suas criações de giz ganharem vida no parque tinha sido a coisa mais incrível que ela já sentira.

Robbie. Ela ficou mais calma só de pensar nele. Pelo menos ela tinha um parceiro naquela loucura. Sorriu. Aquele momento no Clube Kalfour voltou todo de uma vez: as pinturas rodopiantes, a banda dos velhinhos tocando aquela doce música soul caribenha, as mãos de Robbie a envolvendo...

Sierra abriu os olhos e percebeu que estava balançando para frente e para trás, um passo lento de salsa com um Robbie imaginário em seus braços. Ela estava dançando. Observou o reflexo do seu corpo se mover no vidro manchado. Peças se encaixaram dentro de sua cabeça. Ela estava solitária. Era uma mulher solitária dançando.

— O espelho! — gritou Sierra, saindo do banheiro correndo. Um salão cheio de garçons irritados virou a cabeça curiosamente em sua direção. Ela os ignorou e foi para fora encontrar os amigos. — É o espelho!

Eles a encararam.

— Uh... Você se importa de explicar, moça doida? — perguntou Izzy.

— Onde mulheres solitárias vão dançar. Nós dançamos na frente do espelho. Quando estamos solitárias.

— Sério? — perguntou Jerome. — É isso que vocês fazem?

— Foi o que eu acabei de fazer.

Bennie coçou o queixo.

— Parece certo mesmo, de alguma forma.

— É claro que está certo! — exclamou Sierra. O resto da resposta estava tão perto que ela conseguia sentir tudo prestes a se encaixar. — Mas qual espelho?

— Qual é o verso anterior? — perguntou Tee. — Sobre o carnaval?

— *No carnaval cercado de água do destino e da chance.*

— Amo essa frase — disse Juan. — Não faço ideia do que signifique.

— Bem, já que estamos falando de água e tal... — começou Izzy.

Tee ajustou um par invisível de óculos e botou os dentes para fora da boca.

— Sim, professora?

Izzy deu um soquinho em seu ombro.

— Só quero dizer que a água é um espelho. Você pode ver as luzes da cidade refletidas no East River. É, tipo, o clichê mais brega de todos na poesia. Ah, a lua, refletida no mar, blá-blá-blá.

— Ai, meu Deus! — exclamou Bennie. — Ela está certa.

Izzy olhou feio para Bennie.

— Por que você parece tão surpresa?

— Incrível! — disse Tee. — Mas ainda assim... Estamos em uma ilha. Tem água por todos os lados.

— É Coney Island! — gritou Sierra.

— Hã?

— O que mais poderia ser? — Ela começou a andar em direção ao trem. — Os jogos, os brinquedos... é o carnaval do destino e da chance. A lua refletida na água.

— Você está indo para lá agora? — perguntou Bennie. — Já está tarde.

— É claro — respondeu Sierra. — Quem vem comigo?

VINTE E NOVE

Chegar no trem Q não demorou muito. Foi a espera na plataforma da estação do Prospect Park que pareceu durar uma eternidade para Sierra. Tudo parecia OK desde que eles estivessem em movimento, mas ficar parada a deixava nervosa. Ela continuava tentando imaginar um cenário onde Manny estaria bem, perambulando por aí, fazendo piadas com os caras do dominó sobre o que tinha acontecido, mas tudo o que conseguia pensar era na aparição aglomerada espreitando nas sombras da gráfica. Ela esteve ali? Era a respiração entrecortada dela que Sierra ouvira enquanto se aproximavam de Manny na escuridão?

Izzy e Tee estavam sentadas em um banco, Izzy espalhada no colo de Tee como um suéter velho, e conversavam em voz baixa. Jeromão contava alguma história para Bennie sobre ser parado por policiais na avenida Marcy. Bennie assentia e dizia "oh, uau" de vez em quando, mas os olhos dela se voltavam para o mapa do metrô, e Sierra podia garantir que os pensamentos da amiga estavam em outro lugar. Juan estava sentado apoiado em uma coluna, com a cabeça encaixada entre os braços e os joelhos dobrados como uma estátua rabugenta de cabelo espetado. Ele provavelmente entendia melhor do que qualquer um o que aquilo significava, tendo crescido naquele meio e nunca tendo contado para Sierra...

Uma chama de raiva surgiu dentro dela. Juan e seu avô, conversando sem parar sobre todas aquelas coisas espirituais profundas, um mundo inteiro do qual Sierra tinha sido completamente excluída. Como eles podiam ter feito isso? Ela respirou fundo e tentou deixar a raiva passar. Encarou o túnel escuro e vazio de forma impaciente. "Isso tem que acabar", pensou consigo mesma, "e esse é o único jeito que conheço de fazer isso."

"Mulheres solitárias dançam no espelho", digitou ela para Robbie. "o espelho = o oceano → Coney Isl. Estamos a caminho. Vejo vc lá?" Então guardou o celular, tentando não esperar por uma resposta. Quem mais deveria saber? Com certeza não a mãe dela. María só ficaria chateada e diria para não irem. Ela ligou para o telefone de Nydia, em vez disso.

— Sierra? Você está bem?

— Oi, Nydia! Escuta, desculpa ligar tão tarde — disse Sierra. — Você sabe aquele negócio todo que estou pesquisando sobre Wick?

— É claro, querida. O que foi?

— Estamos seguindo uma pista em Coney Island. Acho... que eu descobri alguma coisa.

Nydia mastigou o chiclete por um instante.

— Tem certeza de que está segura aí? Coney Island à noite? É meio perigoso.

Aparentemente todas as mães porto-riquenhas eram iguais, mesmo que não fossem a sua própria mãe. Sierra revirou os olhos.

— Está tudo bem, Nydia. Obrigada. Mas não se preocupe comigo, ok? Eu vou tomar cuidado.

— Tudo bem, estou na biblioteca se precisar de alguma ciosa. Eles estão me colocando nesses horários doidos.

— Obrigada de novo. Eu ligo para você amanhã.

Depois do que pareceu uma eternidade, mas que na verdade foram somente quinze minutos, as luzes brilhantes do trem finalmente apareceram na curva. Sierra sentiu uma onda de entusiasmo. Seja lá o que acontecesse, aquele trem os levaria para muito mais perto de Lucera.

Um mendigo desgrenhado estava deitado ocupando quatro lugares, empesteando o vagão inteiro. Eles se sentaram na outra ponta. A alguns assentos de distância, dois russos bem-vestidos dormiam com as cabeças apoiadas nos ombros um do outro, e com certeza acordariam em um susto preocupado nas suas respectivas estações e fingiriam que nada daquilo tinha acontecido.

Sierra olhava pela janela, tentando não ver a boca infinitamente aberta de Manny em meio à escuridão intermitente, quando Bennie se curvou na direção dela.

— Sierra?

— O que foi?

Juan estava sentado ao seu lado, ainda concentrado no próprio mundo, mas Izzy, Tee e Jerome estavam todos na frente de Sierra, olhando diretamente para ela.

— Você tem que contar para eles — disse Bennie. — Eles te acompanharam até aqui e nem sabem direito o motivo. Não está certo.

— Pois é, o que tá pegando, Sierra? — perguntou Izzy.

Sierra passou a mão pelo rosto.

— Eu sei, me perdoem, eu só... Eu não sei como contar isso para vocês. Queria contar desde o início.

— Bem, conte para eles como você me contou — sugeriu Bennie. — Só começa pelo que você descobriu sobre aquele negócio esquisito do cadáver e os Manipuladores de Sombras. Eles vão acreditar em você.

Sierra não tinha certeza se ela mesma acreditaria naquela história, mas começou a falar, insegura a princípio, mas ganhando confiança gradualmente. Juan adicionou alguns fatos irritantes aqui e ali, mas Sierra falou a maior parte do tempo. Um dos russos bêbados acordou e também começou a prestar atenção.

— E é... é isso, eu acho — concluiu Sierra. Parecia que ela tinha contado a história da própria vida, mas, na verdade, apenas alguns minutos tinham se passado. Ela olhou para o rosto dos amigos, todos boquiabertos. — Hum... oi?

— Uau — disse Jerome.

Tee assentiu.

— É. Nem sei o que dizer.

Sierra contraiu o rosto. Odiava ter que explicar algo tão grande com tanta pressa, e odiava ainda mais sentir-se tão vulnerável ao que os amigos pensavam daquilo tudo. Ela se recostou.

Izzy estava sacudindo a cabeça durante toda a história.

— Eu só... Isso me assusta.

— O quê? — perguntou Sierra.

— A coisa toda! A aparição lá que foi atrás de você em Flatbush, a situação com Manny, todos os Manipuladores de Sombras virando corpúsculos. Quero dizer... Nem sei o que dizer. Eu tô surtando. — Tee massageou as costas da namorada, mas Izzy a afastou. — Não, pare. Tô falando sério. E se você estiver errada sobre isso tudo, Sierra? Estamos dando um passo e tanto agora, indo até Coney Island, e não estou dizendo exatamente que você seja louca, mas que...

— O que você está dizendo? — perguntou Sierra. — Que eu inventei tudo isso?

— Não acho que seja o que ela quer dizer — disse Jerome. — Mas precisa haver outra explicação.

— Tipo, você não *sabe* se é isso o que está acontecendo — disse Izzy. — Todos esses fantasmas e sei lá o quê. Talvez pareça, mas não seja.

Tee se afastou um pouco de Izzy.

— Você está falando sério, amor? — perguntou ela. — Você viu o Manny hoje. Consegue pensar em outra explicação?

O trem parou na avenida J e as portas se abriram.

— Tenho certeza de que existem várias possibilidades — repetiu Izzy quando as portas se fecharam e o trem voltou a andar. — Tenho certeza de que não sou a única que acha que isso tudo parece completamente doi...

— Não.

A voz de Sierra pareceu fria e distante até para si mesma. *Doido*. Era a mesma palavra que María e Tía Rosa jogaram sobre Vô Lázaro. A mesma palavra que todos usavam quando não entendiam alguma coisa. *Doido* era uma maneira de calar as pessoas, de desconsiderá-las por completo. Ela meneou a cabeça.

— Não faça isso. Não tente... Não. Se é o que você acha, então vá embora.

— Sierra, eu não queria...

— Eu sei o que você quis dizer. Você disse exatamente isso. Tudo bem. Desça na próxima parada. Vá para casa. E leve junto qualquer um que ache que eu deva só ficar na minha, de boa, porque sou doida.

Ela fitou as expressões assustadas dos amigos. Juan olhava pela janela, desanimado.

Izzy se levantou enquanto o trem parava na estação seguinte. Lágrimas ameaçavam escorrer de seus olhos.

— Eu não disse que você era doida. Mas tudo bem. Honestamente, acho que isso é ridículo e provavelmente perigoso. Tee?

Tee balançou a cabeça.

— Foi mal, amor — disse ela de forma resoluta. — Estou com Sierra nessa. Eu disse que a apoiaria, e é verdade. Não posso fugir agora. Além disso, quero ver o que vai acontecer.

Izzy parecia ter sido agredida. Os lábios brilhantes tremeram e os olhos se estreitaram, furiosos. Jerome se levantou.

— Também estou fora — disse ele. — Foi mal, Sierra. Essa história toda está me apavorando. Eu não posso... Não posso fazer isso. Não estou dizendo que não acredito em você, só... Eu não consigo. — Ele deu de ombros, parecendo enfurecedoramente indiferente a toda aquela situação. — Mas vou garantir que a Izzy chegue bem em casa — disse, olhando para Tee.

— Tão cavalheiro — respondeu Tee, revirando os olhos.

Sierra se voltou para Bennie. Ela não queria parecer desesperada, mas nunca sentiu que precisava tanto de sua melhor amiga quanto naquele momento.

— Que foi? — perguntou Bennie. — Acha que se esses dois otários forem embora, eu vou também?

O trem parou e as portas se abriram.

— Não sei, B. Você acha que eu inventei tudo isso?

Jerome e Izzy olharam com expectativa para Bennie. Ela mostrou dois dedos para eles.

— Vão na paz, galera. — Ela se virou para a amiga. — Não, Sierra, eu não acho.

Sierra sorriu, ignorando os olhares de Izzy e Jerome enquanto eles a observavam da plataforma.

— Obrigada.

Eles partiram da estação. Sierra e Bennie trocaram um soquinho com as mãos.

— É isso aí então! — gritou Tee, atrapalhando o mendigo em seu sono. Ele puxou o boné de beisebol mais para perto do rosto e resmungou. — Isso foi desconfortável. Agora, podemos ir logo pegar essa tal de Lucinda de dentro do mar ou o que seja?

— É Lucera, Tee — corrigiu Sierra, rindo.

— Ah, droga! — gritou Bennie. — O poema!

Sierra a encarou.

— O quê?

— "Um atrai o outro, que por sua vez atrai o irmão."

— O que é que tem?

— A lua cheia matando o sol... Só estou dizendo que aqui estamos nós, sendo atraídos para um lugar assustador, basicamente perseguindo a lua, certo? Ou, pelo menos, o seu reflexo.

O coração de Sierra se afundou.

— De qualquer forma — disse Bennie —, soa um pouco com a teoria da Izzy de que estamos indo para uma grande armadilha, não é?

Ninguém respondeu.

TRINTA

— Última parada — chiou a voz do condutor através do sistema de som. — Coney Island. Desembarque obrigatório.

— Para onde, agora? — perguntou Bennie enquanto saíam para a plataforma. Juan estava alguns passos atrás das garotas.

— Para a praia, eu acho — respondeu Sierra.

Nenhum deles tinha estado em Coney Island havia anos, e o lugar parecia mais um planeta alienígena do que o local de brincadeiras de infância. Lixo rolava pela rua como montes de feno em filmes de Velho Oeste. Os postes de luz eram fracos, deixando a maior parte das esquinas e becos no escuro. Todas as pizzarias e as lojas de souvenir se escondiam atrás de portas de metal cobertas por grafite. À esquerda, as silhuetas de enormes complexos residenciais se destacavam contra o céu noturno. Não havia ninguém por perto. Sierra não estava acostumada a ver nenhuma parte da cidade assim tão deserta.

— Que droga! — exclamou Bennie. — O que aconteceu com a Coney Island superfeliz?

— Acho que é uma coisa que só acontece durante o dia — comentou Tee. — Depois da meia-noite, vira a Coney Island edição mansão mal-assombrada, aparentemente.

— Aparentemente.

Logo à frente, a roda-gigante Wonder Wheel pairava sobre o pedaço de parque, também chamado de carnaval, que não tinha sido destruído ou convertido em lojas chiques. Mais além, o brilhante Luna Park lançava sua iluminação laranja pelo céu escuro. O vento corria pelo caminho aberto, através de vários brinquedos alternativos, atrações temáticas e fliperamas, todos gradeados e fechados durante a noite. Do outro lado da Wonder Wheel ficava o calçadão, e a praia mais além. Eles tinham que atravessar a área escura do parque para chegar lá.

— Algo parece errado — comentou Sierra.

— Bem — disse Bennie. — Estamos perseguindo fantasmas em um parque de diversões vazio. Como isso parece?

Sierra rangeu os dentes.

— Quando você coloca as coisas desse jeito...

— Eu sei, estava tentando ser engraçada, mas o tiro saiu pela culatra.

— Saiu mesmo — comentou Tee.

— Certo. Vamos lá — disse Sierra. Ninguém se moveu. — Tudo bem, eu começo. — Ela deu um passo à frente. — Estão vendo? Tudo tranquilo. — Deu mais alguns passos, sentiu a brisa tranquila do oceano. — Vamos, gente.

Bennie e Tee andaram até onde Sierra estava, e então as três começaram a caminhar juntas, seguindo na direção da praia. Juan ainda seguia mais atrás. Placas pintadas de forma grotesca anunciavam que o Gato Humano e o Ciclope Vivo estavam por perto. Algum tipo de corcunda com três olhos e uma língua comprida os encarava de uma faixa estendida na rua. O ar fedia a fritura e maresia.

— O que nós fazemos se nos depararmos com o cara pálido bizarro e os outros? — perguntou Bennie.

Tee silenciou a amiga, parando repentinamente. Ninguém se moveu por alguns segundos.

— Talvez... seja só o vento — disse Bennie, em voz baixa.

Todas as reentrâncias e corredores escuros que se estendiam para os becos do parque pareciam se contorcer e tremeluzir. Cada rato apressado e latas de refrigerante sopradas pelo vento aumentavam o nervosismo de Sierra.

— Estamos tão perto — sussurrou ela. — O calçadão é logo à frente.

Então por que parecia tão longe?

Uma nuvem passou lentamente pelo céu acima, e, pela primeira vez naquela noite, a lua quase cheia fez uma aparição tímida. Sierra olhou para o alto e sentiu uma onda de alívio ao vislumbrar aquela face brilhante e sombria retribuindo o seu olhar.

— Você sabe como vamos encontrar Lucera quando chegarmos à praia? — perguntou Bennie.

O calçadão se desdobrava, escuro e vazio, para ambos os lados. Postes ocasionais abriam caminhos de luz fraca.

— Não — disse Sierra. — Mas vamos descobrir. Olhem!

Quando pisaram no calçadão, o oceano inteiro pareceu se desdobrar diante deles. Era como se ele se estendesse até o infinito; tanto o céu quanto o mar eram tão escuros que não dava para dizer onde um começava e o outro terminava. A lua estava baixa e enorme sobre a água, enviando faixas de luz que dançavam, formando um caminho, na direção da praia.

— É isso. É o espelho — disse Sierra. — Eu sei que é.

Algo a atraía para a água. Tudo o que ela queria era sair correndo para as ondas. A praia à frente estava vazia, a não ser por alguns mendigos que dormiam em pequenos círculos cobertos. Os corpos estavam esticados em ângulos estranhos entre embalagens de doce e garrafas vazias de cerveja. Sierra sentiu um arrepio familiar se esgueirando para perto.

— Ah, ótimo, aqui vamos nós — Bennie começou a falar. — Não se pode ir a lugar nenhum em Nova York sem um mendigo tentar ganhar uns centavos. Juro por Deus.

Um dos bêbados dorminhocos tinha se levantado do grupo e se movia na direção do calçadão. Era maior do que os demais e movia-se com passo irregular. Sierra perdeu o fôlego quando uma voz rasgada e familiar irrompeu em sua mente: *Sierra!*

Todos apertaram os olhos para enxergar na escuridão.

Duas outras formas também se levantaram e começaram a andar na direção do grupo.

— Não sei — disse Sierra. — Mas não gosto nada disso. Vamos sair...

Sierra! Sierra! O sussurro rouco continuava a queimar dentro de sua cabeça. Era a aparição aglomerada, tinha certeza. Ela não sabia onde estava, mas sabia que se aproximava rapidamente.

Ela congelou, transfixada pelo chamado.

Foi então que Bennie gritou quando as formas dispararam em direção a elas. Bennie e Tee saíram correndo do calçadão na direção da roda-gigante. Juan agarrou Sierra e a arrastou para uma das barraquinhas destruídas de comida requentada e frita.

— Qual é o problema, irmãzinha? — Juan respirava rápido, enquanto corriam por um beco sujo e paravam para recuperar o fôlego.

— Aquela voz, chamando o meu nome — disse Sierra.

Ela esfregou os olhos, tentando clarear a mente. A voz grave dissera seu nome como um nativo de espanhol falaria, com um enrolar leve dos Rs e um A curto. Não importava. Aquele monstro podia ser o quão porto-riquenho quisesse, mas ainda era horrível, sorrateiro, podre...

— Que voz?

Passos se aproximaram. Sierra quase explodiu de terror. Não conseguia pensar direito, não conseguia acalmar seu coração, mal conseguia respirar. Ela fechou os olhos.

— Eles estão vindo — sussurrou Juan. — Temos que fazer alguma coisa!

— Quantos?

— Dois.

— O maior?

— Não, os dois são magros. Sierra, nós precisamos...

— Tem... mais alguma coisa...

Ondas de enjoo a atingiram em cheio. Ela remexeu os bolsos, rezando para que seus dedos encontrassem um giz que Robbie tivesse enfiado magicamente ali quando ela não estava prestando atenção. Em vez disso, encontrou a caneta que Juan tinha usado para escrever a letra da música. Teria que servir. Em algum lugar além dali, o oceano ainda chamava por ela, um grito distante e urgente, mas a voz terrível repetindo o nome de Sierra abafava quase todo o resto. A aparição aglomerada estava se aproximando. Ela se ajoelhou.

— O que você está fazendo? — protestou Juan.

— Estou... tentando... — Sierra rabiscava furiosamente na calçada de madeira com a caneta esferográfica, mas só algumas linhas saíam — ... fazer alguma coisa com que eu consiga manipular sombras.

Pelo canto do olho, Sierra conseguia ver Juan apertando os dedos e balançando a cabeça para ela.

— Sierra, não temos tempo para isso agora. Vamos.

Ela finalmente desenhou algo que lembrava uma silhueta humana e ergueu a mão esquerda no ar, tentando ignorar o quanto ela tremia.

— Sierra! — sussurrou Juan.

Ela tocou o desenho e fechou os olhos. Nada aconteceu. Alguns segundos se passaram. Os passos se aproximaram mais.

— Preciso fazer alguma coisa — disse Juan. — Não posso só esperar para que eles nos peguem.

Antes que Sierra pudesse impedi-lo, ele puxou o canivete do bolso e correu para o calçadão.

— Não!

Sierra bateu com a mão no desenho e sentiu o tranco de um espírito fluindo através dela. A figura disparou de seus dedos e saiu correndo para o calçadão.

O sussurro se tornou mais alto. *Sierra! Sierra!* A aparição aglomerada estava chegando.

No calçadão, dois corpúsculos se jogaram na direção de Juan. Sierra reconheceu um deles como o cara que aparecera no Club Kalfour. O outro, ela não tinha visto antes. Juan se agachou, a lâmina pronta. Logo antes que eles o alcançassem, a imagem de sombras manipulada por Sierra deslizou pelas tábuas e, então, pela perna da calça do primeiro corpúsculo. Gravou-se nele como uma cicatriz repentina no rosto. O corpúsculo recuou com as mãos abertas, e Juan usou a oportunidade para atingi-lo com o ombro. Ele caiu de costas, mas o segundo corpúsculo se lançou na direção de Juan.

Juan parou no mesmo instante.

— Sr. Raconteur! — arfou. — Eu... O que você... está fazendo?

— Não! — gritou Sierra. — Juan, não é ele, é um corpúsculo! Corra!

Sierra. A voz da aparição aglomerada enviou espasmos para seu estômago. Ela ergueu o olhar; o corpúsculo atacou Juan. Um lampejo de cor brilhante percorreu o rosto da criatura. O corpúsculo soltou um grito gutural e caiu, com as mãos sobre os olhos. O primeiro corpúsculo se ergueu de onde Juan o havia derrubado no mesmo instante em que Robbie saía de uma pilha de caixas velhas e erguia uma das mãos em frente ao corpo, com a palma para fora.

Juan parecia atordoado.

— Robbie, o que você...?

Robbie gritou, e Sierra viu as tatuagens avançarem de seu braço e brilharem no ar. O corpúsculo recuou, balançando as mãos na frente do rosto repentinamente colorido e caiu de joelhos, berrando. Os ancestrais de Robbie giravam vigorosamente em volta do pescoço do corpúsculo de Raconteur. Eles eram uma mancha de cor contra a carne pálida, um machado erguido, um facão sendo brandido. O corpúsculo conseguiu se pôr de pé, deu dois passos e despencou.

SIERRA!

Sierra quase caiu por causa da ferocidade repentina da voz. O oceano, infinito e perfeito, era sua única esperança. Ela não entendeu aquele pensamento, nem mesmo conseguia mais pensar de forma lógica. Tudo o que sabia era que precisava fugir daquela voz terrível e conseguir chegar à água.

Os corpúsculos estavam imóveis. Robbie se virou e sorriu para Juan e Sierra.

— Nada mal — disse Juan.

Robbie assentiu, e seus olhos encontraram os de Sierra.

— Sierra, o que houve?

SIERRRRAAA!!

A aparição aglomerada estava sobre ela. Prestes a atacar.

Sierra saiu correndo e disparou pelo calçadão, seguindo para a escuridão enevoada da praia.

TRINTA E UM

Os pés de Sierra batiam na areia. As ondas quebravam cada vez mais perto, e ainda assim, a aparição aglomerada se mantinha em sua cola. Ela conseguia ouvir a passada pesada e a respiração entrecortada, mais real ainda naquele momento do que em Flatbush. Era um monstro enorme e estava a apenas alguns metros. Sua própria respiração começou a ficar cada vez mais curta, um nó se apertando no peito.

— Sierra! Sierra! Sou eu!

Ela continuaria a correr, direto para o oceano, se precisasse. Pensou que talvez, só talvez, tivesse ganhado alguma distância da criatura.

— É o Manny, Sierra! Espere!

Sierra parou, as ondas quebrando a apenas alguns metros. Ela se virou. Manny, o Rei do Dominó, estava parado a alguns metros, recuperando o fôlego. Sua aparência era horrenda — a boca meio aberta enquanto tentava sorver o ar, manchas escuras e amareladas sob os olhos, alguns dias de barba crescida na parte inferior do seu rosto. Pior ainda, sua pele, normalmente morena, tinha desbotado para um cinza abatido, como se ele estivesse no subsolo há meses. Sierra estremeceu.

Manny deu um passo na direção dela, que recuou.

— Sierra. — Ele parecia magoado. — Sou eu! Não... Só se acalme, por favor.

Sierra balançou a cabeça. Lágrimas irromperam de seus olhos antes que ela pudesse contê-las.

— Eu sei o que você é, Manny. Eu sei que aquela coisa está dentro de você.

— Eu sei, Sierra. Só me dê a chance de explicar, por favor. — Ele deu outro passo. Sierra ficou parada, estreitando os olhos. — Vou explicar tudo.

Tudo. A mera ideia de alguém lhe explicar tudo a fez entrar em um delírio de esperança. Se alguém pudesse lhe explicar tudo, isso significava que tudo realmente tinha uma explicação. Mesmo se as respostas viessem de uma versão assustadora e cadavérica do seu amigo.

— O que você sabe?

— Tem tanta coisa, Sierra. Sua família, o velho Lázaro...

— Agora você quer me contar, Manny? Depois de tudo?

— Ele... era um feiticeiro poderoso, Sierra.

— Não se aproxime!

De repente, Manny estava muito mais perto do que ela tinha percebido. Não parecia que ele tinha se mexido.

— E você nos trouxe direto para Lucera, não é mesmo?

A voz dele estava diferente, todos os toques de espanhol tinham sumido. Sierra percebeu que algo estava dançando em frente aos olhos de Manny além de seu charme provocador. Algo...

— É uma pena — choramingaram várias vozes de forma irônica através dos lábios azulados de Manny. Seus dedos se apertaram ao redor do pulso esquerdo de Sierra, puxando-a para frente. — Você vai ter que se juntar ao resto deles.

Pequenas bocas irromperam em gritos pela carne cinzenta, como vergões.

A respiração de Sierra ficou presa na garganta. O enjoo tomou conta de seu interior, e então veio a dor, a queimação que percorria e rasgava seu corpo de cima a baixo, do jeito que ela lembrava em Flatbush. Tudo começou a se mover mais lentamente. Ela estava vagamente consciente de socar o rosto de Manny quando conseguiu soltar o outro braço. O soco atingiu o alvo, mas mal pareceu atordoá-lo. Sua pele era fria e áspera ao toque.

Não havia plano, apenas puro terror. A única coisa que lhe restava era o oceano. As ondas quebravam a poucos metros de distância. Sierra jogou o corpo para o lado no momento em que Manny se lançou sobre ela. Ela quase caiu, apoiou uma das mãos na praia para se equilibrar e saiu em disparada.

No primeiro passo, sentiu os espíritos a rodearem. O segundo pareceu mais longo; ela pairou no ar por um segundo antes de aterrissar e sair correndo para o mar. Os espíritos altos e com braços longos correram ao lado dela em uma multidão densa e murmurante — os mesmos espíritos do parque na noite anterior. A canção aumentava e diminuía em crescentes gentis que se sincronizavam ao movimento das ondas que avançavam sobre a areia.

Uuuuuuuuuuuuuuuuuuuhhhhhh!!

Sierra ficou dolorosamente consciente da harmonia gentil aumentando em seu coração disparado, dos passos batendo sobre a praia, da maré serpenteante, do coro dos espíritos, da lua... Toda uma sinfonia de escape tomou forma na noite.

Tudo bem, pensou ela. *Eu sei o que tenho que fazer.*

Como se em resposta, uma explosão de energia brotou dentro dela. Sierra imaginou uma luz brilhante piscando em alguma câmara escondida de seu coração, pulsando no ritmo das luzes dos espíritos. Sem pensar, ela girou o pé esquerdo e se jogou sobre a água.

TRINTA E DOIS

Ela não percebeu que tinha fechado os olhos até abri-los. Então lá estava ela, pairando um metro acima do oceano, com um monte de espíritos à sua volta. Sierra abriu a boca e gritou o mais alto possível, soltando a imensa onda de alegria e excitação que explodia dentro dela, mas o vento engoliu sua voz. A canção dos espíritos tinha se tornado um riso, ou um hino de felicidade, e as sombras pulavam e mergulhavam juntas ao lado dela. Algumas corriam pela água como nuvens de chuva a caminho do trabalho. Outras eram altas e tinham forma humana; seus braços compridos balançavam de um lado para o outro, e as pernas se esticavam em arcos rápidos sobre as ondas. Cada uma pulsava com a mesma luz brilhante exibida no parque. O brilho das luzes se intensificou quando elas se afastaram da praia.

Mais à frente, o pedaço de água que estava iluminado pela luz da lua parecia espumar em antecipação. Sierra podia quase ouvi-lo chamando enquanto elas corriam em sua direção. Então, de repente, estavam flutuando sobre o reflexo da lua, as ondas retumbando ao seu redor. A procissão de sombras formou um círculo largo em volta de Sierra, seus rostos escuros voltados para ela em expectativa.

— Lucera! — gritou Sierra para a água. — Eu vim encontrar você! Preciso de sua ajuda!

Algumas gaivotas passaram voando, grasnando no céu escuro. O oceano continuou a retumbar, ignorando o pedido de Sierra.

— Lucera! — chamou novamente, sua voz mal podendo ser ouvida em meio ao vento.

A água talvez estivesse ficando mais brilhante, era difícil dizer. Sierra estreitou os olhos para enxergar a luminescência alternada do reflexo da lua, tentando ajustar a visão, e então teve certeza: havia um brilho se erguendo sob ela.

— Lucera. — Dessa vez, ela o disse em voz baixa.

Um círculo brilhante de luz irradiou do oceano, enchendo-a de calor e energia. Ainda pairando sobre as ondas que quebravam ao redor, Sierra estendeu a mão na direção da água. Em torno dela, os espíritos murmuravam em harmonia e em voz baixa uns para os outros, seu brilho pulsando no ritmo do bruxuleio crescente nas águas escuras.

Quando a mão brilhante surgiu do oceano, Sierra quase caiu de surpresa. A mão se ergueu, encontrando a de Sierra, e se envolveu nela. Seu toque era quente e parecia vibrar com uma carga elétrica delicada. Sierra a puxou. A luz ficou mais forte e irrompeu com um clarão brilhante.

Sierra sentiu o corpo voar para cima. Ela se ouviu gritar, e então foi sufocada pelo ruído do vento enquanto era erguida cada vez mais alto. Algo muito quente foi pressionado em suas costas, um brilho dourado envolto firmemente em sua cintura. Ela fechou os olhos enquanto elas diminuíam a velocidade.

— Abra os olhos. — A voz de Lucera era quente e áspera, como se estivesse sorrindo.

Sierra balançou a cabeça.

— Eu tô legal assim.

— Sierra.

Ela abriu um dos olhos. Escuridão e alguns pontos de luz. Então abriu os dois por completo.

Sierra arquejou. O Brooklyn se estendia diante dela com suas avenidas e cruzamentos brilhantes, interrompido pelo vazio completo do East River, e então a baía de Nova York. Qualquer que fosse a magia espiritual que tinha aumentado seus sentidos no parque na noite anterior, ela devia estar em seu ápice naquele momento: à esquerda, Manhattan era uma confusão de torres altas e baixas, holofotes que se cruzavam, sinais de trânsito e anúncios piscantes. Mais à frente, o Bronx e o Queens se misturavam aos subúrbios do norte. Coney Island brilhava sob elas, e, atrás, o Oceano Atlântico estendia sua escuridão enorme para a noite.

Elas giraram em círculos lentos, dando o panorama completo para Sierra.

— Olhe para mim, *m'ija*.

M'ija? Sierra se virou e encarou Lucera.

— Mama Carmen? — perguntou ela. A pele em volta dos olhos do espírito se enrugava enquanto ela piscava lágrimas brilhantes. Lucera era, sem dúvida, a avó de Sierra. — Você... Você é...

Elas começaram a descer em um giro lento até a praia, com os espíritos de sombra formando uma comitiva graciosa. Sierra abriu a boca, mas não conseguiu falar nada. Todas as suas perguntas, todos os medos e esperanças — todos eles desapareceram, espalhados pelo ar salgado da noite. Por alguns segundos, as duas apenas se olharam enquanto as sombras dançavam ao redor.

— Sierra... — disse Carmen lentamente, como se não quisesse que o nome se desfizesse em seus lábios. — Sierra María Santiago.

Sierra assentiu.

— Você veio. Eu sabia que viria.

— *Abuela*.

O rosto de Mama Carmen se abriu em um sorriso arrebatador. Reluziu sobre a neta através de uma névoa brilhante e dourada.

— Você é Lucera.

A idosa assentiu; lágrimas de felicidade correram pelas linhas de seu rosto.

— Por todo esse tempo e... por toda a minha vida... — A voz de Sierra tremeu. Ela sentiu as próprias lágrimas brotando e as forçou de volta para dentro.

Carmen ergueu uma das mãos, se aproximando de Sierra.

— Deixe-me ver sua mão esquerda, *m'ija*.

— Não! — Sierra recuou. Os espíritos pararam de girar e observaram.

— O que foi? Quero ver...

— Não — repetiu Sierra, mais tranquila dessa vez. Ela olhou para o rosto ancião da *abuela*. — Você não é melhor do que o Lázaro. Você... me deixou de fora deste mundo sem fazer ideia de... de tudo isso. Durante a minha vida inteira... Eu tenho que voltar. Tenho que ajudar meus amigos.

Mama Carmen assentiu, o rosto se fechando naquele semblante severo do qual Sierra lembrava bem. Ela se virou para o cortejo de sombras ao redor delas.

— *A la playa* — disse ela, com a voz suave.

Elas estavam descendo mais rápido agora, o vento gritando ao redor. Os espíritos pulsavam no mesmo ritmo brilhante. Eles rodeavam Sierra e iluminavam a noite inteira. Mama Carmen era literalmente o coração pulsante do mundo dos Manipuladores de Sombras. Algumas sombras saíram na frente em direção à praia.

— Vou levá-la para os seus amigos — disse Mama Carmen. — Mas os espíritos vão chegar lá antes, para ajudá-los. Agora, Sierra, *m'ija*, por favor. Me deixe ver a sua mão.

Sierra balançou a cabeça.

— Por que você nunca me contou sobre os Manipuladores de Sombras? E, então, você só sumiu, nos abandonou. Todos nós.

Carmen suspirou.

— Não, *m'ija*. Eu queria tanto... Você não entende.

— Tem razão. Não entendo. Não mesmo. E ninguém parece querer me contar, *abuela*... Lucera.

— Você pode me chamar de *abuela*. Ainda sou sua *abuela*, Sierra.

— E agora estou aqui, sem ter ideia de como ajudar meus amigos, a mim mesma ou a qualquer outra pessoa. Porque você nunca me contou! Você só ficou chateada com o *abuelo* porque ele iniciou o Wick, certo? E então você foi embora?

Carmen fechou os olhos e baixou a cabeça.

— Não.

Sierra tentou manter a expressão firme, mas as lágrimas continuavam a tentar transbordar pelos cantos dos olhos.

— O que você quer dizer?

— A briga não foi sobre Wick. É claro, eu fiquei furiosa que ele tenha feito isso, especialmente depois que falei várias vezes para não confiar naquele homem. Mas não foi por isso que eu fui embora. Essa briga foi por *sua* causa.

— Por mim?

— É claro, *m'ija*. Eu queria trazê-la para esse mundo assim que você nasceu, mas Laz se recusava.

— Por quê?

— Porque ele já tinha tentado uma vez com outra pessoa e não deu certo...

Por alguns segundos, tudo o que Sierra ouviu foi o vento soprando em volta delas enquanto deslizavam graciosamente pelo céu. Ela fechou os olhos.

— *Mami*.

— Sim, a sua mãe. — Carmen balançou a cabeça. — Talvez eu a tenha iniciado muito cedo, quem sabe? Tinha catorze anos. Nós estávamos naquela mesma praia, todos os espíritos de nossos ancestrais dançando em volta de nós duas, como estão fazendo agora. Eu sei que ela os viu, pude perceber seus olhos acompanharem os caminhos de suas danças sobre a água. Mas ela se voltou contra mim. Me chamou de louca, disse que nunca mais queria ouvir falar sobre essas coisas. Você sabe como as pessoas só querem se enturmar, ser *normais*. Acho que ela manteve a mim e Lázaro a distância desde esse dia.

— Não é à toa que ela fica tão tensa quando eu falo sobre manipulação de sombras.

Mama Carmen suspirou.

— Só posso imaginar. E Rosa era ainda pior, ela nem se importou em tentar.

— Que bom — rosnou Sierra.

— Quando você nasceu, eu... É claro que María não queria me ouvir falar sobre introduzi-la a este mundo, e Lázaro também era absolutamente contra. Naquela época, ele tinha se convencido de que a manipulação de sombras era para homens. Não se importando de dizer isso para *mim*, de todas as pessoas.

— O que aconteceu?

— Depois que Laz iniciou Wick contra a minha vontade, eu fiquei farta. Ele estava mais do que pronto a iniciar esse estranho enquanto mantinha a própria neta no escuro sobre nosso legado familiar. Isso foi depois do meu corpo físico ter feito a passagem, aliás. Então eu fui para o seu quarto uma noite e, enquanto você dormia, dei a você o poder de manipular as sombras, *m'ija*.

Sierra não conseguiu impedir que as lágrimas caíssem pelo seu rosto. Assentiu lentamente, sentindo as palavras da *abuela* escorrerem para dentro dela e se acomodarem em seus ossos. Finalmente, a verdade.

— E o *abuelo* descobriu?

— Descobriu? Hah! Eu contei. Ele ficou fora de si de tanta raiva e me baniu. — Carmen revirou os olhos.

— Baniu? Mas... você é mais poderosa, como que ele...?

— Ah, Sierra. Você não pode curar alguém que não deseja ser curado. Talvez eu devesse ter ficado e lutado, mas... teria sido terrível. Imagine só, uma guerra civil de Manipuladores de Sombras com uma esposa e um marido liderando cada lado. — Ela meneou a cabeça. — A tradição nunca teria sobrevivido. Ele ficou tão teimoso com a idade, o seu *abuelo*. Tão duro. Então eu vim para cá; o oceano é um santuário para todos os espíritos ancestrais.

— Onde as mulheres solitárias vão dançar.

Carmen deu o sorriso mais triste que Sierra já tinha visto.

— Eu costumava cantar essa música para a sua mãe dormir todas as noites quando ela era pequena, do mesmo jeito que a minha mãe, sua bisavó, Cantara Cebilín Colibrí, costumava cantar para mim, e a mãe dela, María, em homenagem a quem sua mãe foi batizada, cantava para ela. É uma antiga oração dos Manipuladores de Sombras. Os detalhes mudam de geração para geração, de acordo com o lugar e a época, mas seu segredo mais profundo continua o mesmo.

— Elas eram todas Manipuladoras de Sombras? Todas as mulheres da linhagem da *mami*?

— Não só Manipuladoras de Sombras. O papel de Lucera tem sido passado para frente. A música é uma canção de ninar com a qual apresentamos, cada nova geração, um enigma. Se alguma coisa acontecesse, eu sabia que o mar seria o lugar onde eu terminaria.

Sierra imaginou a mãe como uma criança, dormindo enquanto Mama Carmen cantava o enigma dos Manipuladores de Sombras para ela. Quando María havia deixado que seu coração empurrasse toda aquela magia para longe? Todos aqueles muros que tinha construído...

— Eu nunca soube.

— É claro que não, ela nunca falaria sobre isso. Na noite em que fui embora, coloquei um feitiço naquela foto de grupo estúpida que seu *abuelo* tirou dos Manipuladores de Sombras depois que o transformou em seu próprio clube do Bolinha.

— As impressões digitais?

Mama Carmen assentiu.

— Isso se chama marcação de fotos. Quando alguém na foto é assassinado, seu rosto fica manchado. Wick ainda não tinha começado sua cruzada, mas eu a enxergava nele, sabia que não demoraria muito. — Ela franziu a sobrancelha para Sierra. — Quantos... quantos ele matou?

— Pelo menos quatro até agora — disse Sierra. — Contando com Manny.

Mama Carmen fechou os olhos e estremeceu. Por um momento, Sierra achou que a avó fosse começar a chorar.

— Isso era uma coisa que Jonathan Wick nunca conseguiu entender. Ele acha que pode destruir os Manipuladores de Sombras e manter os poderes para si, que o poder vem de mim.

— E não vem?

— Sem Lucera, não existe manipulação de sombras, mas sem a manipulação de sombras, não existe Lucera. Estamos interligados. Eu obtive poder dos espíritos e dos seus artífices e devolvi para eles multiplicado por dez. A fonte verdadeira da magia dos Manipuladores de Sombras está nessa conexão, nessa comunidade, Sierra. Nós somos interdependentes.

— *Donde los poderes se unen y se hacen uno* — cantou Sierra.

Mama Carmen abriu um sorriso enorme.

— Isso, *m'ija*! Não apenas um, mas um no sentido de união. — Ela revirou os olhos. — Eu escrevi uma cópia desse poema e fiz Lázaro prometer que o passaria para você quando as impressões digitais começassem a aparecer.

Sierra enfiou a mão no bolso e pegou o pedaço de papel que Vô Lázaro tinha colocado em suas mãos.

— Você está falando disso aqui? Ele deve ter rasgado.

Mama Carmen sacudiu a cabeça.

— *Comemierda*.

— Não é à toa que ele ficava pedindo desculpas.

Sierra acompanhou as rugas que se estendiam sobre o rosto da *abuela*. Absorveu a ferocidade silenciosa do espírito antigo e percebeu que era profundamente familiar: um certo brilho que, nos melhores dias, ela costumava encontrar encarando-a de volta no espelho.

— Eu sou a próxima, não sou?

Mama Carmen sorriu com tristeza.

— Erga a mão, *m'ija*.

Elas pararam de se mover. Sierra já podia ver o contorno escuro da praia à frente delas e agora estavam a apenas alguns metros das ondas. Fechou os olhos e ergueu a mão esquerda para a avó, com a palma voltada para ela. Uma sensação quente de formigamento a envolveu. Ouviu o riso de Mama Carmen sob a sua respiração.

— Você já tentou manipular sombras, não é?

Sierra assentiu.

— Foi divertido — disse. Um sorriso encontrou caminho até os lábios da garota.

De repente, aquele calor rodeava Sierra por inteiro. Um brilho quente tomou conta de suas pálpebras.

— Minha menina — sussurrou Mama Carmen em seu ouvido. — Estou tão orgulhosa de você.

— Mas...

— Tão orgulhosa.

Algo dentro de Sierra estava derretendo naquele abraço — uma onda gentil de aceitação transbordando por cada canto de seu corpo. Era tudo real, cada momento, e se estendia profundamente até o coração de sua própria família. Sua *abuela* — aquele mesmo rosto antigo que ela temia e amava quando criança — era Lucera, o sol exilado do mundo dos espíritos.

Sierra fez um barulho que estava entre um soluço e uma risada. Sua avó a apertou com mais força, dando batidinhas em suas costas.

— Calma, *mi niña*, shhh. *Está bien.*

Quando Sierra ergueu o rosto molhado de lágrimas do ombro de Mama Carmen, viu que os espíritos tinham se aproximado. Pensou que podia captar alguns traços de rostos em alguns deles, bocas abertas e olhos tanto tristes quanto inspirados. Ela imaginou quais segredos carregavam, quais poderes. Eles giravam em órbitas lentas em volta das duas mulheres, cantando suas canções espirituais e observando, sempre observando.

Eles a ajudariam, aqueles espíritos. Eles se ergueriam contra Wick ao seu lado. E Mama Carmen lideraria o ataque.

— Então vamos — disse Sierra. — Vamos voltar para que sejamos duas Luceras juntas e possamos acabar com a raça de Wick.

— Não posso.

— O quê?

— Eu não posso voltar.

Sierra se afastou do abraço da avó.

— Por que não?

— Quando um espírito entra nesse domínio, é para sempre. Não pertenço mais ao mundo dos vivos, Sierra. Eu aguentei esse tempo todo só para que você pudesse me alcançar.

— Mas eu acabei de encontrar você, *abuela*... Eu acabei... de descobrir quem você é de verdade. Os murais estão se desfazendo... Wick está matando os Manipuladores de Sombras. Quem vai...?

O rosto de Mama Carmen ficou sério.

— Você vai, Sierra.

— Mas você não pode... Eu não posso... Eu sou só...

Sierra olhou em volta. Ela não podia dizer que era "só" alguma coisa; afinal, estava flutuando a alguns metros das ondas da ponta sul do Brooklyn. Mas ainda assim...

— É claro que pode — disse Mama Carmen. — Você é uma jovem brilhante: corajosa, apaixonada, aventureira.

— Mas eu não...

A voz de Carmen se tornou áspera:

— Sierra, pare de duvidar de si mesma. Não temos tempo para isso. Você chegou até aqui, do jeito como eu esperava que chegasse. Seguiu cada dica. Você conquistou isso; quase morreu por isso. Não vou ver meu legado destruído depois de abrirmos mão de tanta coisa para mantê-lo vivo. Não. Você será Lucera agora, Sierra. Entenderá tudo o que isso significa com o tempo, mas, por enquanto, tem que se posicionar de maneira firme contra Wick.

— Não posso fazer isso sozinha, *abuela*!

— Quem disse que você precisaria fazer tudo sozinha? Existem pessoas bem qualificadas para te ajudar. E, sim, você vai precisar dessa ajuda. Não sei exatamente o que Wick está tramando, mas não tenho dúvida de que, seja lá o que for, envolve a aniquilação completa da nossa família, de todos os nossos espíritos. Você entende?

— Não, *abuela*. Eu mal entendo o que nós *somos*...

— Você vai entender. Tome cuidado, *m'ija*.

O espírito ancião abraçou Sierra e, de repente, o mundo inteiro estava cheio de uma luz ofuscante. O brilho atravessava os olhos de Sierra, cobria a parte de dentro de seu cérebro e seguia como uma explosão lânguida em câmera lenta pela coluna e por todo o seu corpo. Uma luz leve, invencível, irrefreável e infinita fluiu pelas suas veias, preencheu cada um de seus órgãos, se derramou por sua boca e cobriu-lhe toda a pele. E ela percebeu que a luz *pulsava*. O mesmo ritmo gentil e incansável em que pulsavam as sombras e Mama Carmen agora também pulsava dentro dela. O hino dos espíritos cresceu cada vez mais, irrompeu de dentro dela, mas em algum lugar, sob tudo aquilo, ela ouvia uma voz cantando baixinho. Mal conseguia distinguir as palavras.

E então tudo parou: as ondas que quebravam, os espíritos cantantes, o vento. Sierra flutuava em um mar infinito de luz. O único som que ela ouvia era a canção da velha mulher:

— *Cuando la luna llena... mata al viejo sol...*

Não era a voz de Mama Carmen, era a de outra pessoa, ainda mais velha que ela. Sierra inspirou; o cheiro de terra fresca e a chuva recente a envolveram. E algo mais: alho. Alho cozinhando em um fogão ali por perto.

— *... a los cuatro caminos...*

O sopro do vento e das ondas quebrando voltaram gradualmente, abafando a voz trêmula da velha mulher.

Quando Sierra abriu os olhos, Mama Carmen tinha ido embora.

— Não vá — sussurrou Sierra. — Eu não estou pronta.

TRINTA E TRÊS

De volta à praia, Sierra seguiu na direção das luzes turvas do calçadão. Sem Mama Carmen, ela não sabia como aprenderia sobre seus poderes, como derrotaria Wick. Mas se continuasse a seguir em frente, algum dia chegaria lá, e então encontraria Bennie, Juan e... Robbie!

Existem pessoas bem qualificadas para te ajudar. Robbie era um artífice poderoso de espíritos. A imagem de suas tatuagens serpenteantes envolvendo as pernas do corpúsculo durante a briga no calçadão dançava na mente de Sierra. Ele havia salvado a vida dela, mesmo que tivesse feito tudo errado com os corpúsculos das primeiras vezes. Ele sabia todo o tipo de segredos, entendia as profundezas desse novo mundo misterioso. Ele a ajudaria. Conseguiriam fazer aquilo juntos. E quando ela se entendesse com seus poderes e tivesse lidado com Wick, descobriria o que significava estar no centro reluzente desse negócio de Manipuladores de Sombras.

Sierra apertou o passo, as sobrancelhas erguidas e a mente em disparada. Ela era uma Manipuladora de Sombras, uma pessoa com poder de dar forma a espíritos. Tudo parecia tão recente, mas, ainda assim, o poder tinha estado nela aquele tempo todo. Poder. Era um pensamento estranho a ideia de que havia alguma magia estranha correndo pelas suas veias. Robbie havia usado suas tatuagens como armas mais cedo... O que mais poderia ser feito?

Tenho tanto para conversar com ele, pensou, começando a correr. Noites longas acordados, pensando em novas maneiras de canalizar espíritos. Alguém que a entendia.

Sierra parou de correr. À frente, os postes de luz de Coney Island piscavam contra o céu noturno. Ela queria Robbie. Ela o queria ao seu lado, queria aquele cheiro a envolvendo, seu sorriso bobo pressionado contra o dela. Queria desvendar pistas com ele, resolver aquele terrível quebra-cabeça sobrenatural juntos, rir sobre aquilo tudo quando estivesse terminado. Ela o queria naquele momento, e ali mesmo. Nada parecia mais verdadeiro.

Sierra estava tão perto. Os pés se arrastavam pela areia. Ela sentiu-se leve de repente, livre do terror de que estava sozinha naquele labirinto. Encontraria Robbie, contaria para ele o que aprendeu, beijaria seus lábios de uma vez. Nem estava preocupada se ele iria ou não retribuir o beijo — é claro que iria. Ela era seu par: uma filha de espíritos como ele, uma companheira de viagem naquele labirinto místico do Brooklyn. Ele ainda não o tinha dito, mas também não precisava: seus olhos diziam isso para Sierra toda vez que se encontravam. Eles se beijariam, e então descobririam como se livrar daquele doido do Wick, juntos.

Ela subiu as escadas para o calçadão correndo, pulando alguns degraus. Bennie estava falando com Tee e Juan sob um poste de luz. Todos se viraram quando Sierra correu em sua direção. O rosto manchado de lágrimas de Bennie, contorcido pelo medo, disse a Sierra tudo o que ela precisava saber.

— Eles o levaram — soluçou Bennie. — Eles levaram Robbie.

TRINTA E QUATRO

O caminho de metrô para casa foi um borrão. Sierra tentou explicar a essência de seu encontro com Lucera, mas não tinha ânimo. Juan ficou boquiaberto com a ideia de que sua avó tinha sido Lucera aquele tempo todo sem contar para ele, e Sierra estava cansada demais para jogar a ironia daquilo na cara do irmão.

Bennie e Tee explicaram, passo a passo, o que havia acontecido na praia. Robbie tinha tentado ir atrás de Sierra quando ela sumiu, mas outros corpúsculos apareceram e o cercaram. Juan contou que pelo menos quatro foram pegos pela rede colorida de suas tatuagens antes de finalmente agarrarem Robbie e fugirem com ele. Tee havia tentado esgueirar-se atrás deles para ver aonde estavam indo, mas eles desapareceram rapidamente em meio à escuridão de Coney Island. Tudo aconteceu tão rápido, e as sombras chegaram da praia apenas alguns minutos depois, tarde demais para ajudar Robbie.

Tee meneou a cabeça.

— Eu sinto muito, Sierra.

Sierra disse um "não precisa" pouco convincente, e então todos ficaram em um silêncio triste enquanto o trem Q seguia barulhento na direção de Prospect Park.

※ ※ ※

— Juan — chamou Sierra enquanto os dois andavam pela avenida Lafayette na direção de casa. — Você se lembra de qualquer coisa que possa nos ajudar a descobrir para onde Wick possa ter levado Robbie?

Juan deu de ombros.

— Não sei, irmãzinha. Ainda estou me recuperando da informação de que Mama Carmen estava envolvida nisso desde o início e ninguém me contou.

— Hunf. Agora sabe como eu me sinto.

— Justo.

Sierra estava ficando impaciente. Robbie já podia ter sido transformado em um corpúsculo.

— E se alguém estiver ajudando Wick...? Talvez outro Manipulador de Sombras?

— Mas quem faria isso? A maioria dos Manipuladores de Sombras não faz mais manipulação; até porque, se fizesse, eu diria para os rastrearmos para pedir ajuda. Mesmo os que ainda o fazem, eu não saberia onde procurar. E não acho que tenhamos tempo para isso, de qualquer forma.

Eles subiram os degraus da entrada. Sierra impediu Juan de abrir a porta.

— O que foi? — reclamou Juan.

— Preciso que você pense, Juan.

— Eu *estou* pensando!

— Algum dos manipuladores parecia esquisito ou suspeito para você?

— Não que eu lembre.

— Ninguém parecia ter inveja do *abuelo*?

— Como você tem tanta certeza de que é um Manipulador de Sombras, Sierra? Pode ser um dos seus amigos ajudando o Wick.

Sierra abriu a boca para debater, mas fechou de novo. Ele tinha razão.

— Pense nisso — disse Juan. Ele abriu a porta e entrou em casa. — Alguém mais sabia que estávamos indo para Coney Island?

Sierra grunhiu e entrou atrás dele.

— E aí, jovens? — Tio Neville estava sentado à mesa da cozinha, suas pernas compridas estendidas à frente e uma xícara de café quente na mão. — A noite foi boa?

Sierra não tinha o que responder. A presença impossivelmente pesada do Vô Lázaro parecia lançar uma sombra sobre o apartamento diretamente do quarto andar.

Ela saiu correndo para o quarto do avô. Uma lista de exigências furiosas, acusações e reclamações queimavam na ponta de sua língua. Mas, quando abriu a porta, Lázaro dormia pacificamente, estirado na cama. Ela balançou a cabeça e passou por ele em direção às fotos.

Sierra ofegou. Mais da metade dos rostos estava borrado. Era o rosto de Manny, é claro, Raconteur e do velho Vernon, com quatro outros caras que Sierra não conhecia. Além do Papa Acevedo, os únicos Manipuladores de Sombras intocados eram: Caleb Jones, um cara alto de pele clara, que parecia ter uns trinta anos, black power vermelho enorme e tatuagens subindo pelo pescoço; Theodore Crane, um velho franzino com os braços cruzados sobre o peito; Delmond Alcatraz e Sunny Balboa, os dois caras que comandavam a barbearia na rua Marcy; e um cara emburrado vestindo moletom e um chapéu de caubói chamado Francis True.

Nada daquilo era útil. Se alguém estava ajudando Wick, podia ser um dos Manipuladores de Sombras que haviam sobrevivido, mas como ela saberia qual deles? Sierra lançou um último olhar raivoso na direção do avô e desceu para o próprio quarto.

Ela não sabia como fazer a mala, nem para onde estava indo. Tudo o que sabia era que tinha que sair daquela casa e iniciar sua busca por Robbie. Começou a colocar coisas aleatórias na bolsa carteiro: uma lanterna, baterias, um pedaço de corda. Uma vaga noção começou a correr pela sua mente; uma resposta. Ela não conseguia identificar o que era ainda, mas estava ali. Estava ali e era desconfortável — alguma coisa estava atrapalhando todos os seus cálculos. Alguém que sabia sobre todos os passos de Sierra.

Por quê? Porque toda vez que ela dava um passo, não importava para onde fosse, os corpúsculos estavam à sua espera. Como se houvesse um olho que tudo vê pairando acima dela. Ou um espião.

Um espião...

— Sierra? — A voz da mãe era irritante mesmo três andares abaixo. — *¿Dónde estás, m'ija?*

Alguém em quem ela confiava.

— *¡Aquí arriba!* — gritou Sierra, sem se preocupar em disfarçar a irritação em sua voz.

Sentou-se na cadeira da escrivaninha e passou a mão no rosto. A tensão pulsava raivosamente pelo corpo cansado. A resposta estava flertando com ela, fora do campo de visão do olho da sua mente, mas se fazendo perceber pelos cantos. Os passos de María Santiago subiram a escada barulhenta. Sierra queria que a resposta chegasse antes de sua mãe.

— Sierra?

Uma batida suave na porta. María sempre parecia especialmente calma quando estava muito incomodada com alguma coisa. Fazia anos que aquela técnica não pegava Sierra de surpresa, mas continuava sendo irritante. María abriu a porta devagar e colocou a cabeça para dentro. Ela parecia exausta.

— O que está acontecendo, querida? Pode falar comigo, por favor? — Ela entrou e ficou parada nos pés da cama, parecendo não saber o que fazer com as mãos. — Você está entrando e saindo de casa em horários estranhos, está gritando com Rosa. Você não é assim, *m'ija*.

Sierra encarou os olhos escuros e rigorosos da mãe.

— Eu... É que... — Nenhuma das mentiras possíveis fazia sentido. — Não posso... falar sobre isso.

— Sierra, você está se drogando?

— Mãe! — Sierra bateu com o punho na mesa, talvez um pouco mais forte do que esperava. — Eu disse que não quero falar sobre isso. Você continua me pressionando. Parece familiar? Como se sente estando do outro lado? Estou aprendendo com os mais velhos a ficar quietinha na minha quando a situação assim o pede.

A exaustão de María logo se transformou em raiva.

— Como você ousa vir com essa atitude para cima de mim agora, com tudo o que está acontecendo? Como...

— Como eu ouso? Como eu ouso? — A represa que vinha segurando a raiva de Sierra se rompeu. Ela se levantou tão repentinamente que a cadeira quase caiu para atrás. — Você vem escondendo coisas de mim sobre minha própria família durante a minha vida inteira! Como *você* ousa?

— Sierra... — María mudou para a postura de mãe sábia. — Agora não é o momento para falar sobre isso.

— Agora é exatamente o momento para falar sobre isso. Você acha que se não falar sobre algo, a coisa simplesmente some? Você acha que estava... — Sierra sentiu-se perigosamente perto de chorar e controlou a respiração, mantendo um olhar duro para a mãe. — Você acha que estava nos protegendo? Bem, olha só onde isso nos levou. Manny... Robbie... — Ela não conseguia encontrar as palavras para explicar sem cair no choro.

— O que você queria que eu dissesse?! — gritou María. — Que seus avós eram uns mágicos malucos?! Que eles pensavam que podiam falar com os mortos?! *Es una locura*, Sierra, excentricidades familiares. Não tem nada a ver com você.

— Nada a...

— É loucura!

Sierra percebeu que as mãos tremiam, apertadas em punhos. Ela as relaxou. Tinha que pensar; a possibilidade de alguém estar ajudando Wick ainda dançava logo além de sua visão. Aquele era o momento de sair dali. Pegou a bolsa e andou calmamente até a porta.

María explodiu em fúria.

— Não ouse me deixar falando sozinha, Sierra María Santiago!

Sierra se virou de repente, pegando a mãe de surpresa.

— Sabe como eu sei que você acredita mais no nosso poder do que qualquer outra pessoa? Eu vejo o terror em seus olhos. Está com medo. Está com medo desde que mencionei isso. Você está com medo de que eu descubra tudo, mas além disso, está apavorada por seus próprios pais. Porque sabe que eles foram poderosos. E sabe que ela existia, essa magia. E você a enxerga em mim, não é, *mami*? E ela te apavora.

Os olhos de María estavam arregalados e cheios de lágrimas. Sierra percebeu que ela devia estar lutando por anos para se convencer de que os pais eram completamente malucos. Devia ter lutado para acreditar que era uma pessoa normal como qualquer outra, e não uma talentosa manipuladora de espíritos, ligada a um legado de magia.

— E sabe do que mais? — continuou Sierra. — Eu sei que você também a tem. Você tem o toque da magia, *mami*, mas está assustada demais para usá-la. Assustada demais que os outros professores da escola ou Tía Rosa descubram, ou que seja mais poder do que você seria capaz de lidar. Provavelmente é isso mesmo: você tem medo do próprio poder. — Sierra estava fungando, mas se recusava a deixar as lágrimas caírem. Sua mandíbula estava travada e os olhos estreitos. — Bem, eu não tenho medo, *mami*. Não tenho medo do meu poder. Não tenho vergonha do que recebi. Não tenho vergonha da minha história e não tenho vergonha da *abuela*. Está me ouvindo?

María Santiago assentiu muito delicadamente. Por um segundo, Sierra achou que a mãe fosse se quebrar em um milhão de pedaços ali mesmo.

Uma porta se abriu para o corredor e, no andar de cima, Timothy colocou a cabeça sobre o corrimão.

— Vocês querem que eu chame a polícia?

— Não! — gritaram Sierra e a mãe ao mesmo tempo.

Algo se abrandou nos olhos de María. As lágrimas ainda ameaçavam cair dos cantos dos olhos, mas eles transmitiam uma paz que não estava ali antes.

Sierra se virou e começou a descer as escadas. Sentia como se tivesse perdido uns dez quilos apenas por falar.

Ela saiu para o corredor. A resposta estava se aproximando, tinha certeza. Wick sabia que eles estariam em Coney Island. Isso significa que alguém devia ter...

A garota ficou imóvel no saguão do segundo andar. No olho de sua mente, ela viu, ou sentiu, uma corrente de movimento, uma sombra que piscou para longe logo antes de ser vista. Além de seus amigos e Juan, havia apenas uma outra pessoa que sabia da ida deles para Coney Island. Os pés de Sierra mal tocavam nos degraus enquanto ela os descia correndo.

— Neville!

Seu padrinho sorriu, segurando a xícara de café.

— Sierra, achei que você fosse dormir, garota.

— Neville, você pode ser aquele padrinho maneiro que faz um favorzão para a afilhada sem perguntar muita coisa?

— Conspícuo e Ridículo são meus nomes do meio.

— Você se importa de me dar uma carona para o norte da cidade de novo?

O sorriso de Neville só cresceu.

— Você sabe que eu amo uma aventura.

TRINTA E CINCO

Fazia um certo sentido sinistro. Por que Nydia tinha sido tão solícita, de qualquer forma? Sierra era somente uma garota qualquer; por que uma bibliotecária da Columbia gastaria tanto tempo para procurar para ela documentos de um antropologista desaparecido? A mulher tinha até pedido por atualizações quando Sierra a conheceu na biblioteca. Nydia devia ter conhecido Wick na Universidade de Columbia, ou talvez tenha ido até lá para procurá-lo.

E lá estava Sierra, dando-lhe alegremente informações sobre tudo o que acontecia. Seu corpo se contraiu. Tinha ficado tão empolgada por encontrar alguém que se parecia com ela naquele campus nada amigável, que tinha caído direitinho em sua armadilha. Nydia provavelmente mantinha Robbie na biblioteca — ela podia escondê-lo facilmente em meio àquelas estantes labirínticas. *Bem, eu vou resolver tudo de um jeito ou de outro*, pensou Sierra, baixando a janela e deixando que o ar fresco da noite soprasse pelo seu rosto.

— A fumaça do cigarro está incomodando você? — perguntou Neville.

— Não, só queria um pouco de ar fresco. Só estou... pensando.

— Sabe, se quiser falar sobre isso, sou muito bom em guardar segredos.

— Eu queria poder contar, tio Neville. Realmente queria. — Ela meneou a cabeça. Quando alguém em quem você confiava prova ser um espião, você começa a questionar *todo mundo*. — Você já foi traído?

Neville riu.

— Ah, várias vezes. E nunca deixa de ser uma droga.

— O que você faz?

— Oficialmente? — Ele passou rapidamente para a pista da direita para ultrapassar um jipe lento. — Não é domingo de manhã e não estamos no campo, babaca! — Ele riu e deu uma tragada no cigarro. — Quero dizer, depende de algumas coisas, mas geralmente eu corto a pessoa da minha vida e continuo a caminhar. Depois que todo o dano foi reparado, é claro.

Ele conduziu o carro de volta de forma barulhenta para a pista de velocidade e pisou no acelerador.

— Pois é — comentou Sierra. — É a parte do controle de danos que tenho que resolver.

Neville grunhiu em simpatia.

— Você consegue dirigir mais rápido?

— Bem, que diabos, Sierra, pensei que nunca fosse pedir.

O guarda-noturno, um velho sujeito irlandês com uma bengala de madeira, olhava com atenção para um daqueles potes organizadores de remédios. Sierra mostrou a identificação de estudante que Nydia havia lhe dado e o velho mal olhou para ela.

— Trabalhando até tarde? — murmurou ele, sem erguer o olhar do pote de remédio.

— Algo assim. Tem alguém aí dentro?

— Uma ou duas almas solitárias — respondeu o guarda. Sierra se dirigiu para a porta. — E aquela moça que está sempre no porão, é claro.

— Nydia?

— Uhum, ela mesma. Uma pequena *señorita* espanhola que nem você.

— Alguém está com ela? Talvez um garoto alto com tranças?

O velho estreitou os olhos para Sierra. Seu olho esquerdo estava turvo pela catarata.

— Você é bem perguntadeira, minha querida.

— Esqueça — disse Sierra, entrando rapidamente na biblioteca.

Ela não tinha um plano. Era um momento idiota para estar pensando aquilo, enquanto descia pelos lances infinitos de escada na direção de uma potencial feiticeira manipuladora de espíritos. Ainda assim, o pensamento continuava lá: ela não tinha um plano. Simplesmente havia chegado a uma resposta e saído correndo para seja lá qual fosse a confusão que a esperava. Teria que fazer melhor no futuro, se sobrevivesse. Se Robbie estivesse em algum lugar lá embaixo, é claro, e se ela pudesse localizá-lo antes de Nydia encontrá-la, talvez eles tivessem uma chance. Talvez. Mas também existia a possibilidade de Nydia não estar ajudando Wick.

Sierra alcançou a porta grossa de metal que levava ao subsolo do arquivo e girou a maçaneta com cuidado. O lugar estava escuro, com exceção de uma luz fraca que vinha de algum lugar em meio às prateleiras. Ela checou os bolsos e fez uma careta. Tinha que começar a criar o hábito de carregar material de desenho por aí se iria ser algum tipo de Manipuladora de Sombras. Um extintor de incêndio acumulava poeira em uma pequena alcova bem ao lado da porta. Sierra o removeu do apoio e o colocou sobre um dos ombros, como se fosse uma bazuca. Era ridículo, mas ela sentia-se bem por pelo menos ter algo pesado nas mãos caso as coisas ficassem feias.

Isso é idiota, pensou Sierra, avançando do modo mais silencioso possível por um corredor entre duas estantes de livros. Mas tudo o que conseguia imaginar era Robbie sendo torturado até a morte nas mãos de uma aparição aglomerada. Ela estremeceu e avançou devagar, tentando espantar o pensamento.

Nydia estava parada em uma mesa entre duas pilhas. O arquivo de Wick estava espalhado de maneira bagunçada à sua frente, e ela se curvava sobre ele, de costas para Sierra, virando páginas e murmurando para si mesma. Sierra prendeu a respiração e deslizou silenciosamente para uma distância que lhe permitiria atacar. Segurou a ponta do extintor com as mãos, se preparando para girar. Uma pancada e tudo estaria terminado. Bem, terminado para Nydia, pelo menos. Sierra ainda não sabia onde Robbie estava, e Wick ainda estaria em algum lugar lá fora. Ela parou.

Nydia se virou com os olhos arregalados.

— Sierra!

— Eu... Eu sei de tudo...

— O quê?

Sierra segurava o extintor com força, repentinamente sem fôlego.

— Eu sei... o que está acontecendo.

Nydia ergueu uma sobrancelha.

— Então você pode me explicar? — disse.

— Não tente bancar a inocente para cima de mim, Nydia! Sei que você é uma Manipuladora de Sombras...

— Eu? Quem dera!

Sierra balançou a cabeça.

— Não, pare! Pare de falar. Eu sei que você está ajudando Wick, espionando para ele...

— Agora, espere um pouco — disse Nydia, dando um passo na direção de Sierra.

— Pare! Não chegue mais perto! Onde está Robbie? Onde você e Wick o estão mantendo?

Os olhos de Nydia se arregalaram novamente.

— Sobre o que você está falando? Acha que eu estou ajudando Wick? Sierra, não...

— É claro que está. Tudo faz sentido. Você está acompanhando cada passo meu, avisando a ele onde vou estar.

— Sierra, preste atenção. — A voz de Nydia estava firme e ela não desviou os olhos escuros dos de Sierra. — Eu não tenho acompanhado você. Eu estou rastreando Wick.

Sierra baixou o extintor de incêndio e o ergueu de novo logo em seguida. Sua cabeça girava.

— Pare de mentir.

— É verdade.

Nydia deu mais um passo à frente.

— Não se aproxime. Eu vou amassar a sua cabeça. — Ela queria desistir e começar a chorar. Tudo estava acontecendo rápido demais. — Você sabe sobre as Lamúrias. Ficou surpresa quando perguntei sobre elas, como... como se eu soubesse sobre você.

— Sierra, eu estudo o mundo espiritual, é verdade, mas além disso, eu estudo outros antropólogos que estudam o mundo espiritual. É parte da minha pesquisa: como pesquisadores se envolvem e alteram as comunidades que trabalham com espíritos, tanto para o bem quanto para o mal.

Sierra abaixou o extintor.

— Você é tipo o quê? Uma superespiã da antropologia?

Nydia sorriu.

— É, dá para dizer que sim. Tenho observado os movimentos de Wick há um tempo. Ele realmente tem boas intenções. Ou tinha... mas eu não confio nele. E quando sumiu do mapa, comecei a pesquisar mais a fundo. Foi quando descobri sobre as Lamúrias. Tenho pesquisado sobre elas nos últimos meses. É... — Ela meneou a cabeça. — É uma coisa terrível.

— Mas...

— Sierra, eu quero ajudar você. Acredite em mim.

— Você sabe como encontrá-las, não sabe? — disse Sierra lentamente. — As Lamúrias. Você disse que elas ficavam em uma igreja no norte da cidade.

Os olhos de Nydia se esbugalharam.

— Sim, mas...

— Me leve até lá.

— Até as Lamúrias? Não, Sierra, essa não é uma boa ideia. Elas são terríveis e incrivelmente poderosas e... vão matar você. Matar nós duas.

— De que outra forma vamos encontrar Wick? Você sabe onde ele está?

Nydia franziu a testa.

— Não, mas...

— Wick está com o meu... Ele capturou alguém de quem gosto muito. Ele está atrás da minha família toda. Ele... — Sierra lutou contra um nó se formando na garganta. — Ele matou meu amigo Manny e fez meu avô ficar incoerente. Quase destruiu os Manipuladores de Sombras. Eu tenho que encontrá-lo. Hoje. As

Lamúrias deram poder a ele, mas tenho quase certeza de que eles não estão mais se dando muito bem. Se eu pudesse apenas...

— Sierra, você não pode debater com criaturas tão antigas e poderosas quanto as Lamúrias. Não pode...

— Você disse que queria me ajudar. Que não estava trabalhando para Wick. Se realmente está falando sério, Nydia, então é disso que eu preciso. Senão, tudo bem. Vou encontrar a igreja sozinha.

Sierra deu meia-volta e seguiu por entre as estantes.

— Espere — pediu Nydia.

Sierra parou.

— Você é uma Manipuladora de Sombras, não é?

Ela assentiu. Era mais do que aquilo, mas o título de Lucera ainda não parecia real para Sierra. Ainda era uma herança estranha que ela não conseguia entender direito.

— Você sabe que a manipulação de sombras não funciona contra as Lamúrias? Seus espíritos provavelmente não vão nem chegar perto delas, especialmente se estiverem no próprio terreno. Todo o poder das Lamúrias está centralizado no santuário atrás da igreja.

— Isso significa que você vai me ajudar?

— Significa que eu quero que entenda no que está se metendo. Você ainda vai atrás delas, mesmo sabendo que seus poderes serão inúteis?

— Eu não tenho escolha, Nydia. As Lamúrias saberão onde Wick está, como encontrá-lo, e Robbie. Eu já vi pessoas que amo serem transformadas em monstros terríveis. Não vou perder Robbie também.

Nydia ergueu a sobrancelha mais uma vez.

— Você já viu as Lamúrias, né?

Sierra sorriu.

— Eu conto no caminho.

Elas caminharam rapidamente pelos corredores de livros.

— A igreja é no ponto mais alto de Manhattan — disse Nydia. — Você conhece alguém que tenha um carro e dirija rápido?

Sierra abriu um sorriso.

— Ah, se conheço.

TRINTA E SEIS

Neville parou seu Cadillac Seville ao lado de uma cerca antiga de ferro em uma rua deserta.

Nydia soltou a respiração audivelmente no banco de trás.

— Jesus.

Sierra olhou para ela pelo retrovisor.

— Você está bem?

— Vou ficar. — Ela deu um tapinha com a mão trêmula no ombro do tio Neville. — Foi ótimo conhecê-lo, senhor. Você dirige que nem um maníaco louco, e eu respeito isso.

— O prazer é todo meu — respondeu Neville.

Eles estavam no ponto mais alto de Manhattan, não muito longe do rio, em uma esquina oculta atrás da rodovia West Side. Além da cerca, uma trilha de terra levava à escuridão. Uma corrente pesada unia os dois lados do portão de design elaborado.

— Como vamos passar pela corrente? — perguntou Sierra.

Neville sorriu.

— Ah, eu cuido disso.

— E se um guarda aparecer?

— Então eu cuido disso também.

— Sierra — disse Nydia. — Eu gosto do seu padrinho. Vamos lá.

Neville pegou um machado com um longo cabo de madeira de dentro do porta-malas, e Nydia e Sierra observaram enquanto ele destruía a corrente com cinco golpes rápidos. O portão se abriu com um barulho agudo.

— Senhoras — disse Neville, curvando-se levemente. — Eu as acompanharia, mas tenho a impressão de que serei mais útil cuidando das coisas aqui fora. Não sou muito bom com o tipo de vilão com quem vocês provavelmente irão lidar aí dentro.

— Você... sabe? — gaguejou Sierra.

Neville franziu a testa.

— Não se esqueça de que eu e seu avô éramos muito amigos.

— Você não é um Manipulador de Sombras, é?

— Não. Mas eu dava cobertura a ele quando a coisa apertava. Já vi o bastante para saber quando tem uns abracadabras acontecendo. Vou ficar por aqui, exercendo meu papel de cara maneiro normal, muito obrigado.

— Uau! — comentou Sierra.

— Ah, e toma. — Ele entregou o machado para Sierra. — Leva isso aqui.

— Tio Neville, eu realmente não acho...

— Eu sei, mas leva de qualquer maneira. Você não sabe o que vai encontrar lá dentro, e *eu* vou me sentir melhor se você estiver armada.

— Você não vai ficar...?

— Não se preocupe com o tio Neville — disse ele, dando um tapinha na cabeça de Sierra, mandando um beijo para Nydia e, em seguida, se posicionando ao lado do portão.

— Você está pronta? — perguntou Sierra, olhando para Nydia.

— O seu padrinho é casado?

— Nydia! Foco! Vamos fazer isso ou não?

— Vamos! Estou aqui.

Sierra apoiou o machado no ombro e elas começaram a subir o caminho para as sombras.

— Qual é o seu plano? — perguntou Nydia.

— Plano?

— Sierra. Você me pediu para ajudá-la a falar com os fantasmas mais perversos e poderosos que existem no universo. Eu a trouxe aqui, para o covil abominável deles, porque gosto de você e quero que faça Wick pagar pelo que fez com a sua família. Você tem um plano, certo?

— Só me diga onde elas estão — disse Sierra. — Eu faço o resto.

Ela esperava soar mais confiante do que se sentia. Nydia balançou a cabeça.

— Vamos lá.

Mais à frente, um edifício se elevava sobre elas. Campanários se erguiam contra a luz da lua e Sierra podia identificar as silhuetas desagradáveis de gárgulas que se projetavam de cada lado.

— Esse lugar era um convento, antigamente — explicou Nydia. — Foi um hospício por pouco tempo nos anos setenta, e então virou um ponto de drogas. Agora está abandonado. Acho que a prefeitura não sabe o que fazer com a propriedade.

— Charmosa.

— Tudo nas minhas pesquisas aponta para este lugar como o ninho e o centro de poder das Lamúrias.

Elas alcançaram o topo do morro. A porta elaborada de madeira da catedral antiga estava coberta por grafite. As estátuas de cada lado tinham os rostos arranhados até ficarem irreconhecíveis e as mãos arrancadas. Uma montanha de lixo estava espalhada pelos degraus.

— Vamos — chamou Nydia. — Acho que o cemitério da igreja é na parte de trás.

Elas seguiram um caminho menor de terra ao lado da capela, passando pelos destroços carbonizados de uma motocicleta.

— Como você pesquisa algo assim? — perguntou Sierra. — Lugares que as gangues ancestrais de espíritos frequentam, no caso.

— Muito vem de histórias orais, aquelas que a maior parte dos estudiosos ignora. Também da união de lendas urbanas, fofocas e documentos históricos. Um boato sobre assombrações aqui, um rabisco com informações sobre uma família antiga assombrada ali. Esse tipo de coisa.

— Parece incr...

Sierra ficou imóvel. O caminho levava a uma mureta. Além dela, salgueiros se estendiam como deuses de luto na direção de um cemitério pequeno. Uma luz dourada jorrava de um círculo de pinheiros ao fundo.

— Uau! — exclamou.

Nydia piscou.

— Eu não imaginava... Eu... Uau.

O brilho dourado iluminava as pontas dos salgueiros e a estátua decapitada do anjo. Ele enviava sombras longas e tremeluzentes na direção de Sierra e Nydia. Alguns momentos se passaram.

— Está pronta? — sussurrou Nydia.

Sierra assentiu.

— Então vamos lá.

— Não — disse Sierra. — Tenho que... tenho que resolver isso sozinha.

— Sierra...

— Eu sei. Eu sei que você acha que sou doida, sei que é suicídio. Entendo tudo isso. Mas tem que me deixar fazer do meu jeito, Nydia. Você me trouxe até aqui e eu agradeço muito, acredite, é verdade. Mas eu nem te conheço direito. Não posso sair arriscando sua vida.

Nydia meneou a cabeça.

— Eu não gosto disso, Sierra. Sei que eles sempre dizem esse tipo de coisa nos filmes e tudo dá certo no final, mas não é assim. Você não pode fazer isso sozinha.

— Eu sei — respondeu Sierra. — E não estou sozinha.

Ela abraçou Nydia, se virou e seguiu pelo caminho de terra na direção do cemitério.

As sombras se ergueram de cada lado dela. Pulsavam com a mesma luz gentil que tinha visto em Coney Island enquanto flutuavam em passadas longas e magníficas. Ela sabia que não estariam juntas até o final, mas só a presença delas na caminhada curta até o cemitério fez com que Sierra se sentisse protegida.

Sierra atravessou um portão instável e entrou no cemitério. As sombras hesitaram, mas atravessaram juntas a mureta de pedras.

O trio de mortalhas gigantes surgiu dos pinheiros. Sierra sentiu o calor de seu brilho dourado no rosto. No bosque atrás delas, havia três estátuas femininas sob a sombra dos pinheiros, as mãos dadas e erguidas e as pernas estendidas como se tivessem sido congeladas no meio da dança de uma música há muito perdida.

As sombras se alinharam de cada lado de Sierra. Ela respirou fundo, baniu o tremor de sua voz e disse:

— Sou Sierra Santiago, Manipuladora de Sombras.

Por alguns segundos, tudo o que ouviu foi o vento quente da noite sibilando por entre os salgueiros. Então as três Lamúrias se aproximaram dela. As sombras ficaram tensas, mas Sierra fez um gesto para se afastarem. As Lamúrias giravam em pequenos círculos lentos, os rostos ocultos sob os capuzes pendurados, os robes brilhantes balançando de leve com a brisa.

Ela é a garota da irmandade das sombras, ay? O sussurro atravessou sua mente. Era penetrante e grave.

Ay, mas ela está pronta?, perguntou outra.

Psssiu, chiou a terceira. *Essa não é uma criança, irmãs, essa é Lucera. Ela se transformou.*

Finalmente!

Ay, mas ela está pronta?

Estará em breve.

— Já basta! — gritou Sierra. — Eu vim em busca de informação, não para ser observada e comentada como se não estivesse aqui. Me digam onde Jonathan Wick se encontra.

As Lamúrias pararam de girar e as três vozes falaram em uníssono:

Ele esteve observando desde sempre.

Sierra revirou os olhos.

— O que isso significa?

Ele esteve observando desde sempre.

— Não tenho tempo para esses enigmas, gente. Só me digam onde ele está e como posso destruí-lo.

Wick não pode ser impedido. Ele está poderoso demais.

— Não! — rebateu Sierra. — Eu não acredito em vocês.

Nós não estamos mais preocupadas com Wick. Ele falhou conosco.

— Enquanto isso, ele vai destruir tudo o que eu amo.

Não é nosso problema.

Sierra bateu o pé.

— Vocês o tornaram quem ele é! Vocês têm essa responsabilidade.

É com você que estamos preocupadas agora.

— O quê? Por quê?

Uma das Lamúrias se aproximou.

Nossos destinos estão interligados, Lucera. Nossos futuros e passados. Logo seremos uma, como sempre fomos, e nesse dia a Irmandade das Lamúrias alcançará seu poder maior. Foi profetizado, criança. Nós fortalecemos Wick para que ele pudesse infiltrar-se em sua irmandade das sombras e assumir o papel de Lucera.

Ou Lucero, nesse caso, completou outra das Lamúrias.

Ele parecia digno de tal tarefa. Mas para completá-la, tinha que encontrar o atual portador do título, no que falhou, como você sabe. Demos um ano a ele. O ano passou. Em vez de encontrar Lucera, Wick se tornou inebriado pelo poder da magia de vínculo. Seu ego ficou tão ferido quando os Manipuladores de Sombras não o aceitaram como líder, que sua visão se turvou. Ele começou a destruí-los na missão de salvar seu legado. E ainda assim, ele falhou.

Outra Lamúria se aproximou, essa mais ainda. Sierra deu um passo para trás.

Você, por outro lado, encontrou Lucera, e nós vemos que ela lhe passou o poder, criança. Você é Lucera agora, Lucera é você. E Lucera e as Lamúrias estão destinadas a se tornarem uma. Sua avó era de uma geração arcaica, não tão receptiva quanto você, Sierra Santiago.

— Não vai rolar — disse Sierra.

Nós só pedimos para que você nos ou...

— Não — disse Sierra. — Eu nunca serei uma de vocês. Se não vão me ajudar, afastem-se e eu vou...

A primeira mortalha que havia falado se jogou em sua direção. Sierra deu um pulo para trás.

Quem é essa tola que acha que pode se dirigir à Irmandade das Lamúrias com tanta audácia? A voz aguda da Lamúria cortava como uma faca enferrujada.

Afaste-se, Septima, rosnou outra voz. *Não a toque. A criança está maculada.*

— Maculada? O que você... É por isso que mandam outras pessoas fazerem o trabalho sujo por vocês? Vocês não tocam em nós, pessoas normais?

Você é impura, sussurraram as três vozes em uníssono. *Igual à sua avó. Achamos que, se estivesse disposta a nos ouvir, a se purificar, um dia poderia se juntar a nós.*

Sierra balançou a cabeça.

— Nunca.

E, em troca, nós daríamos a você a informação que deseja.

— Vocês enviam esse louco para destruir a minha família, os meus amigos, e então exigem que eu me una ao seu clubinho idiota ou não vão me contar onde Wick está?

As Lamúrias se mantiveram imóveis, olhando para ela.

— Vão para o inferno — disse Sierra. — Vou encontrar o Wick sozinha.

Ela se virou e saiu marchando do cemitério, as sombras se aglomerando à sua volta.

— O que aconteceu? — perguntou Nydia.

— Elas disseram que ele sempre esteve observando — respondeu Sierra. — É tudo o que me contaram.

— Então ele tem uma câmera seguindo você? Ele tem um espião ou o quê?

Sierra meneou a cabeça.

— Eu não sei. Mas estou farta desse negócio. Me dê o machado.

— O quê? Sierra, você não pode...

Sierra tomou o machado de Nydia e marchou de volta pelo caminho para o cemitério. As sombras a acompanharam e entraram em formação ao passarem pelo portão.

Você voltou, pequena Lucera!, exclamaram as Lamúrias.

Sierra seguiu diretamente para o meio delas, as observando com satisfação enquanto giravam para longe do caminho.

Para onde está indo, pequena Lucera?

Ela seguiu em linha reta na direção da floresta de pinheiros.

Pequena Lucera!, uivaram as Lamúrias. *Não entre aí!*

— Chega de enigmas! — gritou Sierra.

Ela girou o machado em um arco largo e o bateu na primeira estátua de dançarina. Ele tiniu contra o mármore com um barulho gratificante de rachadura, tirando um pedaço do robe serpenteante da imagem.

Lucera! As Lamúrias se aglomeraram ao redor dela. *Pare com isso!*

Ela está louca!

Não corrompa a Rainha Fantasma com a sua imundice!

— Onde está Wick?

Ela girou o machado de novo, decepando um pedaço significativo da mão da estátua seguinte.

Pare com isso!

— Chega... — Sierra ergueu o machado acima da cabeça — ... de... — ela o desceu de forma certeira sobre o pé da terceira estátua, o despedaçando — ... enigmas!

A Torre!, gritaram as Lamúrias em uníssono. *A Torre sobre o lixão em que você e os seus amigos mantêm residência. O professor ganancioso fez da Torre o seu domínio.*

Sierra baixou o machado. Ele realmente estivera observando o tempo todo. Ganhando tempo. Ouvindo. Ela estremeceu.

Foi para lá que ele levou o jovem Manipulador de Sombras, e lá erguerá seu exército de aparições aglomeradas. Porque ele é um homem observador, mas suas próprias criações não o são. E mais, o uso de cadáveres se provou problemático para ele, como você pôde observar. Um humano decadente não pode sustentar o poder do espírito por muito tempo. Vocês são tão frágeis, crianças de carne e osso. O jovem Manipulador de Sombras proverá as formas para o exército de aparições aglomeradas com sua pintura.

Sierra se virou e seguiu para fora do cemitério.

Mas você será destruída lá, pequena Lucera. Uma das Lamúrias voou atrás dela enquanto as outras duas cuidavam de seu santuário danificado. *Você foi avisada. O professor ganancioso não será derrubado. E o exército dele não será impedido. A sua família será destruída. E mesmo se sobreviver, Sierra Santiago, líder dos Manipuladores de Sombras, o que você fez aqui esta noite não será esquecido.*

Sierra se virou de repente e estendeu a mão na direção da Lamúria. Ela desviou rapidamente, sibilando.

— Foi o que pensei — disse Sierra. — Agora se mandem. Já consegui tudo o que precisava de vocês.

TRINTA E SETE

— É isso.

Sierra estremeceu ao olhar para cima, para a Torre. Ficava arrepiada de pensar que Wick estivera ali em cima o tempo todo, e que provavelmente estaria lá agora, observando todos os seus movimentos. Neville deixara as duas – ela e Nydia – ali e ido embora para a casa de Sierra, prometendo manter todos lá a salvo. Em algum lugar distante, sirenes de polícia gritavam noite adentro. Um gato de rua saiu correndo de um saco de lixo rasgado, mas fora isso a rua estava vazia.

As lonas de construção azuis que cobriam a Torre balançavam com força contra a casca de concreto. As janelas no térreo estavam cobertas com tábuas, mas algumas luzes aleatórias piscavam nos andares mais altos. Robbie tinha que estar em algum lugar por ali. Tinha que estar.

— Então nós vamos... — começou Nydia.

— Subir lá e acabar com alguns...

— Sierra...

— Pssssiu!

Sierra quase desencarnou de susto.

— Mas o quê...?

— Sou eu, Bennie!

A menina saiu das sombras, seguida por Juan e Tee.

— Gente! — Sierra quase gritou. — O que estão fazendo aqui? Vocês não podem...

— Sierra — disse Bennie. — Recebemos a sua mensagem.

— Mas era só pra avisar para ficarem longe da Torre, não para...

— Não seja besta. Você quer morrer sozinha? Não é assim que a gente faz as coisas.

— Mas eu não posso. Não sei o que vai acontecer lá dentro. Não quero que vocês se envolvam.

— Acho que já é um pouco tarde demais para isso — disse Tee, sorrindo. — De qualquer maneira, nós trouxemos armas. — Ela ergueu uma pá de jardim pesada e passou um taco de beisebol para Sierra. — Quem é a gata?

— Quem? Ah... — Sierra percebeu que Nydia ainda estava parada ao seu lado. — Gente, essa é Nydia Ochoa. Ela é bibliotecária em Columbia e está me ajudando nisso tudo. Ela é legal.

— Oi, pessoal — disse Nydia, acenando e forçando um sorriso.

Juan quebrou sobre o joelho o cabo de vassoura que tinha levado e entregou metade a Nydia.

— Toma aqui, moça.

— Hã, obrigada — respondeu a bibliotecária.

Tee deu um soco no ombro de Juan.

— Tira o olho, colega. Ela é minha.

— Você tem namorada — chiou Juan de volta.

— Prestem atenção — disse Nydia para o grupo. — Eu sei que a situação é urgente, mas vocês têm certeza de que querem subir ali agora? Talvez possamos reunir nossas forças e entrar amanhã?

Tee, Bennie e Juan se voltaram para Sierra. Ela olhou para cima, na direção da Torre. Se Wick realmente estivesse colocando aparições aglomeradas nas pinturas de Robbie como as Lamúrias haviam dito, ele com certeza as enviaria primeiro contra Sierra e sua família. Não havia um "amanhã" pelo qual esperar.

Ela começou a caminhar na direção da Torre.

— Você não quer esperar nem um dia? — chamou Nydia. — Talvez entender seus poderes um pouco melhor?

Sierra olhou para trás. Tee, Bennie e Juan estavam atravessando a rua em sua direção, cada um carregando algo pesado e fazendo suas piores caras de durões. Nydia olhou em volta e seguiu atrás deles. As mãos de Sierra não paravam de tremer, e sua mente continuava a imaginar as maneiras mais violentas de morrer. Mas os amigos estavam com ela. Não morreria sozinha, e não passaria o resto da vida lamentando ter abandonado o único garoto de quem realmente gostara à mercê de um louco.

Sierra se virou para a Torre, colocou a mão na porta novinha em folha e a empurrou.

"Não devia ser fácil assim", pensou ela, instantes antes de todas as luzes do prédio se apagarem.

— Que bom que trouxemos lanternas — comentou Juan, animado, enquanto entravam no prédio aos tropeços.

— Não gosto nada disso — murmurou Nydia.

Eles deram mais alguns passos para dentro, os feixes de luz passando por todo o grande saguão, e então as luzes voltaram a se acender.

— Viram? — disse Juan. — Não foi tão ruim, no fim das contas.

Sierra não estava convencida. Eles se encontravam em um enorme saguão de concreto. Cortinas de plástico estavam penduradas de vários andaimes. Canos expostos cruzavam o teto alto, transportando para dentro e para fora do edifício uma substância gelatinosa e gosmenta. O ar cheirava à tinta fresca e serragem.

Mas havia outra coisa. Algo pesado ao redor deles, um sentimento estático e desagradável que parecia preencher o interior dos pulmões de Sierra toda vez que ela respirava. Nenhuma das sombras altas os esperava.

— Você não vê nenhum espírito? — perguntou para Juan.

Ele sacudiu a cabeça, negando.

— Só um arranha-céus assustador e abandonado. Nenhum fantasma. Ainda.

Nydia apareceu ao lado deles.

— Você tem um plano, Sierra?

— Eu estava pensando que a gente podia se divid...

— Não vamos nos dividir — sussurrou Bennie com a voz rouca.

As luzes piscaram e se apagaram novamente. Alguém xingou e as lanternas se acenderam. Sierra suspirou.

— Se nós estivéssemos em grupos menores, eu acho que poderíamos...

— Não! — interrompeu Bennie. — Invente um plano melhor. Se nós estivermos separados e eles atacarem um grupo, como o outro vai saber? E a gente nem sequer sabe com o que está lidando.

— Olha só — disse Juan. — Bennie tem um bom argumento, mas...

As luzes se acenderam de novo. Todos gemeram e guardaram as lanternas.

— Vocês estão ouvindo esse barulho? — perguntou Juan.

Sierra deu um tapa no braço do irmão.

— Juan, isso não é hora para as suas brincadeiras.

Ele franziu a testa.

— Eu não estou brincando.

— Ouvi alguma coisa — disse Tee. — Mas vocês estavam falando e não consegui identificar o que era.

— Como um grito abafado? — perguntou Nydia.

— Ugh — grunhiu Bennie. — Parem, gente, isso é assustador demais.

Juan suspirou.

— Talvez.

— Vamos lá — disse Sierra, andando em direção à parede dos fundos. — Acho que tem uma escada por aqui.

Eles seguiram na direção da escada de metal, parando somente quando Juan chutou acidentalmente um rolo de tinta. Ele deu de ombros diante das quatro expressões irritadas.

A sensação pesada no ar parecia aumentar à medida que eles se aproximavam da escada. Sierra sentia como se estivesse sufocando, uma tensão que consumia suas próprias células. Ela esfregou os olhos, tentou respirar fundo, mas apenas conseguiu tossir, então começou a subir em direção ao segundo andar. Os pés tilintavam suavemente em cada degrau, e logo os ecos dos passos de seus amigos se ergueram atrás dela.

— Estão perto — disse Juan no meio do caminho.

Sierra firmou a pegada no bastão de metal e subiu os últimos degraus para o segundo andar. A maior parte das janelas não tinha vidro, deixando a brisa fresca noturna circular pelo ambiente. As cortinas de plástico balançavam e se arrastavam pelo chão sujo, produzindo sussurros graves. Juan seguia logo atrás dela.

O primeiro corpúsculo estava imóvel, coberto parcialmente por uma cortina e com o olhar fixo à frente. Sierra prendeu o fôlego, ergueu o bastão e esperou. O corpúsculo não se moveu. Ela tentou identificá-lo, ver se conseguia reconhecê-lo como algum dos Manipuladores de Sombras da foto, mas estava escuro demais. A garota ouviu os amigos alcançarem o topo da escada e congelarem diante daquela visão. Um movimento leve atraiu sua atenção e ela se virou para ver mais um corpúsculo parado atrás de uma cortina a alguns metros. Ao lado dele, outro se ergueu.

Juan tremia ao lado dela. Sierra podia sentir o ódio e o terror crescerem dentro do irmão como se pertencessem a ela mesma. Ele soltou um grito e correu à frente, girando o cabo de vassoura no momento em que os três corpúsculos dispararam na direção dele. Tee permaneceu parada ao lado de Sierra por um momento, com a respiração rápida, e então seguiu Juan. Sierra segurou o bastão com mais força e andou na direção de um dos cadáveres que corriam ao seu encontro. Ela ergueu o bastão e o girou, atingindo a criatura na axila. O corpúsculo pegou a haste de metal e a puxou com força, desequilibrando Sierra. Ela gritou, agarrando firme o punho do bastão mesmo enquanto tropeçava, vagamente consciente de que manter aquela arma era a única esperança para continuar viva. Ela arrancou o bastão da criatura com um puxão, firmou um pé para trás e bateu com força enquanto a criatura avançava sobre ela novamente.

Algo duro quebrou e reverberou pelo bastão de metal até seus braços. Por um segundo terrível, Sierra não fazia ideia do que estava acontecendo. Ela e os amigos gritavam, sons de brigas a rodeavam. Pó cinza e poeira pareciam explodir em câmera lenta na direção do teto, e algo bateu em seu rosto. Ela recuou e viu o corpúsculo cair de joelhos e desabar no chão. O rosto havia sido esmagado para dentro e um pedaço enorme de carne ressecada estava faltando logo acima do olho esquerdo.

Sierra limpou de seu rosto o pedaço do cara morto. Ela se equilibrou e girou na direção dos amigos a tempo de ver outro corpúsculo correndo em sua direção. Era Bellamy Grey, ou tinha sido algum dia — um dos Manipuladores de Sombras recém--manchados na foto. Ele estava se aproximando rápido demais para que Sierra pudesse preparar outro giro do bastão, então jogou o corpo contra o dele.

Os punhos gosmentos e gelados do corpúsculo caíram sobre suas costas enquanto os dois eram jogados para o chão. Por um segundo foi tudo um caos vertiginoso: Sierra sentiu um golpe forte atingir seu rosto e quase desmaiou. Tee gritava algo em seu ouvido. O corpúsculo se contorceu sob ela, se levantou rapidamente e a empurrou, e então se posicionou sobre ela, as mãos mortais agarrando seus pulsos e pressionando-a contra o chão enquanto o peso dele expulsava todo o ar para fora de seus pulmões. Uma onda de pânico tomou as vias respiratórias de Sierra e dominou seus pensamentos. Era isso. Eles tinham tentado e falhado. Ela resistiu, mas cada respiração trazia mais daquela sensação pesada para dentro, a puxava mais para baixo na direção de um esquecimento atordoado. Era o fim.

E então não era. Mãos agarraram o corpúsculo — mãos morenas. As mãos de Tee. Sierra ofegou. A criatura tentou espantar Tee de cima dela, mas a menina não cedia. Foi quando outras mãos apareceram: as de Bennie e Nydia, pensou Sierra. Com os pulsos repentinamente livres, ela enfiou os dedos nos olhos do corpúsculo e os pressionou. Havia um espírito ali — alguma pobre criatura escravizada que Wick tinha convocado com o único propósito de fazer mal a Sierra. Não era o humano cujo rosto morto a encarava de modo vazio. Era outra coisa. Ela pressionou com mais força e sentiu a carne morta e ressecada ceder sob seus dedos, e os olhos serem espremidos até não sobrar nada.

E então ele não estava mais ali. Sierra sentou-se, desesperada por ar. A alguns metros dela, o corpúsculo recuava cambaleando e balançando os braços longos. Nydia deu um passo para a frente, girou a pá com força e acertou em cheio o peito da criatura com um baque surdo. O corpúsculo tropeçou para trás, caindo pelo lado da escada e aterrissando alguns segundos depois com um barulho molhado e terrível. Nydia espiou cautelosamente o primeiro andar e então ergueu o polegar em um gesto positivo para o grupo.

Sierra se levantou, limpando a nojeira de seu corpo, e cambaleou na direção de Tee e Bennie.

— Cadê o Juan?

Bennie indicou uma das cortinas de plástico. Sierra tropeçou na direção dela, tentando ignorar os barulhos secos repugnantes que vinham do outro lado. Juan estava parado sobre um corpúsculo caído. Ele arfava, e suor escorria livremente pelo seu corpo. Um hematoma roxo e feio crescia em sua bochecha direita.

— Juan.

Ele fechou os olhos e as lágrimas caíram.

— O que foi, cara? — perguntou Sierra.

— Eu o conhecia — sussurrou Juan. — Seu nome era Arturo. Ele era... Eu o conheci quando criança.

Sierra colocou a mão sobre o ombro trêmulo de Juan.

— Não era mais ele, Juan. Era outra coisa. E já está feito.

Ele baixou o bastão e virou o rosto manchado de lágrimas para Sierra.

— Eu o destruí.

— Não. Você destruiu o corpo. O espírito dele já se foi há muito tempo. Você sabe disso. Vamos lá, Juan. — Ela colocou o braço sobre o ombro do irmão. — Temos que continuar.

Juan assentiu e permitiu que Sierra o conduzisse até o resto do grupo.

— Estão todos mais ou menos bem? — perguntou Nydia quando Sierra e Juan se aproximaram.

— Alguns cortes e hematomas — respondeu Tee. — Nada quebrado.

Bennie assentiu.

— A mesma coisa por aqui — comentou ela, mas seus olhos estavam arregalados e cheios d'água.

— Não é tarde demais para voltarmos — disse Nydia. — Acho que as coisas não vão ficar mais fáceis daqui em diante.

Bennie balançou a cabeça.

— Nada de voltar atrás. Você está bem, Sierra?

— Doída pra caramba, mas tudo ok.

— Estou bem — declarou Juan, antes que alguém perguntasse.

— Vocês acham que tem mais desses caras? — perguntou Bennie.

— Não duvido — respondeu Nydia.

Mas não era com os corpúsculos que Sierra estava preocupada.

TRINTA E OITO

Eles continuaram a subir em silêncio. Juan os fez parar uma vez, olhou preocupado para o andar vazio e os incitou, de má vontade, a continuar a subir. Sierra sentia como se seu coração tivesse se arrastado até o cérebro para bater forte diretamente contra seus ouvidos. Cada sombra que passava, cada barulho que estalava, fazia sua mente entrar em uma espiral de visões terríveis. Ela lutava para manter o foco e avançar, mas o peso acumulado de tudo o que havia acontecido naquela semana não a deixava em paz.

Sierra sentiu uma movimentação começar em algum lugar ali perto. De repente, o ar parecia mais pesado ao redor. Era um acúmulo: o crescimento feroz de uma onda antes de quebrar.

— Tem alguma coisa... — disse enquanto eles subiam as escadas. — ... alguma coisa... acontecendo. — Todos ficaram imóveis. — Eu não sei... o quê.

Seu rosto estava franzido em concentração. Com os olhos fechados, ela virou lentamente a cabeça de um lado para o outro.

— Vocês estão sentindo?

Juan assentiu.

— Mas não consigo descrever — disse ele. — É diferente de tudo o que já senti antes.

— Algo se aproximando? — perguntou Bennie.

— Sim. Mas... não de nós — disse Sierra. — Só se aproximando. Muitas, muitas coisas.

— Centenas — completou Juan. — Talvez milhares.

— Seja lá o que esteja vindo, é empoeirado e branco? — perguntou Tee do alto da escada. — Porque alguma coisa se mexeu ali em cima, e isso foi tudo o que consegui identificar.

Sierra subiu correndo o restante dos degraus e observou o terceiro andar.

— Onde?

— Passou por aquela parede — disse Tee, apontando para um dos cantos nos fundos do andar.

A construção tinha avançado um pouco mais naquele andar; divisórias com a argamassa pela metade se erguiam entre as vigas de metal, e a fiação elétrica passava ao longo das canaletas no teto. Mas nada se moveu, pelo que Sierra conseguia ver.

— Tem certeza?

Bennie estava ao lado delas, apertando os olhos para a escuridão.

— Não vejo nada.

— Estou falando, gente — insistiu Tee. — Era mais ou menos do tamanho de uma pessoa. Deslizou pela parede do fundo e foi embora. Uma nuvem empoeirada e branca.

Giz. Será que Robbie tinha escapado de alguma forma e enviado um espírito para ajudá-los? O pensamento deu à Sierra uma lufada de esperança, e ela entrou naquele andar. Bennie estendeu a mão em sua direção.

— Sierra...

Fosse lá o que ia dizer, as palavras pararam no meio do caminho. Uma figura branca empoeirada se esgueirou pelo chão na direção delas. Estava borrada — o giz era mais forte em algumas partes e quase inexistente em outras —, mas Sierra achou que conseguia identificar uma silhueta humana.

Logo antes que as alcançasse, a coisa desapareceu completamente. Então tudo o que Sierra viu foi um tom fraco de branco — uma nuvem que cresceu e tomou a forma de um rosto aos berros. O rosto de *Robbie*. A boca estava escancarada, e os olhos eram dois buracos vazios, cercados por espirais de giz. Por um momento terrível, o fantasma ficou suspenso no ar, uma sombra reversa, seus dedos longos e empoeirados estendidos na direção de Sierra.

Então se lançou para a frente.

Sierra recuou tropeçando e golpeando cegamente o ar. Ela sentia como se alguém estivesse jogando água fervente em seu rosto, como se mil facas pequenas se cravassem no corpo. As pessoas ao redor gritaram. Então havia mãos sobre seu corpo, sobre o corpo todo. Ela rezava para que fossem mãos amigas, porque ainda não conseguia abrir os olhos ou raciocinar direito em meio à dor. Uma pessoa a estapeava, e depois outras a imitaram. Eles batiam freneticamente no rosto e em suas roupas. Ela os sentiu baixarem-na para o chão, e percebeu que estava gritando. Estava gritando a plenos pulmões.

As mãos continuaram a dar tapas em seu corpo, e gradualmente as facadas incessantes deram lugar a uma dor forte que a varreu por inteiro. Bem, pelo menos não estava piorando, o que já era algo. Ela abriu lentamente os olhos. Tee, Nydia, Bennie e Juan olhavam para ela com os rostos tomados pelo terror.

— O que... aconteceu?

Seu rosto latejava como se estivesse sofrendo com o pior caso de insolação na sua vida.

— Aquela coisa... — começou Bennie, olhando em volta nervosamente.

— Era Robbie... — Sierra arfou com a memória horrível do rosto fantasmagórico pulando sobre ela. — Era... ugh.

— Como assim? — perguntou Nydia. Ela estendeu a mão e ajudou Sierra a se levantar.

— O fantasma de giz... Ele... Ele tinha o rosto de Robbie. Estava... Estava gritando. Para onde ele foi?

— Batemos em suas roupas até tirar o pó de giz e ele simplesmente se dispersou — explicou Juan. — Você está bem?

Sierra fez uma careta.

— Mais ou menos. — Ela olhou para Juan. — Isso significa... que ele está...?

Ele balançou a cabeça em negativa.

— Não necessariamente. Mas não é um bom sinal.

— Gente — chamou Tee. — Tem mais deles vindo.

Todos se viraram. Quatro — não, *cinco* fantasmas de pó de giz se esgueiraram da parede dos fundos para o chão. Todas pareciam com a primeira aparição: o rosto de Robbie esticado naquele grito mudo.

Nydia se virou na direção da escada.

— Corram!

Sierra se jogou de costas sobre um caixote de madeira e escorregou até o chão. Ela tinha chegado até o quarto andar, com os fantasmas de pó de giz em seu encalce. Não sabia se era por medo ou exaustão, mas mal conseguia respirar. Algo metálico tilintou alguns metros à esquerda, fazendo-a pular.

Um minuto de silêncio se passou, durante o qual Sierra lutou para diminuir sua respiração e acalmar o peito ofegante. De repente, ela ouviu um barulho desesperado de passos; alguém gritou — foi Bennie? Tee? E então nada. A respiração estava pesada de novo, como se mãos invisíveis apertassem seus pulmões por dentro até fecharem. *Droga, se acalme!* Ela fechou os olhos, apenas viu fantasmas de pó de giz piscando a sua frente, então os abriu de novo. *Você é inútil quando está desesperada.*

Queria poder recuperar o fôlego por um segundo e se concentrar na magia de manipulação de sombras. Em algum lugar por ali, agitando-se dentro dela, havia uma arma que ela nem sequer entendia completamente. Sierra estremeceu. De qualquer forma, não havia visto nenhum espírito de sombras desde que entraram na Torre, e de que serviriam suas habilidades de manipulação sem uma sombra para ser manipulada? Odiava o fato de seu grupo ter se separado. Até onde sabia, seus amigos podiam estar mortos, ou pior. Era tudo culpa dela. Não tinha mais o bastão de metal, e, mesmo se tivesse, de que adiantaria contra um amontoado flutuante de poeira?

Algo caiu no chão fazendo barulho do outro lado do andar. Se ela gritasse, aqueles fantasmas saberiam exatamente onde ela estava. Se ficasse imóvel, a encontrariam de qualquer forma. E, com certeza, estavam se aproximando.

Lentamente, Sierra envolveu os dedos em uma lona que estava jogada sobre o caixote ao lado dela e a puxou sobre si. Ela iria correr. Não havia outra escolha. Tentaria seguir até o próximo andar e se esconderia novamente. Continuaria assim até encontrar Robbie ou...

Iria fazer uma contagem regressiva e sair correndo. A lona grossa não era nada demais, mas a ajudaria a bloquear os fantasmas de pó de giz se eles a alcançassem.

Quatro. Correria até a escada.

Três. Era uma boa corredora. Ela conseguiria.

Dois. Queria que sua respiração se acalmasse, mas ela só se agitava cada vez mais.

Um...

Apoiou uma das mãos no chão, apertou a lona em volta do peito e saiu em disparada pelo andar. Não teve que se virar para ver onde os fantasmas estavam: uma movimentação repentina surgiu por todos os lados.

— Sierra, vá! Eles estão vindo!

Era Bennie. Sierra quase começou a chorar por saber que a melhor amiga ainda estava viva. É claro que seu grito significava que Bennie tinha aberto mão de seu esconderijo para distrair os fantasmas. Sierra ficou mais firme em seu objetivo, mandou as pernas pararem de tremer feito gelatina e correu para a escada.

Foi então que algo — um sexto sentido? A magia dos Manipuladores de Sombras se mostrando? —, alguma coisa a disse para se virar. Um fantasma de pó de giz estava quase a alcançando com seus longos braços empoeirados estendidos. Sierra sacudiu a lona sobre a figura o mais forte possível enquanto a criatura se lançava contra ela. Por um momento, a lona diminuiu a velocidade, como se estivesse envolvendo uma forma indefinida, e então continuou seu caminho, espalhando o pó até a coisa desaparecer.

Sierra permaneceu estática, completamente pasma. Era simples assim?

— Bennie! — gritou ela, voltando ao modo de emergência. — Use uma lona! Qualquer coisa que espalhe as partículas!

Ela olhou em volta pelo salão mal-iluminado, tentando encontrar sua amiga, mas nada se movia. Será que os fantasmas a tinham pegado?

Fantasmas de pó de giz seguiam pelo chão na direção de Sierra. Quatro, cinco, seis deles. Ela jogou a lona para trás da cabeça, tentando calcular quantos conseguiria atingir com uma só lufada. As pernas tinham parado de tremer. Pelo menos, ela havia descoberto uma maneira de lutar contra eles. E ah, como iria lutar.

— Sierra, vá encontrar Robbie! — gritou Juan de algum lugar do salão. Dois dos fantasmas se viraram na direção da voz do garoto. — Vamos lidar com esses babacas de giz!

— Ei! — gritou Bennie para os fantasmas, aparecendo no meio do andar com uma cortina de plástico enrolada como um chicote. — Vamos lá, otários, eu estou bem aqui!

Mais dois fantasmas seguiram na direção dela, aceitando o desafio.

Sierra ficou embasbacada por um momento, e os dois fantasmas restantes se jogaram em sua direção. Ela girou, espalhando um deles e batendo no outro.

Bennie investiu contra seu par, desintegrando os dois com um golpe.

— Sierra, vá! — gritou ela.

O fantasma machucado de giz tinha caído no chão em uma poça e rastejava como um cachorro ferido. Sierra recuou em direção à escada. Mais três fantasmas desceram pelas paredes rumo ao chão. Ela precisava confiar que Juan e Bennie conseguiriam lidar com eles. Deu meia-volta e subiu as escadas correndo.

TRINTA E NOVE

Estava lá, esperando por ela. Ela o sentiu no instante em que chegou ao quinto andar, e a repentinidade de sua aparição quase a nocauteou. O fedor da aparição aglomerada desceu pela garganta de Sierra como resquício de leite estragado.

Não. Sierra sacudiu a cabeça e firmou os joelhos. Ela não seria vencida apenas pelo medo. Não seria vencida por aquele gosto acre, pelo terror de enfrentar a criatura que a tinha perseguido em Flatbush e na praia de Coney Island. Ela não sucumbiria. Deu alguns passos inseguros para a frente, e então firmou a passada.

Numa parede ao fundo, uma escada de metal dava passagem para o telhado. O lugar estava vazio, com exceção de alguns caixotes enfiados nos cantos e de uma parede que se erguia por três metros no meio do andar. Ouviu um som baixo de movimento e alguns arranhões. Algo estava do outro lado da parede.

Pode ser qualquer coisa, pensou ela enquanto movia-se lentamente naquela direção. Podia ser Robbie. Podia ser a aparição aglomerada. Ou mais fantasmas de giz. Ou algo pior — a tal onda de espíritos que ela sentiu se aproximar. Sierra estava exausta e emotiva demais para se preocupar com todas aquelas possibilidades terríveis. Alcançou a parede e espiou o que havia do outro lado.

Robbie estava ali, estático e com um pincel na mão trêmula, os olhos arregalados. Eles se abriram ainda mais.

— Sierra?

O pincel caiu no chão. Ele atravessou o cômodo com passadas rápidas e a envolveu em seus braços, abraçando-a mais forte do que já tinha abraçado antes. Sierra tentou recuperar o fôlego.

— Robbie — exclamou.

Ela o manteve à distância de um braço e inspecionou o rosto dele. O nariz estava quebrado. Sangue seco havia se acumulado em volta de uma narina, e uma camada fina de giz branco cobria o rosto e as roupas. Ele parecia exausto e amedrontado, mas, fora isso, bem.

Sierra o puxou para perto, encontrou seus lábios e os devorou — um beijo bagunçado, com gosto de giz, mas tão bom! Ele estava vivo! Ela o beijou de novo e de novo, percebeu que havia lágrimas caindo de seus olhos e as secou, beijando-o de novo.

— Você não está morto — sussurrou ela.

Ele balançou a cabeça.

— E você salvou a minha vida — prosseguiu Sierra. — A vida de Juan, lá no calçadão.

Ele deu de ombros de maneira reservada.

— As suas tatuagens, Robbie. — Ela ergueu o braço do garoto para encontrar apenas fantasmas desbotados da arte gloriosa que uma vez existira ali. — Não!

— Está tudo bem. — Ele deu um sorriso fraco. — Elas vão voltar. Só não agora.

— O que aconteceu com você?

Ele balançou a cabeça de novo.

— Eu não posso... É horrível, Sierra. Você precisa sair daqui antes que Wick volte.

— Vou levar você comigo.

— Não!

— Como assim...?

— Se eu não estiver aqui, Sierra, ele vai matar todos nós. Vai matar você, com certeza. Ele só falou disso a noite inteira. Acredite em mim! Foi ele quem me obrigou a fazer tudo isso — disse Robbie, apontando para as paredes.

Sierra ficou boquiaberta. Na sua empolgação por encontrar Robbie, não tinha reparado nas paredes. Criaturas enormes e horrorosas a espreitavam em tinta ainda molhada atrás dele. Cada demônio pintado tinha ombros curvados dos quais saíam braços enormes com unhas afiadas. Os rostos estavam congelados em sorrisos e gritos maldosos. Sierra sentiu arrepios apenas de olhar para aquelas criaturas.

— Ele queria novos receptáculos para as aparições aglomeradas porque os cadáveres humanos estavam se desfazendo — disse ela.

Robbie assentiu.

— O que aconteceu, cara?

— Eu acordei coberto de giz dos pés à cabeça. — Ele parou de falar e engoliu um soluço de choro. — Wick estava parado naquele canto, falando sozinho. "Não é o suficiente", ele ficava repetindo. "Só não é o suficiente." Eu teria lutado contra ele, mas queria entender o que estava acontecendo antes de tentar fugir. Quando percebeu que eu tinha acordado, ele me levantou e me jogou na parede. Fez isso para conseguir uma imagem do meu rosto coberto de giz, algo em que ele podia manipular um espírito e enviá-lo contra você. Eu apaguei depois da terceira ou quarta vez em que ele me jogou. Acordei com a pior dor de cabeça do mundo, sangrando, e ele ainda estava ali, murmurando sozinho.

— Ah, Robbie...

Sierra esticou o braço em sua direção, mas ele deu um passo para trás.

— Não, só me deixe... explicar. Ele me trouxe essas tintas e me disse o que fazer. Disse que nos mataria se eu não fizesse o que ele mandava. E eu sabia que ele tinha formas de te encontrar. Wick sabia seu nome, endereço, tudo. Sierra, ele sabe *tudo*! — Robbie estava em uma agitação frenética, andando de um lado para o outro sob suas pinturas de demônios raivosos. — Eu ia tentar manipular um espírito para essas pinturas, mas não havia nenhum por perto.

Sierra tentou manter a voz firme:

— Robbie, ele vai matar todos nós de qualquer maneira. Não percebe? Estamos no caminho dele. Primeiro, ele só queria preencher o lugar que Lucera deixou para trás, mas agora está indo atrás dos Manipuladores de Sombras. De todos nós. Quando ele conseguir o que deseja, também vai matar você.

— Sierra, nós não podemos...

A voz de Sierra se tornou gélida:

— Onde ele está?

— Ele foi para o telhado — respondeu Robbie. — Disse que está... Ugh... Ele está construindo as aparições aglomeradas.

— Vamos lá.

Eles andaram até a escada no canto do andar e subiram lentamente. A porta no alto estava entreaberta, e um brilho prateado do céu noturno podia ser visto do outro lado. Sierra espiou pela fresta.

Wick estava parado na outra ponta do telhado, os braços erguidos na direção do céu. Vestia camiseta e calça jeans, como uma pessoa qualquer. Atrás dele, o pobre corpo cinzento de Manny estava parado, a aparição aglomerada dentro dele arfando em respirações entrecortadas que queimavam a mente de Sierra.

— Chegou a hora! — gritou Wick. — Venham a mim, espíritos! Hoje nós salvaremos os Manipuladores de Sombras e começaremos de novo.

O ar ficou mais espesso, como se estivessem em meio a uma multidão.

— Você sentiu isso? — sussurrou Sierra.

Robbie assentiu.

— Está indo e vindo a noite inteira. Eu sentia, e então a sensação desaparecia. Agora está de volta, mas mais barulhenta do que nunca. Se é que podemos chamá-la de "barulhenta".

A sensação parecia estar chegando a um tipo de clímax, uma agitação de movimento tão poderosa em volta deles que era quase ensurdecedora.

— O que é isso?

— São espíritos — respondeu Robbie. — Um monte deles.

— Por quê?

— Eu não...

— Eles estão aqui.

Sierra olhou para o céu noturno acima da Torre. Centenas e centenas de almas preenchiam o ar. Elas irromperam pelo telhado em ondas longas e sombrias, braços esguios balançando de cada lado. Algumas vieram pelo chão, nuvens pretas e inchadas, agitando-se com rostos e histórias das próprias vidas. Outras giravam pelo céu como folhas no outono.

— Eu nunca... — começou Sierra.

Robbie sacudiu a cabeça.

— São tantas!

Ele assentiu.

— ... É lindo!

O garoto assentiu mais uma vez.

Wick estava girando lentamente, com os braços esticados.

— Isso é mais do que eu pedi — disse ele. — Vejo que algumas de vocês vêm para testemunhar o que vai acontecer. Muito bem.

As sombras se acumulavam em seus braços enquanto ele girava. Se esticavam desesperadamente para longe, tentando fugir dele, mas não adiantava nada.

Magia de vínculo, pensou Sierra. O poder que as Lamúrias haviam dado a Wick, que permitia que possuísse espíritos mesmo contra a vontade deles.

Logo duas massas monstruosas de espíritos estavam de cada lado de Wick. O antropólogo fechou os olhos, murmurando em voz baixa. Ele cerrou as mãos em punhos enquanto as massas solidificavam e tomavam forma. As aparições aglomeradas recém-formadas esticaram braços longos e giratórios para os lados e rugiram. Sierra observou horrorizada bocas se abrirem ao longo de sua carne sombria, rangendo e borbulhando em protesto silencioso por sua escravidão repentina.

Wick girou novamente, mais sombras se reunindo em volta dos braços. Ao redor deles, o ar se tornava mais pesado com a revolta crescente dos espíritos. Parecia que uma tempestade estava prestes a cair.

— Venham, minhas crianças — disse Wick quando mais duas aparições aglomeradas se agitaram ao seu lado. — Vamos colocá-las em seus receptáculos novinhos em folha.

Eles se viraram na direção da porta, Wick, Manny e as quatro aparições aglomeradas ainda em forma de sombras. Sierra e Robbie se esgueiraram para baixo e saíram correndo para se esconderem atrás dos caixotes no outro canto do andar.

QUARENTA

Um murmúrio feroz percorreu a multidão restante de espíritos enquanto eles irrompiam no quinto andar à frente de Wick e suas aparições aglomeradas. Sierra os sentia rosnando como uma matilha de cães selvagens. Wick desfilou pelo andar, desprezando as sombras com tapas quando elas se jogavam contra ele.

— "Venham para a encruzilhada, para a encruzilhada venham" — murmurou ele. — "Onde os poderes convergem e como um só se detenham."

Ele chegou à primeira pintura de demônio de Robbie, colocou uma das mãos sobre ela e se virou para uma de suas novas aparições aglomeradas.

— Está na hora.

Uma aparição aglomerada se aproximou, engolfando Wick momentaneamente, e desapareceu. O demônio de Robbie se contorceu, rosnou e saiu da parede. Ele se tornou tridimensional. Um monstro gigante brilhando com tinta fresca, os longos braços esticados à frente enquanto se deslocava para frente e para trás.

— Sabe o que fazer — disse Wick.

A aparição demoníaca berrou e disparou pelas escadas até sumir de vista.

— Eles estão indo atrás do nosso pessoal — sussurrou Robbie.

A aparição aglomerada no corpo de Manny se aproximou da parede. Sierra quase gritou quando a sombra gigante se ergueu da boca aberta do antigo Rei do Dominó. Seu cadáver caiu no chão, e a aparição sumiu dentro de outra das pinturas demoníacas de Robbie, que ganhou vida. A coisa se esquivou rapidamente para os cantos escuros daquele andar e desapareceu.

Sierra sentiu-se estranhamente calma, como se a guerreira corajosa que sua avó fora estivesse ali ao seu lado.

— Robbie — chamou ela em voz baixa. Ele ergueu os olhos. — Lucera passou seu legado adiante. — Dava-lhe uma sensação boa dizer aquilo, uma sensação genuína. Falou devagar, sentindo cada palavra sair. — Sou a nova Lucera. — Robbie assentiu. Sua expressão passou do choque para um leve encanto. — Nós podemos impedir isso. Precisamos impedir. Você tem giz?

— Sempre — respondeu, tirando um pedaço de giz do bolso, e ela o pegou. — Mas um espírito de giz nunca vai conseguir se opor a essas aparições demoníacas, Sierra.

— Com um pouco de sorte, ele não terá que lutar contra elas por muito tempo. Só preciso de uma distração para conseguirmos chegar àquela janela — disse Sierra, apontando para a parede em frente a eles.

Ela estava pensando naquilo desde que os espíritos irromperam pelo andar: o mural de Sierra e Robbie do lado de fora da Torre — o dragão e a esqueleto guitarrista elegante — se estendia até o quinto andar. Os desenhos não estavam completos, mas ela esperava que estivessem bons o bastante para funcionar. Se Robbie pudesse chegar àquela janela e ter alguns segundos de segurança para tocar o mural, ele poderia infundir a imagem inteira com espíritos. Era arriscado, mas pelo menos eles teriam uma chance e alguns reforços.

Sierra usou o giz para desenhar duas mulheres com facas e capas compridas. Ela ficou em cima de uma, ergueu o braço esquerdo e tocou a imagem com o braço direito. Nada aconteceu. Os espíritos estavam todos à sua volta, olhando na direção de Wick e seu exército em ascensão.

— Vamos lá — sussurrou Sierra.

Um fio de medo começou a surgir em seu estômago.

— Vamos lá.

Ela respirou fundo, tentou imaginar um espírito passando pelo seu corpo, expirou e bateu com a mão no desenho de giz.

Sentiu o resultado instantaneamente — o frio súbito fluindo por suas veias. Por um segundo, achou que desmaiaria, mas a sensação passou tão rápido quanto surgiu, e a guerreira de giz tremeu, viva, e saiu em disparada pelo chão.

— Você conseguiu! — exclamou Robbie em um sussurro.

Ela sorriu. Estava prestes a manipular a outra guerreira quando uma das aparições aglomeradas gigantes veio se arrastando na direção deles.

Sierra se manteve firme. O completo terror, que já tinha se tornado familiar, percorreu seus vasos sanguíneos e se instalou em seu coração com ferocidade. Ela se recusou a gritar, apesar do corpo inteiro implorar pela libertação daquele fluxo repentino de medo.

Sua primeira guerreira de giz disparou na direção da aparição e se lançou contra ela, esmigalhando-se ao entrar em contato com a criatura. Precisava de uma forma mais forte para suas sombras.

Ela se lembrou de Wick cantando o poema, o poema *dela*: "Onde os poderes convergem e como um só se detenham..." *Como um só se detenham. Como um só.* Mama Carmen tinha passado o poema adiante para ajudá-la a compreender seu legado. *Como um só.* Os espíritos formaram um redemoinho ao redor de Sierra. Pulsavam no ritmo de sua respiração. Ela conseguia sentir o gosto da raiva deles pelas abominações de Wick, distinguia cada memória cintilante de cada alma enquanto elas vibravam pelo ar. *Como um só.*

Sierra era Lucera, uma guerreira espiritual feroz como sua *abuela*. Estava cumprindo o seu destino. As intenções dos espíritos se unificavam com as dela. Eles eram honrados, aqueles espíritos. E intensos. Não iriam deixar que seu mundo fosse destruído pelas mãos de um velho tolo como Wick. Não. Eles, Sierra e os espíritos, não seriam manipulados, convencidos, oprimidos. Não depois de tantos anos de luta.

Sierra não sabia quais pensamentos eram dela e quais eram dos espíritos. Sabia que a morte estava ao redor, respirando em seu pescoço como um deus antigo, como a enorme aparição aglomerada pintada que corria em sua direção. Ela ergueu a mão esquerda. Se não havia um receptáculo para o qual transmitir os espíritos, ela se tornaria o receptáculo.

O demônio disparou em sua direção, a poucos metros de distância. Ela respirou fundo, fechou os olhos e colocou a mão direita na própria testa.

Tudo piscou e a luz tomou conta de tudo, como se o Sol tivesse explodido. Os membros de Sierra mal se moviam; rios ancestrais corriam pelo seu corpo, um oceano se enfurecia em seu coração. Ela talvez estivesse flutuando. Com certeza seus pés não estavam tocando um chão firme. E aquele sentimento de leveza... Talvez ela não pesasse nada.

Aos poucos, as coisas começaram a tomar forma à sua volta: havia o grande salão vazio, a parede com as pinturas de demônio e Robbie estava parado ao seu lado, parecendo chocado. A aparição de braços longos que corria em sua direção agora lutava para se pôr novamente de pé, a enorme boca aberta em surpresa. O que havia acontecido? Onde estava Wick? Onde estavam todos os espíritos? O ar ao redor de Sierra, onde centenas de almas sombrias se agitavam segundos antes, agora estava vazio.

O demônio pintado se ergueu e se jogou sobre ela mais uma vez. Sierra ergueu um braço acima da cabeça e o baixou sobre o rosto da aparição. Ela sentiu uma resistência fraca da presença física da criatura, sentiu a mão atravessá-la facilmente. Observou quando a criatura perdeu o fôlego, surpresa, tombou para trás e se despedaçou.

E tinha que se lembrar de respirar. *Se tornam um.* Um não era uma pessoa: era um estado. Uma com os espíritos. Seus propósitos, sua energia, seu poder e sua ferocidade tinham se unificado com o corpo dela. Sierra não era mais o conduíte; era a forma, o receptáculo. Ela, eles, tinham se tornado um.

— WICK! — a voz de Sierra atravessou o prédio com um estrondo, ecoando por todos os lados, por entre as fiações elétricas vazias e os canos enferrujados.

Sua voz carregava as vozes de centenas de milhares de almas em conjunto, toda uma história de resistência e fúria se movia com ela. Era incrível. Sierra passou pelo corpo despedaçado do demônio que tinha acabado de destruir. Wick devia estar por perto, aquele vermezinho. E ela lidaria com ele. Acabaria com essa história toda naquele momento mesmo.

Havia restado apenas um desenho de demônio na parede. Isso significava que quatro ainda estavam livres, alguns em busca dos amigos e familiares de Sierra. Ela rugiu, uma ira incomensurável surgindo em seu interior. O que ela precisava era de um pequeno batalhão próprio. Alguns espíritos lidariam com aqueles demônios enquanto ela... É claro! O plano logo voltou à mente. Ela se virou para o garoto parado ao seu lado.

— Robbie.

Ele olhou para ela com os olhos arregalados e cheios de preocupação.

— Sierra?

Ela esticou o braço calmamente na direção do rosto machucado do garoto e pousou a mão sobre ele, deixando que pequenos pontos de luz penetrassem suas células e seguissem os caminhos neurais. Ela observou enquanto o roxo sumia e a pele de Robbie readquiria seu tom negro natural.

— Vou enviar espíritos para o mural e, então, irei atrás do Wick — disse Sierra. — Vá com eles até a minha casa. Garanta que minha família esteja segura. Por favor.

Ele assentiu.

— Robbie? Tenha cuidado. Algumas daquelas aparições aglomeradas ainda podem estar no prédio.

Ele tinha uma expressão estranha no rosto, algo entre um sorriso e uma careta. Robbie ficaria bem. Sierra sorriu para ele, levemente consciente de que seu corpo inteiro brilhava com uma luz sobrenatural.

— Vá — disse ela. Ele sorriu de volta e se virou na direção da escada. — Eu cuido do Wick.

QUARENTA E UM

O ar da noite era fresco contra o rosto de Sierra. Ela esticou um braço brilhante pela janela e bateu na parede na altura da cabeça do dragão.

— Vamos lá, Manny — sussurrou ela para o céu. Com certeza o espírito dele tinha sido um dos muitos que haviam aparecido.

Ela manteve a mão ali, deixando que alguns dos espíritos fluíssem através do seu corpo para a imagem, garantindo que tivessem tempo suficiente para se envolver completamente. O formigamento serpenteante de energia era uma sensação incrível, como se todas as luzes cintilantes da cidade estivessem passando por sua corrente sanguínea. Lentamente, a pintura ganhou vida: o dragão esticou seu longo pescoço como se acordasse de um sonho de mil anos, piscou algumas vezes sob a luz do poste e olhou diretamente para Sierra. Por um momento, eles se encararam e o dragão sorriu de leve. Sierra viu Manny naquele sorriso. Seu espírito tinha entrado na pintura e estava tomando o controle.

A esqueleto guitarrista estava de pé ao lado do dragão. A cidade agitada de suas notas musicais fluía para o ar.

Vão, sussurrou Sierra em sua voz espiritual. *Encontrem as aparições. Enfraqueçam-nas, destruam-nas. Salvem minha família.*

Os desenhos saíram da parede, agora espíritos completos e tridimensionais recortados contra o céu, e desapareceram na noite.

Sierra se virou e olhou para o saguão. Algumas sombras ainda voavam para cima e para baixo pelo prédio. Fechou os olhos e imediatamente teve consciência dos muitos espíritos que trabalhavam para ela, como se a visão deles também fosse a sua. Era como se olhasse para monitores em uma daquelas enormes salas de segurança: ali estava a escada do terceiro andar. Ali estava Bennie, agachada atrás de um caixote, ofegante. Ali estavam Juan e Tee, de costas contra um pilar. Onde estava Nydia? A alguns caixotes de Bennie, segurando o braço machucado.

Robbie correu pela escada do primeiro andar. Ele ainda não tinha encontrado qualquer resistência, e Sierra ficou contente. Sentia que estava prestes a ficar muito ocupada.

Um toque de pânico trouxe a atenção dela de volta ao quinto andar, exatamente a tempo de ver um dos gigantes que Robbie pintara pular de uma das vigas sobre ela. A criatura era enorme, um amontoado de braços e pernas cheios de garras, e somente a intensidade súbita de sua presença fez Sierra tropeçar e cair de costas. O demônio caiu agachado e saltou sobre ela, com as garras pintadas à mostra.

Sierra praticamente flutuou de volta até ficar em pé. Não se lembrava de levantar — simplesmente estava de pé, e furiosa por ter sido pega de surpresa. Ela brandiu a mão esquerda brilhante, atingindo a aparição no rosto, e observou enquanto a criatura desprezível esparramava-se no chão.

WICK!

Sua voz espiritual tinha um alcance ainda maior do que sua voz humana. Ela ribombou sobre o horizonte do Brooklyn, fazendo toda Manhattan parar e imaginar o que estaria acontecendo por ali.

Apareça!

O demônio pintado se contorcia sob seus pés como um inseto gigante. Sierra podia sentir que Wick estava por perto, mas ficava extremamente irritada por conseguir encontrar qualquer um no prédio, menos ele. Os espíritos urravam e giravam dentro de Sierra, sedentos para achar aquele humano arrogante que havia escravizado tantos deles.

Algo se agitou em um canto escuro — outra sombra prestes a ganhar vida, com certeza. Sierra fez uma careta, pisou com força no demônio sob seus pés e seguiu em direção ao movimento.

Estou indo pegar você, Wick.

Um lampejo de pânico passou pela mente de Sierra. Ela desviou a atenção para os telhados dos prédios, acompanhando becos estreitos e, finalmente, chegou à familiar esquina de seu quarteirão. Uma das aparições aglomeradas que Robbie havia pintado estava completamente imóvel no meio da rua, observando a casa de Sierra com aqueles olhos vazios.

Ande logo, Robbie! Por favor...

Voltou para sua própria consciência logo a tempo de ver a sombra bruxuleante dispersar-se na direção dela. Outra se aproximava por trás; ela podia sentir a vibração monstruosa de seu ataque. Eles eram fortes, aqueles dois. Wick devia estar guardando seus demônios mais poderosos para o final. Esmagariam-na entre eles, a fariam em pedaços e deixariam seu corpo estraçalhado em meio aos caixotes empoeirados, uma notícia macabra no obituário do dia seguinte.

Não. Eles não teriam o que desejavam. Sierra deu um passo para o lado, e o demônio atrás dela passou aos tropeços. Era maior do que ela esperava, e uma das garras arranhou seu rosto. Sangue escorreu de sua bochecha, e uma onda de náusea borbulhou em seu corpo. Veneno. O mero toque da criatura era capaz de fazer sua alma adoecer.

Tonta, Sierra deu alguns passos para trás enquanto a outra aparição disparava em sua direção. Ela viu Wick de relance perto da parede ao fundo, os olhos do homem parecendo arregalados e desesperados. Coisas demais estavam acontecendo ao mesmo tempo. Sierra avançou com a mão direita erguida, concentrando todos os espíritos raivosos dentro de si, e acertou a aparição demoníaca em cheio no rosto enquanto a coisa se erguia contra ela. A força da colisão jogou tanto Sierra quanto a aparição para trás. Não podia nem mesmo golpeá-la sem um pouco de sua escuridão se entranhar em seu corpo e drenar sua força vital. Os espíritos se agitavam em volta de Sierra para restaurar qualquer dano que tivesse sofrido enquanto ela se erguia e dava um passo vacilante à frente.

Se ela cuidasse de Wick, os demônios de tinta não teriam mais vida. Simples. Ela deu outro passo, mais firme, e disparou em uma corrida, reunindo seus espíritos serpenteantes enquanto avançava.

A última aparição se ergueu do chão, uma torre súbita de fúria encarando-a diretamente, arquejando de forma entrecortada e irregular.

Sierra.

Era a mesma cacofonia sobrenatural de vozes que tinha ouvido em Flatbush e na praia de Coney Island, o mesmo fedor horroroso. Wick se escondia atrás da aparição, fitando Sierra.

— Não entende que desejamos a mesma coisa, Sierra?! — gritou ele.

— Você matou Manny — disse ela, encarando-o através da forma enorme da aparição. — Você destruiu a mente do meu *abuelo*. Fez os Manipuladores de Sombras se dissiparem.

Wick balançou a cabeça.

— O seu *abuelo* foi o responsável pela destruição dos Manipuladores de Sombras. Eu estou tentando salvá-los. Você não entende nada disso, Sierra. Esse não é o seu mundo.

— *Este é o meu mundo!* — A voz de Sierra reverberava pelos becos e na direção do mar. Cada espírito da miríade que a compunha falava as palavras com ela. — *E você tentou tirá-lo de mim. Tentou destruir a minha herança.*

Wick ergueu as sobrancelhas.

— Vejo que sua velha avó passou a magia adiante.

Em volta dela, a música dos espíritos começou a se elevar:

Luuuuuuuuuuuuuuuuuuuuuuuuuuuuuu...

Os espíritos chamavam por ela — um brado de guerra harmonioso. Sierra os sentiu reunirem forças em seu interior, sentiu cada segundo que passava cristalizar um mapa de pontos estratégicos para atingir o corpo de Wick.

Ceeeeeeeeeeeeeeeeeraaaaaaaaaaaaahhhhh...

Eles sempre chamaram por ela. Sierra só estava assustada demais para perceber de imediato, e, depois, confusa demais. Agora ela sabia. Não era sua *abuela* quem os espíritos estavam convocando. Era ela, Sierra, a nova Lucera, herdeira do legado dos Manipuladores de Sombras.

A um sinal de Wick, a aparição retesou os músculos e plantou um pé no chão para se preparar para um salto. Para Sierra, o tempo pareceu correr mais devagar. O poder espiritual dentro dela queimava tão intensamente que ela sentia que bastaria jogar-se para a frente para que atravessasse a aparição e destruísse Wick. Iria despedaçá-lo como um purê molecular contra a parede.

Mas aquilo não parecia certo. Aquele era o momento para ser precisa.

A aparição aglomerada agitou seu braço longo e serpenteante na direção dela.

Sierra se arremessou na direção de seu corpo, com as mãos para a frente.

A criatura soltou um grito de surpresa, mas recuperou rapidamente a compostura e enfiou as garras nas costas de Sierra a uma velocidade devastadora. Ela as sentiu — os golpes eram como choques terríveis pela sua espinha —, mas não em intensidade suficiente para desacelerá-la. Ela continuou seguindo, as mãos encaixadas na carne borrachuda e terrível da aparição, seu fedor de morte e tinta fresca sufocando-a. Cada célula de seu corpo implorava para que soltasse a criatura, mas os espíritos sedentos em seu interior não estavam dispostos a desistir. Nem ela.

O poema de Mama Carmen veio à mente de Sierra.

— Veja meus inimigos na lama — sussurrou.

A aparição aglomerada gritou novamente, dessa vez de dor. Bocas se abriram e fecharam por toda a sua forma pincelada. Sierra sentiu sua solidez começar a ceder entre os dedos, sentiu o feitiço doentio que a mantinha unida se afrouxar. Uma corrente de algum líquido asqueroso escorreu pela boca da criatura. Quando seus golpes enfraqueceram, Sierra soube que não faltava muito. Ela firmou os pés e continuou avançando. Wick ainda estava parado atrás da aparição, observando horrorizado enquanto sua criação se despedaçava diante de seus próprios olhos.

LUUUUUUUUUUUUUUUUUUU...

Sierra era a culminação reluzente de todas as batalhas, felicidades e dificuldades de seus ancestrais. Era uma criança radiante de espírito. Ela era centenas de vozes que vibravam em um único corpo vivo.

— Enquanto minha voz de espírito clama... — sussurrou ela.

CEEEEEEEEEEEEEEEEEEEEEEE...

— E a energia avança...

Sierra respirou fundo, firmou-se e deu um impulso para a frente pela última vez, soltando uma fração mínima e furiosa daquela raiva espiritual reprimida.

— Como mil sóis!

RAAAAAAAAAAAAAAHHHHHHHHHHHHHHHH!!!!!

E a aparição aglomerada se desfez em volta dela, envolvendo Wick e a parede dos fundos com uma camada grossa de algo nojento.

QUARENTA E DOIS

Sierra cambaleou para a frente, surpresa com o vazio repentino. Várias sombras trêmulas fugiram noite adentro. Ela cuspiu na direção delas e se voltou para Wick. Ele estava agachado contra a parede, coberto dos pés à cabeça com o sangue grosso e escuro da aparição.

— Começou como um fascínio — gaguejou ele. — Era um ato de am-mor. Para espalhar conhecimento. Conhecimento das tradições. Era o que o seu avô queria... queria espalh...

— Não fale sobre o meu avô — grunhiu Sierra.

— Sierra. — Ele ergueu uma mão trêmula. — Eu só quero... quero... quero explicar...

— Eu não quero as suas explicações.

Sierra fechou os olhos por um instante e imediatamente ouviu a mãe gritando de novo. Ela deslizou sua visão espiritual pelas ruas até encontrar a sua e observou, horrorizada, María Santiago e tio Neville saindo às pressas pela porta do prédio e disparando pela calçada escura. Duas aparições aglomeradas se lançaram pela porta um segundo depois, galopando atrás dos dois a toda velocidade.

Então uma grande parede de cores serpenteantes inundou o caminho desde a esquina do quarteirão. Robbie era um pequeno general de tranças liderando a ofensiva tecnicolor de guerreiros pintados, a velha mulher-esqueleto guitarrista e o dragão Manny empinando-se às suas costas. María e Neville correram na direção deles, com as aparições demoníacas a apenas alguns metros de distância.

Os dois frontes colidiram com um baque terrível, e María e Neville desapareceram em meio ao caos.

Sierra voltou-se para Wick, cada músculo de seu corpo ansiando por quebrar sua traqueia.

— Sierra — sussurrou ele.

Ela caminhou até o homem e passou as mãos em volta de seu pescoço. Seria tão fácil. Um mero movimento de seus dedos repentinamente poderosos e tudo estaria terminado. Ela estreitou os olhos enquanto ele se contorcia em suas mãos, muito consciente da batalha enorme que se passava no seu quarteirão, sua *mami* pega de surpresa em meio àquilo tudo.

Mas não. A morte seria um fim muito simples para o dr. Jonathan Wick. Deixaria um espaço grande demais para algum renascimento nefasto no além, no pós-vida. Sierra estudou seus lábios trêmulos e os olhos cobertos por lágrimas. Decidiu que podia fazer melhor do que matá-lo. Era uma cirurgiã, não uma açougueira. Concentrou-se por meio segundo e simplesmente permitiu que os espíritos nela agitados investissem para dentro de Wick.

Eles deixavam memórias para trás enquanto passavam por suas mãos. Uma colagem vertiginosa de cheiros, momentos, emoções e ânsias atravessaram todo o corpo de Sierra. Ela estava em um cavalo em uma floresta tropical, cavalgando em direção à liberdade. Estava sozinha em uma cela, conformando-se pela milésima vez com a própria morte iminente e as que havia causado. Estava completamente tomada pelo amor. Estava envergonhada. Seu cérebro pulsava com explosões de lilás, fumaça de cigarro, suor, arrependimento de uma oportunidade perdida, pontadas de fome. Mas, acima de tudo, ela sentia-se viva. Os mortos eram tão cheios de vida! Carregavam suas existências inteiras com eles, naquelas sombras altas e perambulantes, carregavam consigo cada segundo, cada empolgação e tragédia, para onde quer que fossem.

Ela baixou o olhar para Wick. Ele gritava enquanto os espíritos aglomeravam-se dentro dele, embrenhando-se por cada canto mais íntimo de sua alma. Sierra aguçou os sentidos e permitiu que a visão os acompanhasse enquanto eles trovejavam pelo interior do velho antropólogo.

Tomem o poder dele, disse Sierra aos espíritos, mas já estavam fazendo aquilo.

Pequenos clarões de luz piscavam enquanto os espíritos avançavam pelas artérias e entranhas, ziguezagueando pelas sinapses e membranas cerebrais.

Todos os poderes dele.

Sierra conseguia sentir o expurgo, o imenso vácuo que se formava enquanto cada resquício dos poderes espirituais de Wick era obliterado como uma tenda bamba durante uma tempestade.

O vácuo também o mudou pelo lado de fora. Sua pele ficou enrugada e seca, dobrada em vincos patéticos sobre si mesma. A boca pendia aberta, escorrendo baba; seus dentes ficaram pretos e apodreceram em segundos. Sierra largou o pescoço de Wick e se afastou. Os espíritos o estavam abandonando, sombras piscando e sumindo no ar pesado do galpão.

Wick caiu de joelhos, trêmulo e destruído.

— Você... me matou...

Sierra revirou os olhos e os fechou para conferir como estava sua *mami*. Seu quarteirão estava banhado em cores. O dragão de Sierra se misturava com vários dos esqueletos e sereias do Clube Kalfour. Os demônios de Robbie eram agora meras poças de tinta na calçada, e os espíritos das aparições aglomeradas haviam se dispersado. María Santiago ofegava ao lado de Robbie e Neville.

Sierra soltou um suspiro e abriu os olhos. Deu uma última olhada para as paredes respingadas, passou por cima do corpo trêmulo de Wick e desceu as escadas. Juan, Bennie, Tee e Nydia se levantavam com cuidado de seus esconderijos, tirando o pó das roupas. Os cinco amigos trocaram abraços, lágrimas, histórias, arquejos e risadas, e seguiram juntos até o primeiro andar.

Sierra podia ouvir os espíritos ainda murmurarem suas harmonias sagradas, chamando-a pelo seu novo nome. Eles seguiam em círculos lentos ao redor, inspirando e expirando como a brisa do verão. Sierra sorriu pelo que pareceu a primeira vez em muito tempo, e então ela e os amigos caminharam juntos para o azul-escuro da manhã do Brooklyn.

EPÍLOGO

— Como eu estou? — perguntou Sierra.

— Boa para se tornar uma só com alguém — respondeu Robbie.

— Ei! Calma lá, amigo.

Parecia que seu sorriso ia explodir do rosto. Ela usava um vestido branco esvoaçante sem alças, e seu xale combinando sacudia como asas no vento do oceano. Robbie olhou para ela com um misto de voracidade, fascínio e curiosidade, como se estivesse prestes tanto a tentar se atracar com ela ali mesmo, quanto a se ajoelhar na areia e beijar seus pés descalços. Não era um visual ruim para ele, na verdade.

— Desculpa — disse Robbie. — Eu só... Você está muito bonita.

— Ah, pronto, não foi tão difícil, foi? Um elogio direto! Obrigada.

Robbie também não estava nada mal. Ele tinha prendido as tranças em um rabo de cavalo apertado e usava calça de linho sob uma guayabera branca.

— Suas tatuagens ancestrais estão voltando! — disse Sierra, passando os dedos pelo braço do garoto.

Robbie sorriu.

— Elas sempre voltam.

Ele colocou a mão sobre a dela, encaixou o braço de Sierra no dele e juntos desfilaram na direção de uma área reservada da praia de Coney Island, perto da água.

— Como está o Lázaro? — perguntou Robbie.

Sierra balançou a cabeça.

— Eu ainda não voltei lá em cima. Não sei se consigo encará-lo. Nem sei o que... falar? Mas eu vou. Eu vou. — Ela respirou fundo. — Mas, enfim: hoje é um dia de celebração. Vamos.

María estava na praia, também usando um vestido branco. Quando viu Sierra e Robbie se aproximarem pelas dunas, deu o sorriso mais triste e genuíno que Sierra já vira em sua mãe. Juan também estava lá, assim como Tee, Bennie, Jerome, Izzy e Nydia, todos vestidos de forma impecável. Jerome e Izzy tinham ouvido a história da batalha através de Tee, e ligaram depois para se retratar. Todos estavam parados em um semicírculo, virados para o oceano.

— Vá em frente, Sierra — disse María. — Você nos chamou aqui.

As sombras se ergueram na luz difusa e começaram a dançar em seus círculos lentos em volta do arco dos vivos.

— Eu trouxe todos vocês aqui hoje — começou Sierra — para honrar a memória de Mama Carmen Siboney Corona, minha *abuela*, que ela descanse em paz. Eu não a conhecia muito bem, na verdade. Ainda assim, ela me ensinou muito sobre a vida e sobre o que significa ser quem eu sou. E, por isso, eu a honro.

Houve uma pausa. Os passos dos espíritos se tornaram mais amplos e seus murmúrios se estenderam pelo céu aberto, preenchendo a alma de Sierra com um contentamento melancólico. Eles também estavam de luto por Lucera. De luto por uma e dando boas-vindas a outra. Todos pareceram perdidos em pensamentos e memórias por alguns instantes.

— Também estamos aqui para honrar Manuel Gomez — disse Sierra —, mais conhecido como o Rei do Dominó.

Os corpos haviam sido resgatados e os dias anteriores tinham sido um redemoinho de funerais e tributos a Manny e aos demais Manipuladores de Sombras. María pegou a mão de Sierra com sua mão quente. Lágrimas caíram de seu rosto, mas ela ainda exibia aquele sorriso doce e triste.

— Estou aqui hoje — disse Bennie — para honrar a memória de Vincent Charles Jackson, meu irmão. Que ele descanse em paz.

— Hoje — disse Robbie — eu venho honrar a vida e o espírito do Papa Mauricio Acevedo, meu mentor e amigo.

Eles percorreram o círculo, cada um declamando o nome de uma ou várias pessoas queridas que haviam morrido. Os espíritos giraram mais rápido ao redor deles, rodopiando para todos os lados em meio ao céu que escurecia. Sierra os observou. Ela estava começando a perceber as diferenças sutis de movimento de cada espírito — os punhos de sombra fechados em um impulso na direção do céu, a curva da coluna de uma vida de trabalho duro. As histórias deles, as mesmas histórias que haviam passado por ela apenas algumas noites antes, ainda viviam com eles, formavam o tecido de quem eram.

Quando todos os nomes foram declamados, Sierra olhou para cada um dos rostos ao redor. Bennie sorria em meio às lágrimas. Juan tinha o cabelo penteado rente à cabeça e usava uma das blusas brancas do uniforme do pai; seu sorriso era sereno, talvez pela primeira vez na vida. Tee exibia um sorriso aberto, como se aquilo fosse a coisa mais natural do mundo. Os olhos de Nydia estavam arregalados, como uma criança no primeiro dia de aula, e Jerome e Izzy estavam boquiabertos. María e Robbie sorriam, um de cada lado de Sierra.

Cada um dos amigos assentiu para ela e eles deram as mãos. Acima deles, os espíritos começaram a pulsar gentilmente enquanto Sierra respirava fundo e fechava os olhos. Ela podia sentir cada pessoa amada, suas paixões e seus medos. Eles vinham como explosões de cores no olho de sua mente. Ela expirou e enviou uma radiação de poder do centro do corpo, sentiu-o percorrer sua pele e encontrar a mãe de um lado, e Robbie do outro. Eles reluziram em cores brilhantes. Bennie e Nydia eram os próximos, e então o brilho percorreu caminho até Juan, Tee, Jerome e Izzy.

— Está feito — disse Sierra. — Meus amigos Manipuladores de Sombras, é um recomeço.

A mãe apertou sua mão. Elas sorriram uma para a outra e olharam para cima, onde os espíritos dançavam em círculos aleatórios pelo céu do anoitecer.

AGRADECIMENTO

Eu sou imensamente grato a Cheryl Klein por resgatar este livro da pilha de originais, acreditar nele e trazê-lo para mais perto de sua verdadeira essência a cada edição. Obrigado também a toda a equipe da Arthur A. Levine por tornar *Manipuladores de Sombras* o livro que é hoje. Muito obrigado ao meu agente Eddie Schneider e a todo o time da JABberwocky pelo trabalho fantástico. Nathan Bransford foi paciente e brilhante enquanto me ajudava a passar por vários rascunhos iniciais; sua gentileza e criatividade ainda ecoam pelas páginas. Obrigado a todas as pessoas brilhantes que leram *Manipuladores de Sombras* e me ofereceram suas opiniões, dúvidas e encorajamento, incluindo, mas não se limitando a: Ashley Ford, Anika Noni Rose, Justine Larbalestier, dr. Lukasz Kowalic, Sue Baiman, Troy L. Wiggins, Marcela Landres e Emma Alabaster. A Bart Leib e Kay Holt da Crossed Genres e minha coeditora em *Long Hidden*, Rose Fox.

Muito obrigado à minha família incrível: Dora, Marc, Malka, Lou e Calyx. Obrigado a Iya Lisa, Iya Ramona, e Iyalocha Tima, e à minha família Ile Omi Toki inteira por seu apoio; também quero agradecer a Oba Nelson Rodriguez, Baba Craig, Baba Malik e a todo o povo maravilhoso do Ile Ase. A vários professores que me inspiraram, me encorajaram e aprimoraram minhas habilidades no decorrer deste caminho, especialmente Connie Henry, Inez Middleton, Charles Aversa, Ron Gwiazda, Lori Taylor, Mary Page, Tom Evans, Brian Walker, Orlando Leyba, Warren Carberg, Gloria Legvold, Michael Lesy, Lara Nielsen, Vivek Bhandari, Yusef Lateef, Roberto García, Alistair McCartney, Jervey Tervalon e Mat Johnson. Um alô enorme para toda a comunidade VONA/Voices. Stefan Malliet é o gênio da internet que fez com que meu site ficasse incrível, e agradeço muito a ele. Sou grato a Nisi Shawl e Andrea Hairston e toda a Carl Brandon Society por seu apoio. E obrigado a Aurora Anaya-Cerda e o time da La Casa Azul Bookstore no East Harlem.

Sou imensamente grato a duas escritoras incríveis que encontraram espaço para mim sob suas asas: Sheree Renée Thomas, que acreditou na minha voz desde o começo, e Tananarive Due, por sua sabedoria que sempre me guiou.

A Jud, Tina e Sam pelos muitos passeios e boas refeições ao longo do percurso. A Sorahya Moore, a melhor mentoranda e amiga que um escritor poderia pedir. A Akie pelas longas conversas com charutos e por fazer músicas incríveis. A Nina por sempre exigir que eu parasse de escrever e tocasse com ela justamente quando eu estava pegando o ritmo da coisa. A Lenel Caze, Carlos Duchesne, Rachelle Broomer, Rudy Brathwaite, Walter Hochbrueckner, Derrick Simpkins e todos os paramédicos, médicos, supervisores, enfermeiras e pessoal nas emergências nas paradas de ambulância no Brooklyn Hospital, Beth Israel, Montefiore e Mount Sinai, assim como o pessoal dos batalhões 57 e 39 dos serviços de emergência do Corpo de Bombeiros de Nova York.

A Pattie Hut & Grill pelo melhor frango assado do Brooklyn, e A&A Bake & Doubles Shio pelos melhores sanduíches do Brooklyn.

A todas as pessoas hilárias, corajosas, irreverentes e incríveis do Twitter que sempre estiveram lá para me desafiar, comemorar comigo e me manter na linha e sorridente durante os momentos em que me senti travado e não sabia como seguir em frente.

A Nastassian, meu coração e minha alma, a mulher da minha vida, meu sonho realizado. Muito obrigado por ser quem você é.

Agradeço a todos aqueles que vieram antes de nós e iluminaram o caminho. Agradeço a todos os meus ancestrais; Iemanjá, a Senhora das Águas, gbogbo Orisa; e Olodumare.

Impressão e Acabamento:
GRÁFICA STAMPPA LTDA.